桃李笔下的王干

颜德义 主编

中国言实出版社

图书在版编目（CIP）数据

桃李笔下的王干 / 颜德义主编 .-- 北京 : 中国言实出版社，
2020.11

ISBN 978-7-5171-3592-0

Ⅰ.①桃… Ⅱ.①颜… Ⅲ.①散文集—中国—当代
Ⅳ.① I267

中国版本图书馆 CIP 数据核字（2020）第 216657 号

出 版 人　王昕朋
责任编辑　张国旗
　　　　　李昌鹏
责任校对　代青霞

出版发行　**中国言实出版社**
　　　　地　　址：北京市朝阳区北苑路 180 号加利大厦 5 号楼 105 室
　　　　邮　编：100101
　　　　编辑部：北京市海淀区花园路 6 号院 B 座 6 层
　　　　邮　编：100088
　　　　电　话：64924853（总编室）　64924716（发行部）
　　　　网　址：www.zgyscbs.cn
　　　　E-mail：zgyscbs@263.net
经　　销　新华书店
印　　刷　阳谷毕升印务有限公司
版　　次　2020 年 11 月第 1 版　　2020 年 11 月第 1 次印刷
规　　格　710 毫米 ×1000 毫米　1/16　16.75 印张
字　　数　235 千字
定　　价　38.00 元　　ISBN 978-7-5171-3592-0

师者，干老

韩立明

在中国历史上，"老师"有约定俗成的含义。韩愈的《师说》大家都很熟悉，"师者，所以传道受业解惑也"。

泰州是我任职过的一个地方，教育工作在此有着深厚的历史渊源，为师者众多。泰州历史上的许多文化名人，胡瑗、范仲淹、王艮、施耐庵、郑板桥、梅兰芳、吴贻芳、朱东润，等等，都曾是老师，且都是名师。

近年来，老师的称谓渐渐被广泛使用，词义远远超出了原有的范畴，似乎已经演变为一种尊称，并非专指一般意义上的职业教师。复杂了。

譬如，我在泰州任上认识的王干老师，身份也是多变而复杂的。

王干老师，被熟悉的人昵称为"干老"。王干不到30岁就被称为"干老"了。因为被王蒙称道，当时没见过他的人都以为是德高望重之辈，所以就"干老"了……

王干，是干过"老师"的。他师范毕业后回到家乡今泰州市所属兴化市的一所中学，正儿八经地做过几年语文教师，而且做得非常好，自己爱好文学，常常把语文课当成文学欣赏课、写作课去讲，培养了一批文学爱好者，不少学生后来考了高校文科专业，成为文化工作者、新闻工作者、教师、作家。王干自己很快也改了行，走上了文学之路。

王干，是敢为"老师"的。有人说，每个老师都是评论家。其实，这句话倒过来说也许更对，每个评论家都是老师。王干不做老师后，做了作家、编辑家、评论家，后来还成了作家、编辑家、评论家里的书法家。王干是勇敢的。20世纪80年代，20多岁的他，就敢于与王蒙进行了那场著名的长篇对话。作为一个独立的评论家，他严肃地批评过不少作品，当然，更多的是作为一个编辑家、评论家，给过许多年轻或并不比他年轻的作家以鼓励。难得的是他后来做了鲁迅文学院的文学导师，给诸多作家当老师，提携、启发了一大批中青年作家，有些人也许只听过王干的为数不多的几次课或得到有所收益的点评，就认定自己是王干的学生。王干前不久还参加了一场"实话实说：当代书法江苏论坛"，在一帮专业书法家面前，纵论书法，颇有胆识与底气。

王干，是甘为"老师"的。前面说过，王干是干过教师这个职业的，离开专职教师岗位后的几十年，却一直没有远离老师这个行当。去年底，他又欣然受聘为母校扬州大学文学院特聘教授，转过身来再一次真正做了老师。如今经常在全国各地穿行、作文学讲座。

自当年师范毕业做老师开始，王干今年从教满40年，真正成了"师者干老"。近来，他教过的一帮正宗学生和自认是的学生、亦师亦友的文学道中人士，共有40余人写了40余篇关于王干的文章，即将结集出版，定名《桃李笔下的王干》，共分"家乡的桃""他乡的李""桃李外篇"三个部分，每篇文章都是用心用情之作。王干老师嘱我为这本书写序，作为曾经的泰州建设者并且深爱泰州，曾经为泰州鼓吹过并且喜欢王干描述泰州的文字，所有这些，促使我提起笔来，写了以上这些文字，向传承了泰州教育古风的王干老师致敬。

目录

1

家乡的桃

时光揉皱的拼图

——与王干老师交往的片段

钱　言

王干老师仅比我年长一岁，教过我们班一学期高中语文。故我一直对王干老师执学生之礼。

"一日为师，终身为父"，也只有中华文明有此一说。西方文明里，被father（父亲）替代的称呼也有，不是教师，而是神父。教师在中国历来被视为最神圣职业。

我对王干老师一直以学生的谦恭待之，除了尊师重教传统文化原因外，那就是王干老师本身的为人为文了。

我对王干老师最初也是最深印象，是他第一次走进教室叫同学们坐下的挥手动作。那时候老师走进教室时，学生们都要起立，等老师喊声"坐下"，方可坐下。有些老师挥挥手，有些老师点点头，有些老师轻声细语说声"坐下"，鲜有让我记住的。唯独王干老师的这一动作铭刻在我40多年的记忆深处，至今色彩不褪。

王干老师虽然与学生年龄相仿，但那张充满自信而谦和、大气而阳光的脸，第一次出现在讲台上，足以引起学生们注意。他喊"坐下"时，先把右臂往后引，从肩上绕过头顶，径直向前作 120 度弧度挥下，顺势将手撑在讲桌上。那时的我，对这个挥手动作有一个直觉：这个年轻老师有大格局，将来肯定不一般。

20 世纪 80 年代末，那是文学为王的年代。作为喜欢文学和准备报考文科的学生，对能写一手好文章的人，很羡慕很崇拜。别看小小的一个陈堡公社，当时就出了顾鼎竞、时庆涛这样有才华的人。省报《新华日报》用了大半个版的篇幅，登了他们两人合写的散文，是什么题目，都记不清了，至今还记得那句"社员们在打谷场扬稻，在空中划出一道金色的弧线"。包括后来的王干老师，才子集聚，成了特殊的"陈堡现象"。与其他地区的文学青年不同，他们心中的文学偶像在遥远处，仅仅是个抽象的作者姓名。我所崇拜的对象近在咫尺，鲜活而具体。这就把王干老师从一般意义的老师中区分出来，而具有了偶像魅力。

我 1979 年毕业没考上大学，复读一年，因自恃语文好，所花功夫少，而在短板的数学上花功夫多，高考成绩总分虽然达到本科线，因语文不及格而数学考得最高，只好填报了财经类院校，后被苏州市财经学校大专班录取（毕业前并入苏州大学并改为财政系）。本以为从此与算盘相守而断了文字缘。1983 年毕业分配时，意外地被分到盐城市委机关报《盐阜大众报》做记者和编辑，算是天遂人愿。

复读和上大学这些年没有与王干老师联系过，一从事新闻工作，首先想到的是王干老师。新闻与文学，需要的都是文字功底。早期两者不分家，即使在大学院系设置上，新闻专业都设在中文系，后来才单独划出去成为新闻系乃至现在许多高校设置为新闻学院。我刚开始的新闻职业苦恼，自然被混同为文学写作的苦恼，不停向王干老师写信讨教。上个世纪 80 年代最初几年，我印象中王干老师是在高邮县党史办工作，记得前些年搬家收拾东西时，还看到几封当时王干老师写给我的信。依稀记得王干老师一边对我加以鼓励，一边流露出他那时也陷入突破前的困惑。求教者与教人者有了一种迷茫的共鸣。

很快看到王干老师在中国文学界特别是文艺批评界异军突起。著名作家、时任文化部部长的王蒙与王干老师的"二王对话"系列，一时洛阳纸贵。

我在遥祝王干老师的同时，也为自己寻找突破做准备。80年代末我离开了盐城南下广东，后考取暨南大学新闻系研究生。研究生毕业后我先后在珠海市委宣传部、市委组织部工作，90年代末到市委机关报《珠海特区报》任总编辑，出差进京的机会也多起来。2005年的冬季，我约请了一批北京朋友吃饭，自然忘不了已经定居北京的王干老师。王干老师的光临，一如以往，给宴席增加了思想的含量和文学的幽默。

时轮转至2013年，我到香港卫视任主持工作的副台长。每转换一个新岗位，总想从王干老师那里获得有益的指导。同时也想利用王干老师本人以及社会文学资源，合办一些电视栏目，由于主客观原因，未有结果。但王老师的一些建议让我在工作中获益良多。

近些年来，王干老师谈论汪曾祺先生的文章颇为引人注目，他说："我们一直呼唤大师，也一直感叹大师的缺席。但有时候我们常常容易忽略大师的存在，尤其是大师在我们身边的时候，我们会选择性地色盲。有一个作家去世十八年了，他的名字反复被读者提起，他的作品反复被重版，年年在重版，甚至比他在世的时候，出版的量还要大，我们突然意识到一个大师就在我们身边，而我们却冷淡了他，雪藏了他。他就是汪曾祺。"

40年风风雨雨，人生时起时伏。我与王干老师亦师亦友的交往从未间断。现在微信朋友圈成了我们精神交往的新平台。虚拟的空间，多了几层缥缈的面纱，也过滤了年轮留下的痕迹。看到的王干老师，俨然是40多年前挥手喊"坐下"的青春姿态。

明月千里故人来

朱 君

我和王干的师徒关系，外界都知道，就不多表了。本文说些别的，献给王干，也献给自己，给生命留痕。

和王干的交往从高邮起步，20世纪80年代，是百年来中国绝无仅有的时代，也是我的青春时代。那时激越、简单、爱憎分明、线性思维，还不甘平庸。

我对中国现代文学鬼使神差般感起了兴趣，琢磨起20世纪二三十年代"左联"那帮作家的事，写了一篇比较革命诗人与同期自由派诗人的文字，洋洋洒洒上万字。当时，我信息闭塞，眼界不开，所有的知识支撑就是以群的《文学的基本原理》，对外界一无所知。我父亲把文章交给陆建华先生看，他把我叫到他家谈了一通，同时推荐我读丁帆、王干、费振钟的锐文。我读了他们的文章后，受教很多，脑洞大开，原来写作是如此自由快乐事。

是陆建华先生亲自带领，还是写了路条，记不清了，反正我和王干接上了头。王干住百岁巷，距离我很近，五分钟就到。见到王干，我没好意思把自己的拙文拿出来，只讨教应该读哪些书。王干说，对他自己影响大的是别林斯基。于是我找来上下册的《别林斯基选集》回去啃。多次搬家，扔掉了不少书，但这两本书一直保存，我把这两本书当成纪念品收藏。

在高邮的那段日子，几乎每日都和王干泡在一起，山南海北地扯，这些看似闲篇，其实是对我开悟，信息量很大，王干对我的开悟是在扯淡中完成的。我执拗地认为，扯淡是很好的学习方式。通过扯淡，我非此即彼的思维模式不知不觉地坍塌了，内心无形的墨绳解开了，有一种豁蒙的喜悦。

扯淡中，我轻松完成了一篇对 20 世纪 20 年代乡土文学研究的文稿，王干看后，觉得还行，推荐给浙江的《当代小说研究》刊发。这是我第一次变铅字的文稿，若干年后，我见到文章的责编盛子潮，提到这段往事。盛子潮说，他还记得这篇文章，是王干推荐的。他有一种错觉，说我们曾见过，但何时何地他记忆不起来，但一口咬定，第一次见面王干也在场，还说那天喝了不少。我用玩笑补刀：那天我抽了不少，你喝了不少、酩酊大醉。在盛子潮的茶馆里，我们前半段叙其他若干人，后半段叙王干。一晃，盛子潮已辞世数年。人生有限，这让我顿生迫切感，怀旧也就提到重要议事日程。

1988 年王干去《文艺报》工作，我们接触频率减少，但联系从未减少。那年春节，王干回来，我们天天喝酒，王干一位同学蔡科明从宝应、费振钟从南京赶过来加入其中，天天搞得天昏地暗。那些日子，我把一辈子的酒喝完了，以致现在滴酒不沾。我的第一根烟也是王干点的火，但我现在的烟量比王干大。那年我们拍了不少照片，我在王干家照壁前面捧一块砖头和主人合影，起因记忆模糊，好像是喝酒高兴，王干跑到照壁前高呼："天人合一。"我随机捞了一块砖做道具，拍照片的小王摁下快门，说很好。

在高邮，我们随性的事情还干了不少，晚上神游到一位朋友家门口，敲门不应，顺脚在门上踢留几个大鞋印。

我那时谈恋爱，女友要被单位提拔当科长。我们觉得干部这种职位不好玩，在她回南京之前的晚上，做思想工作，劝她推掉职位。

王干说，少年不荒唐，老大徒伤悲，连回忆都贫乏。

还真是这样。

到了南京，王干把高邮起源的"游神"传统带到了南京，一度，王干住湖南路10号，我住芦席营，两家直线距离大概也就600米，但要见面，得绕一大圈。我们常在费振钟家蹭饭，饭后在苏童宿舍打牌，苏童老婆在苏州，王干太太也没有调过来。湖南路10号好像是我上班的地方。每天绕一趟。兄弟不见面，总觉得内心空荡。

当时我们的物质条件都不怎么样，甚至连独立的房子都没有，但也欢天喜地地过来了。

在南京除了"游神"之外，我们也干过一些所谓的正事。

1997年，黄铁男先生创办《东方文化周刊》，老黄对我说，调过来可以分一个大套住房，见我犹豫，又说你在原单位住房不可能一步到位。有大事找王干，王干再三考虑后说，先不调，编外运行，等见到房子再调动不迟。幸好我听了王干的话，否则房子什么时候解决根本说不清。后来《东方文化周刊》不止一次被兼并，老黄自己也去了别处。自然，建房计划落空。

在《东方文化周刊》，我编辑评论版。策划、主持过《道德理想批判》《知青文化批判》等系列栏目，热闹了一阵子，刊物成文化人刊发观点见解的一个去处。当时，我把自己完全当成媒体人，刊物搞得热热闹闹有影响是唯一目标，想得非常简单，由此也造成了一些误会。一天在鸡鸣寺遇见评论家王彬彬，在半山的一家餐馆，我们捧着漂油花的茶水交心。王教授率性，直言不讳说，外界对《东方文化周刊》评论版及你个人有非议，认为你们拉帮结派。他善意提醒我。我说明原委，不存在此种问题，争鸣不预设立场，百花齐放。事后细想，编辑尺度的确拿捏不好，是给人误解的主要原因。争论双方当事人充分宽容理解，但围观者有各式议论，其中有一条议论是王干在其中使坏。今天，我澄清一下，参与策划的除我之外，另外一个是评论家巍希夷，王干非但没有使坏，他无意中看到韩国一条有关《东方文化周刊》

关于"道德批判"的述评后,特地提醒我和巍希夷,说国内没有"新左",不要套用国外说法,还说我们用力过猛了,要纠偏。

外界把我的行为与王干联系在一起,是合理推断,因为我与王干关系太密切了。不光此事是这样,其他事也如此。

我因学费未缴,学校扣我毕业证书多年,学校不找我而去找王干。王干对我打趣,好像我是你的家长似的。

我所住的房子,最早是王干先看上的,他看了房子很冲动,当即要买,我替他交了定金。王干回北京后,女儿在美国拿到绿卡,考虑在美国购房,就搁置了,于是我成了房主。

……

杭州是另一座我和王干交集多的城。其中原因至今无解。浙江传媒学院校庆,我过去祝贺。我在宾馆前台办入住手续,一转眼看到一个人微笑着向我翩翩走来,定睛一看是王干,问他怎么在杭州。他在浙江省委党校讲课,也住这家宾馆。接下来我们泡在一起活动,把学校的宴会扔一边,主办者戏称我们搞哗变,外地来宾被我们拉走了一小半,最后主事的人也加入其中,笑死人。

在杭州,我们这样的邂逅一共有三次。第三次是我到杭州后,朋友怂恿我主动出击,拨电话给王干,问他在哪儿。果然他也在杭州,这么大的世界,这么大的中国,为什么偏偏在杭州总是不期而遇?朋友们感到诡异,有人说这是禅,王干的解释是,我们俩前世都是灵隐寺的小和尚,是同修。我解释不了,只能以杭州"风景旧曾谙""我曾是杭州小和尚"迎合他人的好奇心。

北京虽然不像杭州那样有不可思议的故事,但总能遇到故旧。在王干原先工作过的人民文学出版社边上的安徽酒家,我和王干就遇到过老领导苏子龙,三个人把酒言欢竟连续三顿。在安贞桥附近的江苏饭店,王干领我与前省里的老领导在茶几上打80分。这让我有时光倒转、昔日重来的错觉。

王干曾领我瞭望他家西北边的一片在建房屋，动员我买一套。后来，王干介绍了几个房产中介，可惜我囊中羞涩未买。要是当初拿了，当年的300万不知要翻多少倍了，不过我至今偶尔仍接到北京房产中介的推销电话，他们大概没有把我的联系电话从底册中删除。这是题外话。

人之间的情分是需要洗练的，如矿出金，如铅出银。流水今日，明月前身。人一生中，交往的人大部分都是浮云，沉入你生命底色的人区区可数。我与王干的师徒情也好，兄弟情也好，是洗练过的，弥足珍贵。

摆　渡

徐　霞

　　水通南北打通的是空间，连接的是时间，滋润的是人间。水流动起来时空就连贯起来，人间的生活就活泛起来。大河上跑船的人和岸上的子民都因为河而有滋有味起来。小时候，从大虹桥沿着澄东河一路向南，从村庄到小城读书，从唱着"门前大桥下，游过一群鸭"到摇头晃脑地背着"霜落邗沟积水清，忽有人家笑语声"，因为这些句子里的生动，长于运河边的小姑娘学会了写字，写一年四季河上的风景，写岸上靠河而生的人家，运河给予了我写字的梦想与润泽。

　　直到今天，我又沿着高邮明清运河故道一路向南，走进扬大文学院，河里仍然南来北往的热闹，新修的船闸排着长长的船队。当年老城里人汪曾祺从运河走出去，十九岁离开四十多年后才回来，可是他无论走到哪里，心里都背着这座水边的城市。他的文字甚至连外国人都看出来里面是有着水的诗意。你看他写小城的文字是那般的安闲，似乎并没有任何的特别之处，而这正是大河般静静的流淌，看似无言的一切饱含惊涛骇浪与风情万千，一切只是因为历史的静水流深而显得沉默寡言。我最喜欢汪先生写运河边生活的一段文字，想必很多的人都很熟悉，尤其是大河边生活的人们最能体味其中的妙境：

> 黄昏了。湖上的蓝天渐渐变成浅黄，橘黄，又渐渐变成紫色，很深很深的紫色。这种紫色使人深深感动。我永远忘不了这样的紫色的长天。

　　而今，很多"汪迷"从各地嗅着水汽寻着食香靠着文字来重走老先生的足迹。河给了小城生命，也改变了小城人的运数，一条河是城市的形，是离岸人的魂，是写作者的心上人。生于兴化的王干先生，因与高邮的缘分，经常被我们认为是高邮人，他在母校文学院的讲坛上，讲汪老的大淖和岸边曾经的故事。王干说："汪老文章每次重读都有收获。"而他对文学的见解，既有从事编辑工作的丰富经验，又有作家本身对文字多年领悟的总结，他的讲述如运河水汩汩流淌，从平淡隽永的小说中点出让人拍案叫好的结尾，原来小说的结尾还可以这样转折，听罢，恍然大悟，席间运河文学创作研究院的学员们纷纷笔记或录音，如遇宝典，以为记下便可有神功眷顾。他说："一两个编辑选不上你的作品，是他们眼拙，十几个编辑都选不中你的作品，那肯定是你的作品不好。"让我们这帮自认才华横溢、认为读者品位需要增加的写作者，捶胸顿足，狂呼"讲什么大实话"，笑过后其实让我们更加清醒地认知到作品与期刊、与读者要求的差距，而不是整天埋怨伯乐的缺失。

　　王干先生讲经典《红楼梦》里人物的关系，以及与政治、经济、社会的关系，谈里面包罗万象的诗词，讲茶文化、饮食文化、服饰文化到戏曲文化、中医文化，给我们阅读的层次感、深入感、探索感又打开了一扇通往星空的大门。我在笔记本上写了几个问号：文学与我的关系？文学与生活的关系？文学与时代的关系？我想，这需要一万年去思考。

运河文学创作研究院班上有五个高邮的学员，都曾受过王干先生的指点，他用绳索牵、用浆划，从河上渡到岸边，就像这些年运河上的船，虽然从木船到水泥船再到柴油机船，船的材质在改变，但船上的船夫就是我们运河边孩子文学的引路人、摆渡者。如汪老，如干老，这些从上河到上岸的文学先驱者带了一船又一船的船客，有中途换道而走的，有就此借帆远航的。我在想，我这条小船将在哪靠岸？

师生、老乡、兄弟

叶庆荣

　　我和王干是同乡，我们很小就熟悉，他大我五岁。

　　我的家乡陈堡镇的镇子不大，有一千多人，四面环水像个岛，东西南北四座桥把镇子和四周各村连成一片。

　　王干的家在镇子正北面，我家住镇子北面偏西。王干家和我姨父家一前一后，姨父是中学老师，两家院落大门都是朝东。小时候我经常去姨父家找表哥玩，路过王干家门时总要放慢脚步往里瞅瞅，希望看到王干的妹妹王凤。王凤和我一个班，她是班上五大美女之一。没有看到美女，很多次都是王干在院子里朝我点头笑笑。

　　王干成了我的老师，这让我有点意外。那是我读初二的某一天，那天上午已经升任中学校长的姨父领着王干走进我们教室，向大家宣布了新来的语文老师王干。王干二十岁左右，脸上带着笑。他很快进入了角色，讲课抑扬顿挫，满满的自信。他的右手不停地动作着，口中有讲不完的东西，同学们听得很入神，很专注。多年过去了，已经记不清王干教过的课本内容，但上面这些细节一直在我脑子里。

王干做我们老师时间不长，好像只有两个多月，没有教满一个学期。但一日为师终身为父，王干永远是我的老师，尤其对我这个学习成绩比较优秀的学生，我在学校获取的每一份知识，都离不开王干和其他老师的谆谆教诲。

不久，王干去外地工作，我也为能摆脱贫困吃上国家饭，去外地补读高中课程。经过努力，1983年我考取了武汉大学，也为陈堡人挣了面子，我的外公非常高兴，六十五岁高龄还送我去武汉报到。

再次见到王干是十年以后。

1987年夏天，我大学毕业分配到南京熊猫电子集团。刚到南京人生地不熟，和刚入大学校门时一样，开始找同学找老乡。在省教委工作的顾鼎竞（我习惯尊称顾总）是陈堡的家乡人，顾总姐姐家和我家是前后邻居，顾总已经在南京工作多年，用家里人的话讲"他在省里做大官"。

我找到了顾总。家乡人相见分外亲，在顾总上海路的家里，我第一次在城里人家里吃饭，还第一次喝了酒。很快我又联络上了几个在南京工作的初中、高中同学，从此我在南京再也不是一个人了。

1990年元旦过后，顾总告诉我王干来南京工作了，王干那时已成作家，在文坛已经小有名气。一想到今后和老师同在一个城市工作生活，这让我很兴奋很开心。

我很快见到了王干，在鼓楼一带的《钟山》杂志社。我俩都很高兴，第二天王干就约我去他如意里的家里吃晚饭。那是一间非常小的房子，只有四五十平方米，但很干净整洁。我第一次见到了王干的爱人毛老师，毛老师中等个子、不胖，皮肤白白的，安静平和。我深深为王干窃喜，这是一个充满温暖的家，一个能让王干放松休憩的港湾。毛老师烧了几个菜，我和王干喝酒。我们谈了很多，谈了这十几年的艰辛努力，谈了今后的理想和抱负。王干的酒量很大，我不胜酒力，离开时我有点歪歪倒倒。王干送我到楼下大街上，拦了一辆出租车。

　　我和王干在南京见面成了常态。几年后我也成了家，单位分给我一套六十平方米的房子，我把老母亲接到南京生活。不久王干在肚带营小区买了一套大房子，他的爸爸妈妈也经常来南京。王干是个大孝子。有一次他跟我聊起两个老人在南京没有熟人很无聊。我说我母亲也有同感。我们不约而同想到陈堡麻将。我母亲和王干爸妈都很熟悉，那段时间我们两家周日经常你来我往串串门，午餐之后，我母亲、王干爸妈三位长辈一起打陈堡麻将，我和王干轮流作陪，不打麻将的人或观战或倒茶切水果，整个下午几个老人玩得很开心。记得有一次是上班时间，我让司机把我母亲送到王干家里，三个老人打了一下午三人麻将。

　　2000年的一天下午，王干突然打电话给我，让我去他家一趟。一到他家我才知道王干决定去北京发展，临走时给我留下五十多本书，都是名家作品。尽管很突然，不希望他离开南京，但北京毕竟是首都，是国家政治文化中心，发展空间巨大，天地更宽，内心还是希望王干有更大的发展。

　　因为工作关系，我经常去北京出差，于是和王干又常在北京见面。每次到了北京，我都要向王干通报一下，有空我们就聚。有时在餐馆，有时在茶社。小聚时王干常带着几个全国各地的年轻作家，他们都是向王老师请教的。王干先把我介绍一番：时总是国企"老总"，小说写得很好。我每次都说：王干是我的中学语文老师，我们光屁股就在一起玩了。他们聊我用耳朵听。他们聊古今中外聊天南海北，王干谈文学时好像眼睛都在说话，不空谈，说得有形有色很具体很生动，看得出这些朋友对王干很崇拜很尊敬。

　　顾总和王干的事业蒸蒸日上，他们是陈堡人的骄傲，是我们在外乡工作的陈堡人的楷模。有了榜样的力量，我在国企也混了个领导岗位，每年能挣点小钱。虽然小有成就，但这都不是我追求的目标，我的梦想是成为一名作家。高中时县广播站播发我的新闻稿，大学期间发过几篇微型小说，参加工作后集团报刊隔三岔五就有我的文章，这些让我很膨胀，总觉得今后能写出几篇大作。王干在文学上取得了巨大成就，拿了大奖，成了文学界的大咖，这更激发了我向王干学习的热情，希望借助他的指点走上文学之路。王干时常鼓励我大胆去写，向我讲一些写作技巧，我想有王干这个老师，我可以比其他向往文学的人在取得成功的路上少走许多弯路。无奈工作太忙无法静心，至今一事无成。2009 年我离开国企，这让我有更多的时间和空间来安排自己的事情，也让我有了更多的机会向王干学习，圆我的作家梦。

王干是我的老师、我的老乡，更像我的兄长。由于疫情的影响，我和王干只能电话微信互报平安相互问候。我们已经一年多没有见面了。

最近一次见面是去年三月的一个晚上，在北京安定门附近的餐馆。那天晚上有我和王干，还有著名作曲家卞留念等他的几个朋友。酒过三巡之后，有人谈到了王干作词、卞留念作曲的歌曲《一往情深到高邮》。卞留念即兴取出一台乐器弹了起来，边弹边唱"天山微云高邮湖，运河脚下流出个秦少游……"歌曲生动感人，字里行间流露出王干对高邮这座历史古城自然风光的热爱和崇敬深情。大家击掌打拍，哼着小调，晚宴气氛达到了高潮。那一刻我突然发现，一向笑哈哈的王干，眼里噙满了泪花。

王干，我永远的老师！

金明宪

王干，当今中国文坛、书协扛大旗的资深大咖，业界多以"干老"尊之。儿时的我，可谓三生有幸，得以忝列门墙，受教整两年。其间经历，至今仍是我儿时记忆中最为深刻、最常感念回味的一页，而我们间四十年的人生交集，亦为我诸多师生缘中最具意趣的一位。

一、不能推却的"史命"

差不多近二十年，我都是在"案牍劳形"，为人当吹鼓手，写了太多的颂扬文字，说了不少"行话""套话""漂亮话"，以致后来越写越怕失去自己。遂于一日，决然不顾上请尊命而自我封笔，及今已十年有余，其间屡以圣人"述而不作"自嘲。故而，在接到"发小"德义兄关于"桃李笔下的王干"约稿令时，一直迟延不决，未敢爽快"接单"，生怕这"生锈之笔发臭之墨"贬了老师，抑或一不小心犯起"职业病"，行话套话连篇污了老师，便一直在内心处找借口推却。然而我不仅总找不到恰当的托词，反而益发为自己的

17

推却深感到愧疚。

一则，王干老师于高邮师专毕业回家乡母校执教，总共也就两年许，我又因儿时顽劣愚钝留级重读初二两年，成为当年屈指可数的能全程跟读王老师的幸运者之一，理所当然最有资格和义务帮老师遍寻那远去的宝贵记忆了。

二则，"王干老师从教四十周年"纪念活动，我也是"始作俑者"之一。前年春节归乡探亲，巧遇王老师及德义兄诸"发小"，推杯换盏间自然少不了畅叙儿时读书情景，感慨万千间我乘兴说了一句："王老师，不知不觉，您教我们快四十年了，下次找机会再回家乡，我们把过去的同学召集起来，搞个师生四十年聚会，如何？"原以为王老师乃"阳春白雪"层的名流，大忙人一个，一定是没空也不便跟我们这些个"下里巴人"来啥聚会的。孰料，老师竟毫不犹豫，当场答应："好啊！你们尽快联系安排，尽可能找全当年的同学！"

尽管这样，我起初还是以为酒兴之言，逢场作戏，认真不得。不承想老师的缱绻乡情和浓浓意兴竟真的被我们全然勾起，对此一直念念不忘，并随着四十周年日子的临近而益发急切起来。一年里或当面或电话、微信多次分别与我们热情商讨此聚会一事，若非年初暴发的"新冠"在这中间插了一杠子，怕是早已成行。说来惭愧，我因俗务冗事缠身，反而将这件很有意义的事几乎全部扔给德义兄独个去热心张罗了。

平常不去帮忙也就罢了，关键时刻再不出来"抬庄"，就不仅仅是"不够哥儿们"这么简单了。不过说实话，我一度疑惑不解：王老师这辈子一路走来，定然是鲜花不缺、掌声不断的，咋竟还能稀罕昔日弟子们满是土腥味的喝彩呢？细细咀嚼，我终于悟出其中的"道道"来：

这不正是王老师在以他独有的方式潺潺地诉说着自己那滚烫的"乡愁"吗？！而或不也正是老师文人式的"不忘初心"吗？！老师早前曾以其精到的笔触细细解剖了余光中老先生的《乡愁》，但愿我们这次的"王干老师从教四十周年"活动也能精准点到老师"乡愁"的穴位！

对于王老师如此朴素且热切的"乡愁"情结，我自当"史命"在身，还能再推却什么呢！

二、耳提面命，受益终身

我中学年代正是"应试教育"的萌芽时期。其中的语文课堂，大多走的是由字词句讲解到段落大意的分析，再到中心思想和写作方法的归纳提炼这一套路，使得本应很生动的课堂内容变成了让学生哈欠连天的"八股文"。而刚走上中学讲坛的王老师，却带给我们一股清新鲜活之气，将原本枯燥乏味的"八股文"演变成一篇意趣盎然的"散文"。他常在上课之前，以一首与所学课文相关的唐诗作导入，然后才言归正传回到课文，通过一番师生你来我往的诵读，让我们在了解、熟悉课文内容的过程中，自我慢慢悄然体味其文采，感悟其意境，而后或是身临其境、绘声绘色地引人入胜，或是"不怕不识货就怕货比货"般比较分析，画龙点睛。课后，又根据学生的不同表现，因人而异布置不一样的作业：有的重在抄写生词好句，有的侧重熟读、背诵课文，有的则指定阅读一些课外读物。而对班上三五个"尖子生"，他更是自费奖励每人一套课外书。在这样生动、轻松的课堂气氛中，我的语文学习兴趣和劲头很快被全部调动起来，像拧紧了发条的时钟，"嗒嗒"奔突，不仅几乎通读了自己当时能得到的所有小说，而且还"横冲直撞"了王力和吕叔湘二位语言学大家（这事现在想来，我都觉得有点神奇，当时老家陈堡乡下供销社的一角书柜，居然有王力和吕叔湘二位的语言学专著卖，而且居然被我这个小小初中生先后全部购得）。

我唯一一次受到的王老师在全班的"特别表扬"，是因我的一篇"应急"作文而起。记得当时因参加堂姐的婚礼而贪玩拖延，直到要吃饭时才猛然想起下午要交作文，便在餐桌边摊开作文本情急生智地憋出了两页纸交差。不承想第二天一上课，老师便拿出我的作文，在班上全文朗读后，先是表扬"这篇作文激情洋溢，词句华美，朗朗上口"，而后话锋直转，让全班同学千万不要学习这篇作文，"学不好整篇作文就是华丽辞藻的堆砌，实际空洞无物"。老师这一"欲抑先扬"，让我从前一刻还是个洋洋得意的"小样"，一下子变成面红耳赤的"关公"，却又不得不惊叹他的"火眼金睛"。

应该说，我至今可怜的文学兴趣以及同样可怜的语文功底，都是这两年随王老师而打下的。高中三年，随着"八股"式语文课堂的复归，除了文言文学习外，我便几乎没有正儿八经地听过一堂语文课，要么在课堂上看小说、写诗歌，要么私下背英文单词。甚至高考前，别人都忙着紧张备战，我却沉迷于写小说。结果自然是小说没能发表，高考却被预考淘汰。只落得在家父的怒火及他烧毁我全部文学课外书的火堆边（惜乎，王、吕二老的那两本专著也因此被"殃及池鱼"），我流泪发誓：只要再给一次机会，我决不再碰小说书，一心一意闯关高考！

即便我后来的大学课堂，也深深留下了这一时期的烙印。大学语文及现代汉语课，很多时候被我搅和成充满火药味的师生探讨、辩论；整整一学期的文学概论课，我总共没到堂一半课时，考试时交了篇论文，却意外赢得复旦中文博士出身的美女老师的另眼相看；而伦理学的考试论文则被教授直接推荐提交当年的中国伦理学研究年会。

王老师留给我最刻骨铭心的"深仇大恨"，就是经常罚我抄课文。大多都是《故乡》《社戏》等长篇课文，而且还是一罚就是抄两遍。有次我真的给激恼了，自耍聪明，找来蓝色蜡纸复写。自然被他一眼识破，加罚五遍！还不老实，再罚独自负责全教室打扫卫生一星期。后来，他又找来当年的全套高考试卷，同时丢下两本练习簿，让我帮着抄试卷，以供他同时任教的高中毕业班学生用。我常抄得眼花腕酸、指肚脱皮。但也由此"因祸得福"：既打下了良好的硬笔书法功底，还养成了基础的书法爱好和抄写习惯。于今，抄书已成为我排忧解压、修身养性的一大独门"养身之道"。近几年不仅连续抄写《老子》《四书五经》等国学名著多遍，今年"新冠"肆虐期间，我又接连抄写《金刚经》四五遍，《心经》及《大悲咒》等各十多幅，全部赠送亲朋好友乃至寺庙。姑且算作是我对老师当年教诲之恩的一种报答吧。

虽然至今我的普通话一直讲得很不标准，但儿时的我却"有一副天生的好嗓子"（中学时一英语女老师的评语），加之对课文作者的情感捕捉较为精准，从而让我在班上有了"一技之长"。差不多每次上语文课，王老师都要抓我起来朗读课文，每每都不吝表扬一番。可令人沮丧的是，平时表现很光鲜，一到关键时刻就准"掉链子"：每逢教育局或学校组织到我们班听王老师课，我再朗读时，竟无一例外地总是因为过分激动、紧张，而读得结结巴巴，面红耳赤，甚至满额汗水！从而严重拖了对王老师的教学考评的后腿。但他却从未因此气馁、放弃，反而更加着力地"折磨"我。终于，在一次全校初、高中生代表同台竞技的朗诵比赛上，我以对《周总理，你在哪里》的饱含深情的朗诵而赢得第二名。

这个"第二名"不仅更加激发了我儿时的语文学习兴趣，而且在我这个农村孩子隐隐自卑的幼小心田里，深深地埋下了自信、自强的火种，继而在后来的大学时代生根发芽。彼时，面对一群城里来的大学同学、老师，尽管我的普通话仍然很不标准，但无论是演讲、辩论大赛，还是文化沙龙的主题讲演，我都再没有紧张、发怵、怯场。直到现在还是惯性使然，总深恶"作个报告讲个话，也让办公室准备稿子"，斥责工作汇报成"小和尚念经"的现象。

相较其他学龄阶段，初中往往是一个人的兴趣爱好、性格特长形成并逐步定型的基础阶段。好的老师真的是不仅能"教书"，而且更能"育人"的。我的初中时代，幸运地遇上了王老师。

三、怅然与文学之路失之交臂

王老师调离乡下老家陈堡后，我们便因此"失联"了。

1986年，我"鲤鱼跃龙门"跨入大学校门，其间都是从南京中转赴校，往往先是在南京德义兄处盘桓数日。恰逢王老师先一步调入南京《钟山》编辑部工作，且与德义兄常有联系。因而，我和德义兄等几个在宁工作的"发小"一起，就乘便拜会过王老师两三次。师生一场，数年未见，嘘寒问暖中自是相互通报各自近况和今后打算。王老师从自己的切身经历出发，为我们介绍了搞文学的乐趣，以及当时全社会方兴未艾的文学热潮，热情地"诱"我走文学之路，并答应像过去那样不遗余力地给予指导。可惜，当时我受所读专业之限及当时流行社会思潮的冲击，兴趣与志向已日渐远离文学轨道，而游猎于黑格尔、尼采等西方哲学大师之间。浮浅地以为，文学只是社会的"调色板"，人生的"调味品"，只能为我们的"弗洛伊德情结"找个亮堂的发泄口，而远未能助人实现"权力意志"，更遑论由"解释世界"进至"改造世界"了。余暇时拿来"小资"一下，"无病"时搬出"呻吟"一下即可，甚而以此附庸风雅亦无可厚非，至于以此当自己一生的"饭碗"却是断然行不通的，因而我一再拂却了老师的殷殷诚意。而今，"解释世界"越解释越模糊混沌，不仅没有"改造"成"世界"，反而被世界"改造"得千疮百孔。

现在细细想来，如果我的大学语文课还能由王老师执教，我还能在大学里继续"惨遭"王老师的"辣手"，保不准还能真的走上文学之路。

时耶？命也。"关山难越，谁悲失路之人"！

四、酒还真是个好东西

千百年来，我们中国人于酒大多有着五味杂陈的复杂情结，多少阳光风雨，多少爱恨情仇，多少成败得失，皆与酒有着不解之缘——哭笑皆有泪，成败都是酒。于我"知天命"后，开始冷眼人生百态，酒成了我贴注"文人""文痞"及"文化人"的标签：于"文痞"，酒乃其口蜜腹剑之利器，而于"文化人"，酒仅是其自我"作秀"忽悠人的"道具"；唯"文人"于酒情有独钟，或演绎真性情，或寄寓、迸发奇思妙想。

工作三十多年来，因缘际会，我曾先后多次与王老师推杯换盏把酒言

欢，甚而"对酒当歌"。1993年秋，本村贤达、师兄时庆荣及同属一村的
王干老师，一个为"熊猫"壮大来广深改革热土开疆淘金，一个为文学昌
盛来南粤之地"点金""播种"，我们在广州不期而遇。这为飘零他乡多年
的我，吹来了"故乡的风"和"故乡的云"。惊喜之余，自当积极筹划当好
"东道主"。颇为自豪地从床底翻出两年前靠多日通宵伏案而换得的两瓶"压
箱酒"，再叫上个大学同学壮胆撑腰。觥筹交错没两回合，庆荣兄便"关公
走麦城"，我只得绑着同学一起向土老师"集中火力"。一个时辰后，两瓶酒
便都底朝天，我和同学也先后上演"现场直播"，王老师则"酒止醺，意正
浓"，惜乎瓶已空。

于此，我一直耿耿于怀多年，所幸"有心人，天不负"。1997年底，妻
弟借花烛之喜，赴宁宴请岳父在宁的三位高足：河海大学校长张长宽（我的
小学算术老师）、江苏教育电视台台长顾鼎竞（其胞兄乃我老家的村支书）
及王老师。全都是陈堡镇人，知情适性，无所隐藏更无须掩饰。我便无所顾
忌地借着刚经河南工程工地磨炼的酒胆，一口一声"还旧债，释旧怀"屡向
老师"发难"，并不时鼓捣同是王老师学生的两舅子和一连襟"助攻"。老
师于谈笑间轻松应对，来者不拒，独战"群英"。酒酣意浓处，老师又自告
奋勇抓起话筒为"新人"献歌，我便乘机迷糊在老师那高亢雄浑的《北国之
春》歌声中。

让我尤为钦佩的是，步入花甲的王老师，人虽渐渐淡出江湖，酒力才气
不仅宝刀未老而且益发老辣。去年六月下旬，王老师应广东及港澳文联之
邀，来广州指导"粤港澳大湾区文学周"活动（仅由所遇出席人员，我明显
感觉这里很可能大有老师当年来广州"点金""播种"之功）。接风洗尘之
宴，我有幸应乡党、中山大学刘根勤博士转邀而"旁拐"出席。满席除我之
外，一应岭南文坛名将新秀：或省、市作协主席、副主席，或南粤各大期刊
总编、各大院校文学教授。城里文化人的酒席到底要比乡下农村要斯文得
多，名堂也多了去。席间，"干老"尊呼声，"多谢栽培"声，"请多提携"声，

不绝于耳。更间以"美女作家经王老师悉心指导的大作早日香飘粤港澳"的群情呼贺，及"今年茅盾文学奖可能花落谁家"的热切私询。一旁自惭形秽的我，在拉着根勤老弟见缝插针地遍敬一圈后，便假借酒劲，"巧"找切题，"粗鲁"切入，将自己近年来积蓄的，对文学界"沦落功名场，称奴方孔兄"的诸多不满一股脑儿倒出："王老师，最近我拜读了与您交往甚厚的某老辈大作家新推的两部鸿篇巨制后，咋有江河日下之感呢？"老师虽是微醺，仍清醒有加，一愣之后，便娓娓道来一段他亲历的该名宿昔年在美国讲学的一个小故事。巧妙的"四两拨千斤"，直让我感慨老师"谈笑间，樯橹灰飞烟灭"文人风采之余，甚叹自己憋足气力的一拳竟打在了一堆棉花上。

此一酒事，我细细品味了很长一段日子，之后浏览了老师热情寄赠的全套《王干文集》，细嚼了老师新近关于汪曾祺老先生的忆评文章（多年来，我对汪老乃至沈从文老先生，一直持"小家碧玉"难登"大雅之堂"，难能"配享太庙"之陋见），尤其读了老师一首诗《回答——悼李文亮医生》之后，对"文以载道"类尊上训教甚有"大梦初觉醒"之感。

老子云"和光同尘"，禅师曰"佛即我心"。

"世事洞明皆学问，人情练达即文章。""文革"迄今，我以为中国文学大致走过了"动荡""迷茫"和"浮躁"三个历史阶段（是说谨借此地与王老师方家讨教），王老师恰巧遍历。一个乡下孩子，全靠一己之力和对文学的顽强炽热之情，一步一个脚印地从农村乡下经县城至省城而直抵京城，虽未"出将入相"，却也精炼、机智、洒脱地走出了属于自己的一方鲜活而精彩的天地，实为难得，足以"祭告家庙，光宗耀祖"矣！老师一生，始于兴趣，归于信念，始终孜孜追求，自强不息的精神品质，不更是亦应为吾师吗？！

王干，我永远的老师！

凉月巴巴

——王干老师印象

颜德义

初中二年级的时候，一天放学回家，邻居家的小伙伴拿着一张《兴化日报》，兴冲冲地对我说，你上报纸啦！我赶忙抢过报纸，二版头条刊载了王干老师的一篇文章，是关于陈堡中学推进教学改革的，举了我的例子。当找到自己的名字时，激动的心情溢于言表。一个农家孩子名字出现在了县报上，是件很轰动的事。果然，那几天，无论是上学路上还是在帮父母干活途中，我都充分感受到了乡邻们赞许的目光。

那一年，王干老师担任我的班主任，教语文，而我，任班长兼语文课代表，一有时间就屁颠颠地跟在王老师后面，交作业、发资料自不必说，印象最深的就是不停地向老师借阅文学期刊。那时，王老师也刚从中文系毕业不久，每年都会订上《收获》《十月》《当代》等一批文学期刊，这些期刊也都是由邮递员直接送到学校。每次新期刊一到，王老师就会和课本一起带到课堂上，惹得我们几个所谓的文学少年心中直痒痒。估算着王老师看得差不多了，我们就缠着老师要借阅。老师每次都很爽快。基本形成了王干老师刚把新到的期刊看完，我们班上就传阅开了的大好局面。也许是我们的坚持打动了老师，等到了初三，王干老师仍然是我们的班主任并教语文，他就利用下午的自修时间给我们开设了文学欣赏课，给我们讲《红楼梦》《水浒传》等文学名著。等到初中毕业的时候，《红楼梦》我至少已经看过三遍了，后来，王干老师也成了红学大家，想必也与这有关系吧。

那时候，我们也有幸读到了王老师发表的诗歌、小说。有一次，在北京的聚会上，有同学还朗诵起了王老师那时描写铁匠铺的诗句。我印象最深的是读过王老师一篇名为《槐花》的小说，写的是人民公社初期，他家中的吃的、用的都公社化了，最后只能以槐花充饥了。文学期刊和老师的作品读多了，我也开始偷偷地模仿老师给杂志投稿了。记得就在自己的名字上了报纸不久，就给扬州的《水乡》杂志寄了一篇稿，一个多月后，收到的却是杂志社寄来的退稿信，心一下就凉了许多。等到下次再敢给报刊投稿，已经是二十多年以后了。

遗憾的是，我初中毕业考入镇上的周庄中学就读高中，而王干老师也离开陈堡中学、离开三尺讲台到高邮任职、成家。高中三年封闭式的学习，加上没有手机、没有网络，与老师失去了联系。等再次获悉老师的音讯，那已经是我远在如今重庆大学的校园里从《文学评论》《中国人民大学资料选编》《诗歌报》等报刊上拜读老师的文学评论了，在学校的图书馆里，我尽我所能地收集老师的作品，一遍遍地阅读，再长的文章总是一口气读完。我还从新华书店买来了当时的文学畅销书《王蒙王干对话录》。老师那朴实、流畅的用语，前卫、深刻的思想，引领着我继续关注着文学、关注着老师的风采。我禁不住给老师去信，并惊喜地收到了老师的回信……

离开陈堡中学后与王老师的首次见面是在南京。那时王老师已从高邮调至南京，我也大学毕业分配到南京工作。一次，有同学从广州回来，我们相约一起去拜访王老师。在湖南路的单人宿舍里，王老师盛情招待我俩，记得喝的是陶瓶装的泥池酒。虽阔别六七年，但酒香情浓，一下子又回到了难忘的师生岁月，我回忆老师为我减免学费、讲解《水兵圆舞曲》、收缴课堂笔记的少年往事，老师为我们介绍离开陈堡中学后的奋斗历程。

同在一座城市，按理应当经常联系的。但那时我刚参加工作，一切都在爬坡过坎阶段，老师也是创作、编稿、工作调整不断，我也只能从新闻里、老师发表的作品里关注着老师的动向。

2007年，我有机会到北京工作，第一时间向已移居北京的老师作了报告，期待着与老师在北京有更多的相聚，可阴差阳错，总是无缘相见。直到有一天傍晚，我在左家庄西街的一家小馆独自晚餐时，听到有人用陈堡话叫我的名字，才惊喜地发现王干老师正在另一桌远远地望着我。我们立刻人合一处，菜并一桌，开怀畅饮。真是有缘千里来相会，原来我的宿舍和王老师的家相距不足千步。从此，"北潜"的生活一下子生动了起来：陪同老师去新浪视频话说《潜京十年手记》、参加老师朋友圈的文学雅集、循着老师的美食地图体味京都五彩斑斓的美食、一起走进影院重温看电影的感觉。这期间，我读《王干随笔选》、读《潜京十年手记》等老师新出版的所有作品。因为有老师在，因为有老师的作品在，北京的生活充满了文艺范儿。王老师在《潜京十年手记》中曾比喻自己是一条潜游在京城的鱼，而我是多么幸运，因为有老师这条大鱼的存在，我这条同样潜游在京城的小鱼，才不会觉得黑暗、孤单。

人生是有限的，而文学是永恒的。2018年，我在南京收到了老师寄来的一大箱《王干文集》，皇皇十一卷，我迫不及待地开箱、拆封，书香、墨香齐上心头。这里面有我熟悉的作品，也有许多未曾读过的作品。有一天雨夜，出差途中，在无锡城的古运河边，我一个人静静地阅读老师的文集《静夜思·另一种心情》，当读到王干老师回忆家乡中秋习俗《偷月饼》一文中的儿歌"凉月巴巴，照见他家……"时，不禁热泪盈眶。王干老师不就是那暗夜里的灯光吗，如此纯净！如此明亮！作为前行者，他为我们打开了文学之窗；作为耕耘者，他用文字引领着我们人生的方向！

岁月清浅芳华留香

——我与王干老师二三事

姚敬厚

　　王干是我高二年级的作文老师。那时，刚恢复高考，教师奇缺，但学校对我们高二文科班比较重视，除王干老师外，还配备了刘宁坤老师教现代文阅读，顾从喜老师教文言文阅读……记忆中，我们文科班有60多名同学，其中复读生10名，包括后来担任过扬大文学院、信息工程学院院长的金永健、珠海市委宣传部副部长、香港卫视副台长的钱言（学名钱建来）等同学。王干老师比我们大不了几岁，教我们时他刚从高邮师范毕业回来，在科任老师中，他年龄最小。或许有这个原因，他跟同学们走得更近，深受大家的喜爱。

　　王干老师给我们上作文课，带来的文学信息很多，让我们这群很少能接触文学创作的农村孩子感到很新鲜。作文课他因势利导，循循善诱。印象最深的是他给我们上的一堂作文评讲课，范文是金永健写的《我心中的一幅画》，文中的这幅画是一幅中国地图。金永健跟王干老师本是同班同学，刚参加高考时金永健离录取分数线就差一两分，当时已经担任学校玻璃厂灯工车间主任的他，索性停工插入我们文科班复读，所以才有了同学变师生的奇怪现象。王干老师从金永健这篇作文精巧的构思，一直讲到简朴的语言表达，让我们听得如痴如醉。至今还记得文中的几句话：台湾就像一叶扁舟漂浮在大洋之上……；妹妹常用她那胖嘟嘟的小手比画着台湾和大陆之间的距离……；归来吧，台湾！评讲结束，王干老师要求我们重新构思写作此文，同学们似乎茅塞顿开，找到了各自修改的思路。

王干老师教我们的时候才二十多岁，不但才华横溢，而且浑身充满着青春的朝气。紧张的工作之余，他总是和篮球分不开。体育老师解明鉴除了安排学生常态化的篮球训练，隔三岔五就来一场教工或师生篮球比赛。70年代末的校园生活还比较的单调，听说有篮球赛，各班就自动组织学生到操场上观看，同时担当义务啦啦队。当计分板上出现比分悬殊的时候，"加油、加油"的呐喊声会一浪高过一浪，整个校园都沸腾起来了。王干老师体质好，在赛场上健壮如牛，东冲西突，有使不完的劲，难怪他常打中锋。王干老师在赛场上最抢眼球，不但男生啦啦队为他叫得响亮，女生啦啦队也不甘示弱。有一次，运球在手的王干老师几个点拍后，突然来了一个急转身，大跨步腾空投栏，好球，进了！

王干老师的家住在老校长张志宏家的前面，好像是租住的三间古色古香的砖瓦房。他们每天要走过悠长的砖街，到供销社水泥码头上淘米洗菜。偶尔也会看到王干老师挑着一副水桶到熙熙攘攘的大码头上来回担水。有一次，我经过王干老师的家门，看到一位俊俏的姑娘，夹着一只装满衣服的木桶笑吟吟地走出大门，想必她是去河边汰洗衣服。几个老奶奶在不远处议论：老王家找的媳妇又好看又勤快，刚上门就干活，是个会过日子的人呢……不用说，这老王家的媳妇就是我们王干老师的夫人了。不知是羡慕，还是高兴，我不由自主地回过头去，又看了一眼师娘的背影：她婀娜的身姿，飘逸的碎步，仿佛是从唐诗宋词中走出的仕女，又像是从香花野草中飞出的蝴蝶，给人的是书卷清气，端庄而质朴。

高中毕业后不久，我听说王干老师去了高邮党史办工作。尽管他也常回来看望父母，因我在村小上班，几乎没有再遇见过他。后来，王干老师在文学创作文学评论领域风生水起，成绩斐然，尤其是《王蒙王干对话录》出笼后，名气越来越大，他更忙了。不过，我们从拜读过的王干老师的作品中，从跟同学好友的交流中，从他荣获第五届鲁迅文学奖的报道中，一样可以分享到他的成功和快乐。王干老师在《钟山》杂志社任职时，我曾经推荐过我的一位学生韦桂之（笔名楚尘）结识于他。勤勉好学的韦桂之当时供职于《东方文化周刊》，写王干、苏童、叶兆言的《金陵三剑客》一文就是他在南京时的杰作。1996 年韦桂之曾与王干老师合作过一部散文集《迷人的语言风景》。在王干老师文学圈的良好影响下，韦桂之很快成了专业作家，现在北京经营楚尘文化传媒有限公司，从事人文类图书出版工作，在中国出版界具有较强的影响力和竞争力。记得我在江苏教育学院学习时，去马台街看望桂之，曾相约去拜见王干老师，可惜电话联系后得知王干老师要开会，就错过了机会。后来偶有机遇，但都羞于自己成绩平平，以至于连拜见老师的勇气都没有了。诚然，与老师相见有时也在无意中，他外甥女结婚，在泰州大酒店，我们见到了王干老师，不知是思维定势，还是自己真的也老了，眼前的王干老师还是那么年轻，憨厚的笑容似乎总能让我们回到那青涩的岁月。

2017 年，唐庄入选江苏省首批特色田园乡村的建设，镇党委、政府成立了文史组，负责收集整理唐庄村的历史人文资料，我和时庆涛老师都在其中。经过一年多的努力，由时庆涛老师主编的唐庄村史书基本成型。但书名一直未定，有心人都在动脑筋，苦思冥想，想出了许多又在一次次的推敲中被否定。书名没定好，连同书写的事由时庆涛老师一起捧到了王干老师面前。王干老师沉吟片刻，说："就定为《庄恋》吧。"随即泼墨书写。王干老师还跟时庆涛老师开玩笑说："我的字值钱呢。"时老师不无骄傲地回答道：

"正因为值钱，我们才请你大咖的呀！"《庄恋》，让古朴唐庄增添了灵气，更有了名气。

四十年，岁月清浅，芳华留香，王干老师留给我们的记忆弥足珍贵，一直珍藏于心。

我与王干先生

钱　志

　　最早知道先生的名字是在 1976 年。那时我在高里村小上学。时光宽裕而无趣，放学后，我们几个小伙伴常常工兵探地雷似的在村头庄尾角角落落，寻找大人丢弃的废塑料纸、碎玻璃片，到了星期天，呼朋引伴，七八个人肩扛手拎去公社供销点卖了换橡皮铅笔作业本。

　　一次，供销社大门对面的南墙上贴着两张醒目的大字报。走近一看，大标题是"庆祝粉碎'四人帮'"，下面抄写的是一首诗，内容我记忆已模糊，只记得一句"狗头军师张"，作者：王干。汉字中，这个姓名是笔画较少的，由此记住了。

　　几年后，我到陈堡中学读高中。高二时，年方二十、刚从师范毕业的先生教我们文科班语文。第一节课，望着讲台上身材挺直健壮、目光炯炯有神的帅哥，我终于把眼前的人和脑海里的姓名对上了号。

　　毕业班的教学必须围着高考指挥棒转。每周七节语文课，几乎节节反复炒着错别字订正、病句修改、文学常识、修辞手法……长此以往，便有些乏味。王干先生经常不拘考点，兴之所至，用飘逸的"王体"在黑板左上角写上一首唐诗宋词，简要赏析后，继续"言归正传"。

先生语文课上这种花絮式的插曲引发了我对唐诗宋词的兴趣。很长一段时间，不管功课多繁忙，我都坚持每天背一首古诗词。唐诗宋词语言精练，憧憬回归自然，抒写人性对自由和天然的期盼，其魅力使我陶醉其中。有些名句后来成了激励我复读岁月艰难日子里奋斗不止的座右铭。

当时的陈堡中学，年轻男教师居多。他们往往在下午第三节课后组织篮球赛。打晚饭时，我和同学卞吉总是提前溜进食堂，向校长夫人张师娘打听教师的菜可有多余。十有八九，慈眉善目的张师娘匀给我俩一份二角钱的"小伙"。相比个儿油滴的冬瓜汤，中约汁颜色的咸菜汤，食堂里最美味的"小伙"是韭菜炒肉丝。饥饿的年代，一根肉丝香三里！我和卞吉一人一半，捧了搪瓷缸站在操场边的杨树下快乐无比地观看老师们打篮球。球场上，身材挺直健壮的王干先生，两眼圆睁，左冲右突，传球间隙，习惯性地撩一撩运动衫，得球后，坦克般横冲直撞，运球投篮。我俩相视一笑：坦克王！

教师都喜欢成绩好的学生。我和卞吉课上能得到先生耳提面命，课后与先生接触的机会也多。有一回午饭后，我俩去他一床一桌一椅一书橱的单身宿舍。王干先生坐床头，从周庄中学来陈堡以文会友的毛家旺先生（二人系师范同学）坐椅上。俩人正指着毛先生文章中"脸红得像猴屁股"一句调侃着什么。其时，午餐未褪的酒精熏烤得两位先生年轻的脸庞通红通红。

这是一个永生难忘的片段：某个星期六下午，一场考试后，我拿着全班的卷子和卞吉一左一右走在先生两边。王干先生指正了我们答错的题目，然后说，我选个星期天，先高里后蔡堡到你们两家走走。卞父是商业社职工，家庭条件好些，卞吉随即答应了，而我家是一个远离庄台，又小又矮，孤傍在北大河边的"丁头府"。仿"贫穷限制了我的想象"，来一句：贫穷使我缄默无言。我久久脸红，久久不语……

1985年，我到陈堡中学工作。此时先生已改行从高邮党史办上调南京

《钟山》杂志社做编辑。平时各忙各的，有时我写信请教先生一些写作问题。父母在，不远游！每年春节，他从南京到陈堡镇上父母家团圆，我从镇上到高里父母身边过年，鲜有交集。偶尔几次，在别的场合一起吃饭，众人围坐一桌，推杯换盏，无法近谈。

后来，先生在文坛声名鹊起，从南京北上京城。他已不仅属于陈堡，更属于兴化，泰州，江苏，乃至中国。

去年，我在微信里跟先生说，等你退休了，常回家看看，我陪你喝喝小酒，玩玩走走，但先生退而不休，兼着南财大、扬大的客座教授，仍然天南地北地讲学、参会。

王干先生在陈堡从教仅几年，但培养了不少走出小镇有成就的学生。后来王干先生长期做文学杂志编辑、主编，发现和培养了一批作家。

王干先生做教师，当编辑，任领导，善饮酒，下围棋，评足球，写书法，出文集，获鲁奖……他本质上是一个文人，一个性情中人。

受先生影响和指导，我读过一些书，也在大小报纸上发表过一些散文、诗歌，因天资愚钝又不够勤奋终究弃笔，但读书的习惯我一直没有改变。"书犹药也，可以医愚。"读书使人明理、向善。

我与老家村支书常说一句话，如果我们不上高中，也许会继承父辈的意识和习性。"巴掌山挡住了双眼"，可能我们的思想永远跨不过庄南那座通往外界的狭长的水泥桥。

吉人自有天相，我中小学阶段幸运地遇见王干先生等三位恩师。今夜无眠，坐在明亮的台灯下，我问自己，如果此生未遇恩师，我会成为一个什么样的人呢？

四十年来，一想起当年的"缄默无言"，我就脸红。

哥哥也是老师

王 兰

2019年11月27日，老同学时来勤发来了张照片，这张是我初二时的毕业照，这张照片我之前没有保存好，看着近40年前的照片，照片上合影的人，除了师生关系，还有亲戚关系、父女关系、父子关系、兄妹关系，特殊的还有后来成为夫妻关系的，像金明宽、张雅萍同学，可能还有成为夫妻关系的同学，我不知道而已。

有兄妹关系的是张雅峰老师、张雅萍同学，杨凌云老师、王干老师和我，杨凌云老师是我姑妈家的大儿子，是我的大表哥，王干老师是我亲哥，当时杨凌云老师教我们英语，王干老师教我们语文兼班主任。

老师兼班主任的王干，长我7岁，他长子，我老小，我对他是敬畏又依赖，甚至是有些畏惧，可能是因为学生与生俱来的害怕老师。

父亲是周庄人，周庄老家有老房子，我出生之前，父亲一直在茅山供销社上班，后来调到陈堡了，当时租的是马家的房子，那是一套青砖小瓦的单门独院的房子，前面是理发的张志高家，后面是中学的张志宏老师家，右边是夏鸿才老师家，左边是一条路，路的对面就是供销社的物资收购站，这个房子一租就是16年，直到后来父亲去了新组建的食品站，分了一套两居室的公房，我们依依不舍地告别了一起长大的儿时玩伴，告别了看着我们长大的张师娘、夏师娘等，自然，也省下了房租。

哥哥回陈堡当老师后，第一件事就是申请了宿舍，当时陈堡中学还不错，有一幢教师宿舍，虽不大，但是每个老师都有自己的独立空间，可以专心地备课、学习。

我记得当时哥哥宿舍中同事有许满春老师、周家浩老师等，后来我读高中时，许老师教我们高二、高三语文。

老师哥哥

哥哥是语文老师，还兼班主任。他工作认真负责，虽然家在陈堡，但因为住教师宿舍，除了吃饭换洗衣服回家外，更多的时间花在了教学上、班级管理上、学习创作上。

哥哥作为一名学中文的语文老师，当时在我的心目中，他的学问是广博的。博览群书那时是说不上，但是他读的书是很多的。在高邮师范读书的时候，他天天去图书馆，两年期间把学校图书馆的文学类的书全部看遍，上班后订阅的文学类杂志非常多。

我们初二学的课文中，鲁迅的作品有三篇：《一件小事》《故乡》和《社戏》。我当时觉得鲁迅的文章有些深度，须耐心细心阅读慢慢品。但是哥哥给我们上鲁迅的作品课时，总是声情并茂地朗读，介绍鲁迅时，总是眉飞色舞，滔滔不绝，我那时心有感叹，似懂非懂，随着长大，也就慢慢懂了。

哥哥的上课也不拘一格，我们初二有篇课文是节选自《西游记》的——《美猴王出世》，当时这篇文章是选读课，要求的知识考点不是很多。哥哥给我们上课没有要求叫我们打开课本，只是说这节课给同学们讲故事，然后他就开始讲起了故事，他从傲来国花果山的仙石讲起，仙石破裂，猴王出世，一直讲到猴子自称美猴王，其间还在黑板上板书"花果山福地，水帘洞洞天"，这个美猴王出世的故事，让我和我的同学们听得如痴如醉，以至于下课的铃声响了，同学们都意犹未尽，后来同学们都把这篇文章看了又看。

初二的那个寒假里，下了一场大雪，哥哥为了提高我的作文水平，等雪停的时候，带我去看雪景，站在陈北的大桥上，看着银装素裹的世界，天虽寒，但我们为大自然的造化而惊讶。哥哥就问雪落在电线杆的形状像什么，雪落在棉花秆子上是不是就像盛开的棉花一样，说得我连连点头，也就是从那时起，我开始对文学感兴趣了。以后的日子，闲来无事有感而发的时候，我也喜欢写写流水账式的文章，有些也在报纸上发表过。

1982 年的 5 月，哥哥结婚了，嫂子是他高邮师范的同学，也是高邮人，到了 1982 年暑假的时候，哥哥就调到高邮县党史办去工作了，他离开了他的三尺讲台，我也就升到初三读书了。

作家哥哥

到了高邮的哥哥改行了，从老师变成文史党史工作者，除了做好本职工作外，有空的时候就进行文学创作，不断有文学作品发表，名气越来越大，后来参加全国中篇小说评奖，被《文艺报》看上，留用，但暂时不能调动，属于借用。他放弃了高邮衣食无忧安居稳定的生活，到北京过着"北漂"的日子，也是为了自己的理想在奋斗。他在北京的工作出色，还和大作家王蒙对话了，出了书《王蒙王干对话录》。

1989 年，哥从北京回到了江苏作协，在《钟山》杂志社任编辑，后来一段时间，在《东方文化周刊》任主编，到了 2011 年再次回到北京，用他文章中的话说，"两进北京，就是对北京城的留念，对北京文化的钟爱，能够呼吸到老舍小说里的空气"。回到北京，他先在人民文学出版社《中华文学选刊》担任主编，后来任中国作协《小说选刊》执行主编，现在还是扬州大学文学院的特聘教授。

哥哥热爱写作，写作能力也是不同于一般人，他的写作不像一般作家有那么多的怪癖。有一年过春节，我们在打麻将，他在赶写一篇关于王蒙的评论，杂志社等着他的稿件发稿。他在我们打麻将的声音中，窝在一张小餐桌上写完了一万五千字的论文，中途还来评点一下我们的牌局。《王干随笔选》中有一篇文章《对不起了，那些沉默的朋友》，其中说到他的写作方式："白天能写，晚上能写，电视声中能写，麻将声中能写，说话、哭闹、卡拉 OK 的怪叫和迪斯科的爆炸声中都能写；家里能写，办公室能写，五星宾馆能写，地下室的招待所能写，这是一种职业的需要。"由此可见，作为一个写作者，一个作家，为写作已经到了忘我的境界，为写作痴迷。

杂家哥哥

作为作家的王干哥哥，奋斗了多年当之无愧，他不仅是散文家、诗人、文艺评论家，在我的眼中，他更是一杂家，他喜欢体育，喜欢打篮球，喜欢踢足球，当初在江苏作协，由他牵头他们还组建了一支作家足球队，每个作家都有对应的位置，他是前卫，他们还时不时地跟友好单位踢足球比赛，关于足球，他曾写过多篇文章，当时在新浪博客，点击率最高时过十万。

围棋就更不要说了，他把围棋当一门艺术，读围棋方面的书，写围棋方面的文章，跟围棋大师常昊对话，"拳不离手，曲不离口"，2008 年奥运会期间，我在北京待了十多天，看到他每天忙着工作，夜深人静的时候，他在客厅的电脑上跟网友下围棋，那个认真，那个专注、忘我，让我想去客厅倒些茶都轻手轻脚的。

他还是美食家，这些年，哥走遍了大江南北，吃遍东西南北的美食，也写了不少美食的文章，但是他更钟爱家乡的美食。烧饼、蚬子粥每次回来必吃，喜欢吃一美酱醋的咸生姜，母亲做的肉圆，每顿都能吃上几个，家乡的菱角也是最爱。高邮是他的第二故乡，他觉得世上所有的咸鸭蛋都不及高邮的。早几年父亲母亲去北京，总是大包小包带老家的蔬菜去，有人不解，北京哪没有蔬菜卖啊？我觉得，他常说文学要接地气，也许就是思念家乡，沾着泥土的菜让他觉得有特别的亲切感，也许这就是乡情吧！

作家现在都爱书法，哥哥也是如此。但哥哥是有童子功的。2019 年 11 月 30 日，哥哥在兴化博物馆举办了观山流韵书法展，并且把他的创作手迹在兴化博物馆永久保存，这次展出的作品有 100 多幅，要么是他自己的书法作品，要么是他的文章别人书写，还有别人写他的书法，这是一次独特的文人书法展。

哥哥的书法并非一日之功，早在上学时，他就喜欢写字、练字，连我那时候都受他的影响，特别是放暑假的时候，练得多，常常练颜真卿和柳公权的帖，至于后来有人说我的字写得有力道，大概也是和小时候跟哥哥练字有关系的。

他每天都在练字，今年春节，为了回来陪母亲过节，那时"新冠"疫情还没有那么严重，但是他是极端敏感的人，没有坐飞机、高铁，而是选择了最辛苦的出行——自己开车从北京到泰州，后来小区封闭，他就天天写字，练书法，自己练，帮朋友写，"业精于勤荒于嬉"，从不懈怠。

爱家乡的哥哥

说个笑话，作家王朔曾经给哥哥封了一官，王干是中国文学界奔走相告委员会主任，就是有好的作品，他会四处奔走告之。作为一个泰州人，哥哥一直惦记着家乡，为宣传家乡他也是这样的，2009 年的初春请来了张抗抗等一批著名作家，他们来泰州采风，回去后为泰州写下了多篇优美的文章，其中以张抗抗的《君子不独乐》最为著名。由时任泰州市旅游局局长刘宁先生主编，哥哥责任编辑，编成了一优美隽永的散文集《印象凤城河》，这本书为泰州打造了一张旅游新名片，在国内外提升了泰州的知名度。

为了宣传泰州，打造泰州，帮泰州写歌，也曾把著名的作曲家卞留念、舒楠请来泰州。而他自己为了宣传家乡，写了许多关于家乡的文章，如《故乡漫忆》《泰州的河》《时间深处的泰州》，这些文章在朋友圈中转发率很高，特别是泰州人，看到这些文章，都是很骄傲、自豪，我有些朋友还特地私发给我看，生怕我不知道。

去年 9 月 28 日，哥哥在泰州图书馆举办了他的 11 卷的《王干文集》分享会，分享会上放了一段视频，是泰州朗诵协会举办的以"咏祖国"为主题的诗歌朗诵活动上的，那一段视频就是朗诵的哥哥创作的诗歌《致祖国》，听了那段朗诵我为之震撼，泪水含在眼里，深深地被那诗打动了，没有渊博的知识和强烈的爱国心，是写不出那样的诗的。

平凡哥哥

哥哥被看作名人，可他在生活中不拘小节，性格豪爽。如果他在哪里吃饭，哪里笑声最多；如果他在牌桌上，争执笑声也不断；如果玩掼蛋，你和他对家，打错了牌，他总是会纠正你的打法，并毫不留情。

这些年他来泰州参加各种活动，很多的时候总是从另一出差点飞回泰州，每当到泰州，总是第一时间通知我见面，临了让我抱着一大包衣服带回去洗。

2018 年春节，哥哥带我们全家去珠海过节，当时住在珠海度假村，腊月二十九，我们集体去香港和澳门玩，由于我的疏忽，在从香港回澳门的途中，我把我的港澳通行证弄丢了，年关岁末，我和老公为这张证，纠缠了好几个小时，才从深圳入关打车回到了珠海，时间已是大年三十凌晨三点，早上起来后，就被哥哥劈头盖脸地训了一通，可能后来觉得语气重了，又请我去度假村酒店吃了一顿最昂贵的广式早茶。

2018 年 12 月，《王干文集》出版，一共 11 卷，可以说他是著作等身，用他的话说，也是他从事文学创作 40 年给家乡父老的答卷，10 卷是他自己的作品，有一卷是别人写他的，书名是《说不尽的王干》，写他的有些是他的同事、朋友。作家苏童写《王干的转身》，梁鸿鹰写《不安分的王干》，赵本夫写《说不尽的王干》，这么一写，好像是百变王干，其实他也是一凡人，喜怒哀乐皆有。

"流光容易把人抛，红了樱桃，绿了芭蕉"，今年是亦师亦兄的王干老师哥哥从教40年，也是他的花甲之年，作为学生和妹妹的我祝福哥哥老师，青春不老，文学之路长青！

老师也是邻家大哥

吴亚萍

2020 年仿佛注定是不平凡的一年，我的微信近日被老同学们拉入"王干老师从教 40 年"联欢群，一进群聊，好不热闹，许多认识的不认识的王干老师的同学、故人相聚其中，与儿时的玩伴王兰、兰华的不期而遇，更是让我欣喜，欣喜之余，感触良多，心中泛起对儿时往事的点滴回忆。

王干，当今文坛大家，从水乡兴化陈堡走出的才俊。可以说是我们陈堡人民的骄傲。前日，在微信群里阅读到王兰妹妹的《哥哥也是老师》一文，字里行间师生兄妹之情溢于言表，感慨之余，儿时的诸多童趣之事仿佛尽现眼前：我和王兰家都是兄妹三人，我俩排行相同，两家不仅是一巷之隔的邻居，我还和王干老师的两个妹妹王凤、王兰还有同学张雅峰的两个妹妹秀玲、爱玲（张雅萍）是形影不离的儿时玩伴。那时谁家来了亲戚，来了哪里的亲戚，几时来几时走都一清二楚。儿时顽劣，调皮不逊于男孩，巷道里留下我们无拘无束的追逐奔跑的欢声笑语；在我们的童年、少年记忆中，王干老师之于我们就是邻家和蔼可亲的大哥哥，在那个物资有点贫乏的年代里大家一天天地慢慢长大。

我是陈堡中学 1980 届高中毕业生。记得上高一时，王干哥从高邮师范毕业回陈堡中学教书，当时教我们班语文（时间应该不长）。上学时，依稀记得冬天的早晨天气特别寒冷，第一节课我经常迟到，每每遇到王干老师的课，他总是会停下来问我："今天怎么迟到啦？"我带着几分狡黠，仗着他是邻家大哥，立即找了个"我家的钟坏了，不准（时）了"的借口并迅速溜到座位上以躲过犀利的盘问。后来，只要是他的语文课，我就再也不敢迟到，并终于改掉了冬天赖床的恶习。

高中毕业那年我十六岁，复考了一年无果，眼看高考无望。于是，为了改变命运，另寻出路，适逢 1981 年秋天兴化县文化馆开设淮剧培训班（为成立县淮剧团做筹办工作）（20 世纪 80 年代初改革开放，文艺界百废待兴，古装戏风靡一时，越剧电影《红楼梦》的放映曾经让兴化城万人空巷），我便报名参加。三个月培训班结束后，我和培训班的另外三男一女作为培养的苗子被当年兴化京剧名票孙屏芳老师推荐到淮阴地区清江市淮剧团（现属于淮安市清江浦区）继续学艺见习。那年，应该是 1982 年的秋天，清江市淮剧团到高邮县人民剧场演出，剧团演出的剧目是淮剧《十一郎》，海报张贴出来不久，王干和王兰兄妹俩就到高邮人民剧场找我，约好第二天带我去哥哥家吃饭（当时王干哥已经调离陈堡到高邮党史办工作）。他乡遇故人，我十分开心，兴奋了好久。记得第二天是王干哥来剧场带我的，一见面他就风趣地说："啊，你们剧团的海报里咋没有你的大名呀？"我知道王干哥是在调侃我，一阵会心的大笑，忙认真地介绍道："这些都是剧团的台柱子，他们是淮剧界的名角儿，一个剧团就只有那么几个角儿。"王干哥接着说："是的，台上一分钟，台下十年功。你好好用功，将来也会成为角儿的。"王干哥亲切叮嘱我。一路上，王干哥向我介绍了高邮古城历史，并带着我穿过热闹的县城街市，走进一个幽静的古式结构的四合院（印象中），这时嫂子笑盈盈地迎出来，亲切地招呼我，客厅桌子上早已备好丰盛的饭菜。大家围坐在一起，谈着家常共进了午餐，席间笑声不断，那温馨的场面一直埋藏在我心底，每每想起恍若昨日。

高邮一别，一晃几十年，岁月静好，各自忙碌，我知道王干哥嫂偶尔也会带着女儿回陈堡小住，与家人短暂团聚。但我们至今都未曾再相聚见面。后来更多的有关王干哥的佳音喜报都是从家乡的同学、电视新闻报道、报刊中了解到的，每当见闻，作为学生、邻家小妹的我都甚感自豪。

2000年夏天，已改行做了一名律师的我，在参加省司法厅组织的全省律师疗养活动时，同行中有一位高邮律所的主任，我向他提起了邻家兄长，这位主任一脸的自豪，说："王干，当代知名文化大家，是我们高邮的名人呀！你老家也是高邮的？"听罢，我也很自豪地笑着说："我是他的学生，他是我的邻家兄长，我们是兴化人，他是我们水乡兴化陈家堡的……"

转眼间四十年过去了。光阴似箭，日月如梭。岁月带走了我们稚气的容颜，却带不走心中美好的回忆。高邮城里短暂的相聚，热情的款待，殷切的叮嘱，每每想起，心中总会涌起一股温情。人世间有很多的情谊：亲情、友情、师生情、同学情均应珍惜。岁月静好，让我们且行且珍惜。

谨以此文，致敬心中亦师亦兄的王干先生。

记忆中的王干老师

许 佳

每当有人说起王干，我都会在心里说，王干是我的老师！同时会泛起莫名的激动和自豪，只是别人并不知道。

只在心里想而不说出来，不是不愿意，而是不好意思。一方面，王干老师是著名的文学评论家、作家、编辑家、书法家，他的光环太亮，名声太响，名气太大，另一方面，是因为他教我的时间很短，还是代课。如果理直气壮地说"王干是我的老师"，似乎有蹭老师荣光之嫌，底气会明显不足，这是我在不相熟识的人面前，不敢表明与王干老师曾经有过一段"师生缘"的主要原因。

王干老师的老家在周庄，父亲在供销系统工作，因工作时常调动，所以王干老师先后在周庄、茅山、陈堡生活学习工作过。20世纪70年代末，他随父母一起，将户口落在陈堡公社陈西大队第九生产队，家住在陈堡供销社东面的一个小巷子里。

1980年前后，王干老师曾在陈堡中学有过几年任教经历。我有幸聆听王干老师教诲是在 1982 年上半年，初中二年级下学期开学初。当时，王干老师教其他班级的语文并兼教两个班的地理，因我们班的语文老师没能及时到岗，由王干老师暂代。虽然只有大约短短一个月的时间，王干老师却给我们留下了十分深刻的印象，上次初中同学聚会时还谈到王干老师。

王干老师最有名的是文才，同学们基本上都是先闻其名，然后才见其人的。20 世纪 80 年代，整个社会文学氛围浓厚，能将文字变成铅字，是多少文学青年梦寐以求的事。王干老师读高中时就才气横溢，在文学上崭露头角，常在报刊上发表文章，是水乡陈堡文学"三剑客"之一，至今陈堡镇还流传着他们的故事，那辈人谈起他们还津津乐道。

当年在校园里，如果看到远处走来一个人，手中拿着书，低着头，步履匆匆，多半就是王干老师。走到他身边时，学生们会喊一声"王老师好"，他总会抬起头，露出他那特有的"王氏笑容"，回一声"你好"，然后匆匆而过，似乎永远有事在等着他。

王干老师很有亲和力，面部笑容常驻，喜欢讲些笑话，幽默风趣。他知识面广，讲课深入浅出，通俗易懂，将复杂的问题简单化，还善于结合知识点讲些故事和典故，特别是成语运用非常熟练。笑话故事听完，知识点也已记牢。所以，同学们都喜欢上他的课，学习效率也很高。

农村学生调皮的多，还有些野性。每个班都会有几个"刺头"学生，一些老师的课有时会因此受到较大影响。王干老师对课堂纪律要求严格，也有自己的办法。别看他平时笑容随脸携带，但浓眉大眼的他，只要收起笑容便会不怒自威。如果有学生在课堂上做小动作或调皮捣蛋，他会提前警告，称之为"有言在先"，还顺口讲一讲成语"不教而诛"的来历和意思。如果再犯，他会瞪眼板脸，给你来个"生姜拐"，他说这是"当头棒喝"，接着讲起"回头是岸"的故事，同学们包括挨批的同学一个个听得津津有味。王干老师宽严相济、软硬兼施的教育方式，让同学们又爱又怕。当时，王干老师的课，课堂秩序之好、学习效率之高，是全校有名的。

王干老师绝不是死读书的书呆子。他爱好广泛，除了看书写作，还喜欢下棋、听琴、运动，据其他老师说，酒量也很大。王干老师个头不算高，但身体壮实，喜欢运动，用现在的话说是个标准的运动达人。就乒乓球水平而言，他是全校教师中的佼佼者，篮球打得也很棒，喜欢穿一件后背印着号码"9"的白色背心。放学后，我们常看到王干老师与其他师生在乒乓台前推挡扣杀，在篮球场上奔跑拦截、跨步上篮。当时，同学们还在私下里议论猜测，王干老师一定还喜欢举哑铃、练石担石锁，要不他的胸大肌怎么会这么发达？不过，当时同学们并没有去求证。

同窗好友金永高与王干老师是"亲连亲"的关系。他曾告诉我们，王干老师不仅天赋高，而且学习也非常刻苦。他曾从长辈口中得知，因夏天天气炎热，晚上蚊子肆虐，王干老师常常将足盆注满凉水，把双脚泡进去降温避蚊，挑灯学习到深夜。

王干老师离开陈堡中学后，我就再也没有见过他。再次见到王干老师的名字，是在高校上文学评论课时，学习他与另一位水乡才子费振钟合作的署名文章，当时好一阵兴奋。其时，王干老师已经是文学评论界冉冉升起的一颗耀眼新星。后来，王干老师的成就越来越大，名声越来越响，外界谈起王干老师时总是充满好奇和神秘。随着新媒体的普及，王干老师的成长成功轨迹渐渐褪去了神秘的面纱，被文艺界尊称为"干老"的他，人品和才干被更多的人了解和尊崇。

我到泰州工作二十多年来，王干老师多次回泰州参加或策划有关重大活动，遗憾的是我无缘面见老师。去年，我辗转获得了王干老师的微信号，从此，老师发的每一篇文章我都会认真拜读，虽然不是当面聆听教诲，也能获得不少教益。

一日为师，终身为师。王干老师是我心中永远的老师。

一朝受教终身受益

马远祥

七九年秋季，我从村小学升入陈堡中学。那是个社会刚刚发生巨变的年代，陈堡中学也与时代同步，进入了兴旺发展时期。初中学生大多来自各乡村小学，十二三岁的年龄，稚气未脱、阳光灿烂；老师也都是些年轻人，朝气蓬勃，才华横溢，语文老师王干便是其中的一位。

小时候农村学生能阅读几本课外书籍的并不多，有限的课外读物主要来自于地摊上的小人书、废旧报纸之类。陈堡中学让我大开了眼界，学校有个面积不大而藏书还算不少的图书室，图书杂志学生是可以借阅的。有一天，我借了一本名为《水乡》的杂志，说是杂志，实际上是个油墨印刷的刊物，当然没有刊号，属内部发行，编辑就有王干老师的大名，刊发的全是兴化当地文学爱好者的习作，诗歌、散文、小说、杂文，各种文体，应有尽有，一般篇幅都不长。

之后，我便开始留意起谁是王干老师。那时，学生大多不敢直视老师，成绩出众者及调皮捣蛋者除外，我两者都不是，只是照面次数多了，才凑成了个大致的印象。呵，原来这就是王老师啊——二十来岁，中等身材，肌肉发达，走路虎虎生威，乍看甚是严厉；王老师讲话清脆响亮，总是面带笑容，嘴角上扬，露出一排洁白整齐的牙齿，便觉得和蔼可亲多了。

初二我在2班，教我们语文的是刚刚师范毕业的许满春老师，许老师也是我后来高中阶段的语文兼历史老师，三十多年来，对我而言，可谓亦师亦友。王老师虽没教我们班，但任教隔壁初二（1）班语文，自然很快熟悉了——我是讲我熟悉王老师，老师不一定认得我的。

最难忘的一件事是初二年级作文竞赛。活动是由王老师组织发动的。初闻此通知，我还真有点小激动，悄悄借阅了不少作文书籍，希望能迅速积累一点材料和功力，争取夺得好名次，也为对我关怀而器重的许老师争点光彩。正式比赛的那天，王老师走进我们教室，让前排同学快速往后传递作文稿纸。随后，用他那招牌式的动作，手从头顶挥过，大声说道："今天作文比赛的题目是——拔河。"我一听，愣了一下，拔河？作文比赛用这题目啊，不写人生理想、英雄人物、时政什么的？拔河是个常见的普通体育项目，这有什么好写的呢？看来我是白准备了……回过神来，赶紧写呗。记不得当年具体写了什么了，应该是按平时积累的记叙文常识写了什么时间、地点、人物，情节及细节之类，我们如何坚持不懈、步调一致、齐心协力最后取得了胜利。也许是紧张，更多的是我学业不精，结果意料之中，"拔河比赛"我没赢。但我清楚地记得王老师几次往返我们教室，在教室过道来回转过几圈，时不时地俯身在学生后面看看，虽默不作声，但面部表情的变化似乎已反映哪位同学的写作已入老师的法眼了。

我读初三时，王干老师在教学任务繁重的情形下，还是一并接过我们班的语文教学工作。那时的我，似乎开了点窍，学习也成了一种自觉。

王老师教学方法灵活多变，课堂上神采飞扬，语言生动活泼，讲析精炼利索。语文课本中涉及记叙、说明、议论、诗歌等不同类型的文章，王老师均在各篇课本中指出最精彩最重点语句和段落，要求我们读、写、背。记得有次我写了篇议论文作业，关键语句就是模仿课文中的修辞用法，王老师在多处句子下画了红杠，算是对我的肯定和鼓励吧。

王老师竭力提倡学生课外阅读，注重文学启蒙。老师再三要求我们利用课余时间背诵古诗词，"腹有诗书气自华"，便是那时从王老师那儿接受的一种认识。我特意买过一本《唐宋诗选读》，背过一阵子，当然，不过是和尚念经似的，大多不求甚解。老师还专门组织过背诵古诗词的比赛，规则也很简单，全对者中以量取胜。我参加了，背了不下二十首，最后排名怎样记不清了。自此，我逐渐养成了爱看书的习惯，但从没达到老师的要求。工作后，单位几经调整，都是与数字打交道，偶尔写个审计总结、汇报之类材料，同事看后总会夸奖几句，这时我总不免有点小得意，有时还会情不自禁地对同事们说："你们知道我的语文老师是文学评论大家王干先生吗？"他们无不惊羡不已。

一晃初三毕业，我离开陈堡中学到周庄中学读高中，离别了初中辛勤教育过我的老师们，离别了我特别崇敬的王干老师。

再次见到王老师，是在近十年之后的南京。颜德义是我小学、初中、高中的同学，也是在同一年毕业来南京工作的，所以接触比较多。德义是个文学爱好者，是文学爱好者中的佼佼者，一直努力追随在王老师左右，我的有关王老师的诸多信息，均是从他那儿得到的。

一个晴朗的午后，我们两人相约拜访王老师，来到湖南路上的《钟山》编辑部，只见王老师正伏案工作，周围全是书……这时，王老师已然成为文学界的一个人物，却一如当年那么率真、和善，而我恍惚又回到初中时的课堂，凝神屏息，认真地听讲，生怕错过老师的某一句话……

回首过往，在我平淡的人生历程中，凡遇到一点波折，总会想到影响过我的人和事，特别是传道授业的老师们。自然也常想起初中语文王老师和初中那年我没有完成好的"拔河"，梦想着我揣着的不是拔河的绳索，而是激发我前进动力的源泉！

他乡的李

干老趣事

文清丽

2005 年 5 月初，我突然接到一个陌生的电话，说他是中北影视公司的，问我是否愿意上著名导演尤小刚举办的中北高级编剧讲习所。那时作家纷纷触电，尤小刚导演的电视连续剧《孝庄秘史》，红得发紫，宁静一双野性的大眼睛，让我一集不落地追剧。

学习一个月，管吃管住，不交一分钱，全国有名气的编剧上课，我当然愿意了。2004 年 3 月，我上了四个半月的鲁迅文学院第三届中青年作家高研班，又刚调到《解放军文艺》杂志，不好意思再跟领导请假，便休年假，来到位于北京首都国际机场不远的金盏乡的郁金香温泉花园度假村，结识了许多作家，现在仍在文坛活跃的如王十月、王秀梅、王棵、傅爱毛、何葆国、丁力等，还有我鲁院高研班的同学朱日亮、赵光明。

我一直没明白我是怎么能上这个班的，后来才从编剧班班主任老师那儿得知是他推荐了一批全国中青年作家来学习的，这个班主任就是著名评论家、编辑家王干老师。

之前，我跟王老师素不相识。《中华文学选刊》2004年第7期转载了我的短篇小说《柔软时光》。2004年第12期又转载了短篇小说《文学课》。《中华文学选刊》作为全国名刊，选载了那么多优秀作家的作品，而我在部队工作，又疏于跟人交往，而时任主编的王老师却记住了一个名不见传的作者，让我很为感动。

郁金香度假村在郊区，四周都是庄稼地，院子很大，有湖，有草坪，有亭子。还有个百鸟园，里面好像有鹦鹉、黄莺之类的。还有一大片玉米地，我们去时，玉米秆半人高，走时，已结玉米棒了。下课后，我们常常在这花园般的院子里谈文学谈人生，当然谈得最多的还是如何写电视剧。

我们白天上课，晚上几个同学相约在住所的楼顶泡温泉。仰望着满天星星，倾听同学们一首接一首地唱情歌，我认为那是我最幸福的时光。课余还组织我们爬长城，到英皇影视基地参观。我才知道电视上那些美轮美奂的建筑不少都是用海绵泡沫做的。

来上课的大腕云集，有吴天明、陆天明、赵宝刚、邹静之、刘恒、李晓明、王海鸰、张纪中、倪震、英达等。5月30日上午的开学典礼上，尤小刚导演做了精彩的讲话。他说电视剧一开始，生死就开始了。要把观众吸引住，这需要技巧，那就是搅浑人，大煽情，惊堂木。善于制造悬念，一部剧一定要有好的创意，好的细节，好的起承转合，人物性格要鲜明等。

王老师则从赵薇现象分析了赵薇演的电视连续剧为什么走红，电视文化中经常出现的一种元素——无厘头、灌水等文化现象，因特网的出现加速了武侠小说的广泛传播。电视剧是道德说教，须有道德的力量。小说要注重废话，写剧本尽量少写废话，要有画面感。小说家的优势是写人物情感、心理，等等，而编剧的特长则是如何讲好一个故事，为我打开了一个奇异的世界。

除了上课，同学间的切磋也不少，讨论会大都在室外举行。让我想起了一位诗人说的我们在课堂在田野之上的诗句。王老师是不是受此启发，我不得而知，反正他跟我们一起坐在亭子里的木椅上，吹着凉风，望着天上的白云，讨论创作题目，说文学与影视的关系。鼓励我们写小说，要与时代紧密地结合，要接地气，耐读。

王老师与尤导共同策划创办的这个文学与影视联姻的编剧班，让我们专心写小说的作家学习了不少影视方面的创作技能，比如一集里，如何开头，如何高潮，如何调动观众的情绪，如何编织故事线索，比如一条主线，二三条副线，怎么掌握节奏，编织人物关系，等等。我记了不少笔记，现在还保存着。

后来同学王棵给张艺谋当文学策划，朱日亮写了剧本《萧红》，还有一些同学创作了不少影视剧，在业界颇受好评。我想与这一个月的学习有莫大的关系。

我虽没搞影视剧，但在这个影视班认识了一位薛姓旁听生，经他之约，写了一个农村题材的剧本，拿到一万块钱的稿费，那是我平生拿得最多的钱，紧张得一个人不敢回家，其实离家还不到800米，让爱人接我。拿这一万块钱我买了一台超薄电视，现在还在看。让我不能不感谢王老师。

后来跟王老师接触多了，发现虽然他的大名在文坛上如雷贯耳，可他一点架子也没有。记得一次吃饭，有盘菜里面有活物在蠕动，好像是醉虾，我看得好紧张，王老师却捉起一个，吃得津津有味，还滔滔不绝地给我们推荐各类美食，说他的老乡、大作家汪老小说大家共认，但他对草木、文化、美食，都写了许多美文，特别是"饮食篇"棒极了。还说作家要做一个杂家，什么都要懂些，这样笔下才活色生香。

席间，大家纷纷都叫他干老。每听到这样的称呼，我再看王老师娃娃脸，白净的皮肤，浓密的头发，含笑的大眼，老纳闷。他也不恼，一开口即笑，满口糯米般的江南语调，听着舒服。

我第一次听说"微博"这个词，就是从王老师那里听到的，那也是一次朋友聚会。记得好像是冬天，我听成了"围脖"。经王老师介绍，才知道网上新出现了一个社交工具叫微博，很方便，比如你堵车了，发一句话，一秒钟全世界就都知道了。

我才发现王老师思维特别活跃，经常关注社会上新生事物。他不是我以为的那种坐在书房里满脸愁绪的苦兮兮的知识分子，他兴趣广泛，待人真诚，对社会的热点问题极其敏感，所以他的评论我爱看，贴近时代，又有自己的见解，让我想起他主办《钟山》为何能一时引领时代风潮，让我明白了他主持的《大家》为何能引起文坛关注，莫言能领到十万元奖金的秘密。

一次聚会，他再三夸奖一部长篇小说《一根水做的绳子》，提到小说中一个细节，一位小学老师喜欢他的学生，说那个农村女孩的头发是甜的。他的妻子跟他在河里玩水，把头发弄湿，让丈夫喝自己头发里的水是不是甜的。回到家里，我马上买了这本鬼子写的小说，看了一个通宵。小说故事并不强，但我被文中那贴心贴肺的内心剖析迷住了。书中的爱情是那么纯真，透亮，让我知道了好小说的调性。2018 年秋，我到青海参加一次文学笔会，刚好与鬼子老师同行。他爱玩石，身上带着石头，手里玩着石头，走在水边田埂，仍在寻找一个个独特的石头。我提起《一根水做的绳子》，他说王干老师是这部作品的知音。

后来王老师主持《小说选刊》期间，转了我不少作品。2015 年秋我上鲁院回炉班期间，跟山东作家王方晨谈到王老师，他讲了王老师多年来对他的扶持，让我深有同感，我们便相约请王老师吃饭，王老师欣然来了。让我们不好意思的是最后买单的却不是我们，王老师还带了家里藏了多年的茅台酒，说了好多关于自己学围棋的事。席间，我记得有位女士是拉小提琴的，还有位是王老师跟着学围棋的。还有一位中年人，是书法家。让我再一次感觉好像重新认识了王老师。他写小说，写评论，写随笔，编杂志，哪一个是他？下棋，谈足球，弹古琴，哪一个又是他？反正他好像在玩乐中，就把诸事都干成了，且干到了极致。写文章，得了鲁奖。下棋，有了段位。编杂志，从地方的先锋编到了国刊。

　　把王老师这样的大家称为江南才子，显然格局太小，作为学生，对老师这样说，也不合适。但王老师的确是江南人，的确符合我心目中江南才子所有的风范：儒雅倜傥温润，棋琴书画旁通，还有最重要的就是他会生活。

　　我喜欢看昆曲，我总认为即便王老师已经退休了，在我心目中，他好像从来就没有老过，从我认识他至今，他一直就是那个走在江南青石板上的翩翩书生，手拿折扇，风雅广博，在一片锦山秀水中优哉乐哉。在这个浮躁的时代，这是多少文人雅士向往的生活呀。

　　认识王老师，是我一生的幸运。

金砖之谊

马金莲

初见王干老师是 2014 年《小说选刊》奖颁奖会上。颁奖活动在现代文学馆举办，恰好我在鲁迅文学院高研班进修，同在一个院子里，当主办方通知我参加颁奖典礼的时候，我很欣然地去了。《小说选刊》方面和我接触的是编辑郭蓓。我是第一次参加这么大的活动，见到很多的文学大家，还要作为获奖代表发言，台下观众中又坐了高研班的老师和同学们，大家又一个劲儿给我鼓掌，所以我感觉眼花缭乱的，心慌乱，脚步更慌乱，慌乱中记得郭蓓跟我说王干老师很赞赏《长河》，在各种场合都隆重夸我呢，给予这篇作品很高的评价。我在人群里找王干老师，远远地看见了，一位中年男士，笑容灿烂，憨态可掬，显得很爽朗。我好几次想上去打招呼，又没有勇气，就这么错过了机会。只能在心里默默感谢老师的赏识。

过了些日子，鲁院举办导师见面活动，被邀请的导师中就有王干老师。活动之后集体在负一层餐厅吃饭，王老师也在其中。我鼓起勇气跑过去跟老师打招呼，自我介绍说我是马金莲。我们握了一下手，王老师看了看我，说马金莲啊，你该写长篇小说了。我很激动，因为我手头已经写完了头一部长篇《马兰花开》，正在修改当中，出版社正在催要最后的定稿。我想告诉王老师这件事。可惜我很紧张，一紧张就说不出来。交谈很快被热情的同学们冲散了。

后来有一天王老师打电话联系我，说他在写有关"80后"的评论，需要我提供一些自己的文学资料。我自然很激动，马上认真准备了发过去，这就有了王老师的电话和邮箱。不久评论出来了，我看到了自己的名字，被和当下文坛活跃的"80后"们放在一起。要不是在鲁院开了眼界，知道了王老师在当下文坛的影响力，我可能会不太在意这篇评论的分量。我长期偏居宁夏最南端的小市固原，很少外出参加文学活动。加上我的作品总是取材于西海固乡村生活记忆，放在当下去看，总给人传统滞后的感觉，这一点上我自己有时候觉得挺苦恼的，有一种被外界抛弃的自卑感。王干老师肯定了我的创作方向和水平，他用较大的篇幅论述我在乡土题材创作上坚持的分量和意义，并且以"'80后'作家中的另类"这样的标杆来界定我的创作。这让我在惭愧的同时，深感欣慰，很受鼓舞。能被外界的大家目光关注到，这对于我是难得的。偏于一隅，鲜和外界交流，笨拙朴素的传统写作方法，都让我像井底之蛙一样在原地重复自己的脚步。外界老师的一句肯定，一段评价，一次推介，都是最有力量的推动。况且王老师给我这样高的评价。从此我心里默默认王干老师做恩师。

后来王老师给一家刊物写"80后"的推介，又推介我，题目是"无名草木马金莲"。我猜想这称呼的来源是我的微信名字，因为这时候我们有了微信联系，恰好我的微信名字叫作无名草木。后面这几年，只见过王老师一次，是在南方的一个文学活动上，跟2014年那次一样，匆匆打个招呼，然后就各忙各的去了。

2018年底，宁夏文学现象研讨会在北京召开，其中一个环节是在鲁迅文学院座谈。座谈嘉宾中来了王干老师。王老师在发言开头说道，他今天参加这个活动，有一个原因是想说明一件事。因为他关注宁夏马金莲的创作比较多，以至于外界有人说，马金莲把祖坟里挖出的几块金砖送给了王干。他觉得冤枉，所以特意来今天的座谈会上做个澄清。他分析过，说这话的肯定是汉族，而且不是西北人，因为他不了解回族的丧葬习俗。

说完以后，全场寂静，我想大家和我一样，肯定都被这忽然出现的状况给弄得不知所措了。王干老师轻轻一笑，说这就是个谣言，本来可以不去理睬，但是今天有机会，我还是说一下吧。

其实当时他原话怎么讲的，我根本没记住，现在我只能凭借回忆稍微做个还原。我当时头比我们西海固农村背柴火的背篓还大，脑子里轰轰响，乱成一团浆糊了。有一种被当众放在火上烧烤的感觉。说实话我还从来没有遇到过这种情况。后面大家说了什么，王老师在发言中都讲了什么，我几乎听不进去，满脑子想金砖的事。

发言结束后，王老师因时间紧就匆匆离开了，我目送他离去，这时候我心里装满了歉疚。我远在西海固，生活简单，内心更简单，每天除了应对单位工作，就是回家照顾孩子，有一点零碎时间就赶紧看书写作，没有多余的精力，也没有渠道去探听到外界的消息，尤其是小道消息。这样的谣言要不是王老师今天说出，可能一辈子都不会传到远在西海固的我的耳朵里。可是，看样子已经给王老师造成了困扰。事后一起参会的宁夏文艺界领导和师友们再也没人跟我提起这事。但事情在我心里存下了，有时候会想起来，想起来就哭笑不得，禁不住想象都是什么人，出于什么居心，花费了多少心思，才编造出这样的谣言来？一定是远离西北，对我的民族知之甚少的人想出来的馊主意。我祖上世代都是农民，从祖太爷爷一代逃难到甘肃，太爷爷那代又逃难到扇子湾，可以说一代代都是中国社会最底层的贫苦农民，叫他们到哪儿去弄金砖银砖？退一万步讲，假如我真的走了狗屎运，耕地种田或者挖土垫牛圈的时候，一不小心真的挖出了金砖，为什么要送给远在北京的王老师？是为了换取老师的提携推举？有这必要吗？我坚持业余文学创作

20年，从来没有主动寻求哪方面的帮助，都是靠自己一步一步努力写，包括我们西海固的大多数作家，无不在老老实实写，拿真本事在文坛立足。金砖之说，想来真是可笑。

可笑归可笑，说实话这谣言还真就这么困扰上我了，好一段时间都时不时就涌上心头。拿什么破解？谣言止于智者。细细分析，事情本质，无非就是文坛长者，欣赏提携推举了晚辈后人，而引起有人不满。中华文化源远流长，传承千年不断，何尝不是依靠一辈又一辈人之间互相传授学习，努力奋进，点拨提高。唐宋八大家中欧阳修、王安石、苏轼、曾巩，这些人互相欣赏，推荐，推崇，褒奖，屡见不鲜，成为文坛佳话，世代流传。我辈后人，和前辈先贤相比，自然是萤火之光之于璀璨日月，不过世上之事，大小有别，道理却是一般无二。如此想来，我便彻底释然。反复思量，唯一能做的，便是奋发努力，用作品来证明自己的实力。

有几次我想给王干老师打个电话，表达一下歉意，事情不是我造成的，但是给他带去的困扰，却让我心里总觉得亏欠。好多次我又犹豫中放弃了联系的打算。王老师倒是如旧，讲课中，论述中，提到八零后作家的时候，还是提到我，推介我的创作，介绍我的情况，分析我的作品，肯定我的努力，如数家珍。这让我感动。这便是君子的品德吧，坦荡，赤诚，无私。而《小说选刊》继续关注我的创作，在《长河》以后，又选载了几个中短篇，其中中篇《旁观者》《低处的父亲》先后登上头篇头条。

我这两年工作家庭写作都太忙，不再看微信朋友圈，所以大家的近况，再也无法得知，王老师有个公众号的，还在更新吗，隔些日子他在朋友圈会发自己的动态帖子吗，近期在忙什么呢，我一概不知。我们至今有联系，和以前一样，王老师跟我说话每次都很简洁，寥寥数语，交代完事情便不再啰唆，我也一样，绝对不敢多打扰老师。有时候偶尔会想起金砖传言，却已经不计较了，独自笑笑，相信远方的王老师也已经不计较了，时间过去了这么久，在时间面前，什么都是浮云，什么都是尘埃。许小人以包容，许是非以温厚，走过了回头看，一切不再是困扰，只是笑谈。古今多少事，都付笑谈中。一笑了之，一笑忘之。埋头努力，把功夫花在正事上头，堂堂正正做人，老老实实写文，这才是为人为文最应该秉持的态度。

王老师永远都是我默默感激的恩师，这些年笨嘴拙舌的我始终没勇气当王老师的面，哪怕是在微信上，说一句半句感谢感恩的话，只能借以此文，祝愿尊敬的王干老师身体健康，一切顺遂，一世平安。

师者王干

侯健飞

　　王干先生是鲁迅文学院的客座教授，很受学生拥戴。我读鲁院的时候，他是我的导师。其实，不仅在鲁院，即便在整个当代文学这所"大学"里，先生的师尊地位也很显见。先生的本职工作是编辑，业余写作，以评为主，这就使他有无数学生。这些年，记述先生为人为文的文章很多，作者有名不见经传者，但也不乏名人大家，但以我今日所见，少见以师为题者。年轻人不敢这样写，是因为王干先生名望太大，怕有拉大旗之嫌；名人大家不以此为题，多半是年龄相差不多，也知道先生赞美青春，崇尚青春，他像水边一堆旺火，日夜燃烧，毕剥有声，心理年轻得堪比少年，如以师为题，怕把他写老了。

　　说王干先生，就得说到文学圈。文学圈是个新词，归有光时代未见，曹雪芹时代未见，徐志摩时代未见，沈从文时代未见，汪曾祺时代未见。等到了王干时代，这个词出现了。圈是环形一个圆，现代汉语有三个读音，第一个读音 quān，是形象，环形的圆；第二个读音 juàn，是用处，牛圈、羊圈、猪圈等；第三个读音 juān，是动作，关闭的意思，比如把鸡鸭关起来，把牛羊关起来。如此一说，构成圈的物质和圈内核心可以同类，也可异类，总之核心很重要。当代文学圈是由文学艺术相关的机构和人士构成的，核心大致分两部分，一部分是各级作家协会；另一部分由知名作家、评论家、编辑出版家和读者组成。王干先生无疑是文学圈一个核心人物，如果在过去三十多年，圈里圈外还没有形成共识，不妨读一读《王干文集》，一切自会证明。

有文论者认为，作为一个文学批评的"在场"者，平台阵地很重要。王干先生先后供职于《文艺报》《中华文学选刊》和《小说选刊》，但让他威名远扬的阵地却是《钟山》《大家》等报刊。

正是《钟山》等刊物，让王干先生始终置身于文学前沿，先生"以横溢的才华与艺术天赋、对文学现象的敏锐观察与深刻认知"，参与到"新时期文学"和"后新时期文学"纷繁复杂的建构之中，提出了一系列具有真知灼见的文学概念与理论见解——从"新写实""新状态"小说思潮的发起，到"后现实主义"和"写作的情感零度"观念的提出等，凡此种种，如果你认为，先生可能是受西方文艺思潮影响，那就错了，王干先生三十多年批评史，你嗅不到一点儿洋味儿，他是靠阅读本土作家产生批评冲动的批评家。先生的文学理论根源在中国，甚至就在里下河地区，那个"中国最后一位士大夫"汪曾祺先生，对王干先生到底产生了怎样的影响，连先生自己也未必说得清楚，尽管先生写过汪先生很多文章。

前不久，先生当年任教的中学有几个学生倡议，以"老师"为题，组织一批文章，准备出版一本专著，以纪念先生四十年的传道、授业和解惑生活。这提议恰如其分，如果不是这样，人们或许完全忽略了先生的园丁本色——他青年时期，是多么迷人的语文老师。如今，先生以近四十载的光阴，从南到北行走了一圈，又以花甲之龄，回归母校扬州大学文学院当教授了。一个著作等身的文学批评家，从教师中来，再回教师中去，这样的典型当代文坛并不多，扬州大学文学院的学生何其有幸。我一直认为，教师、批评家和编辑家都是与灵魂打交道的人，假使取得一些成就，是要格外关注和点赞的。优秀教师，会早早点亮学生心中一盏灯；出色的编辑人和批评家，会帮助指导学人或作家成为人类精神的领航者。

王干先生的从教之路其实很简单。1979 年，师范毕业的先生，在他的家乡兴化县陈堡中学，当了一名语文老师，三年后，他考上扬州师院中文系，离开陈堡中学走了。当年的班长兼语文课代表颜德义告诉我，先生离开时，很多学生难过得近乎绝望。过了好多年，先生才知道，他所教过的三个年级学生，上大学时百分之八十选择了文科。

听了这番话，我心里禁不住热了半晌，突然想起我中学语文老师刘全成先生。他在"文革"时期，被剥夺老师资格，我读初中时，他刚刚恢复教职，但已经很老了。他微驼着背，喜欢背着手走路，两只细小的眼睛是混浊的，像常常含着泪。刘老师镶一口假牙，可能技术有问题，镶得不牢固，讲课时，假牙一上一下地翕动，常常发出咔嗒咔嗒的响声。如果喝了酒，他就用舌头来回鼓动假牙，咔嗒声越发响亮而有节奏。就是这样一个年纪颇大的老师，在我即将熄灭的文学星火上，添了一把柴，让我有勇气把中学读下去。中学时代，我最大的人生梦想，是当一名语文老师。有一天，我梦见全成先生倒背着双手，独自走在校园的雪地上，周围全是枯树，一大群喜鹊一声不响地在先生前后翻飞。我悄悄跟着先生，小心翼翼地踩着先生严重的外八字脚印，耳边回响着先生鼓弄假牙的咔嗒声。可恨我四十多年后才想起这些，全成先生若地下有知，会原谅我这个学生吗？

后来我从了军，苦学苦写了几年，成效不大。在王干先生文学理论、文学批评大放异彩的 20 世纪八九十年代，我成了王干先生的同行，落脚于军中一家文艺出版社，从此开始了我长达二十多年的文学编辑生涯。

当编辑，免不了常常为作家作品开研讨会，这是要请一些评论家到会的。那时，在北京召开作家研讨会，王干先生等三五个著名批评家是否到会，甚至决定着这个讨论会的规格和质量。

王干先生很难请，在文学热潮中，信封的厚薄，并不是先生难请的原因，他看作品轻重。即使分量很重的作品，哪怕是名家新作，他也很可能抖擞精神，一枪命中作品软肋。这难免让作家和主办方略有难堪。再者，让一些学院派理论家不太舒服的是，王干先生的文学理论并不系统，但你就是不能忽视他的理论。不同时期、不同风格的作家作品，先生总是率先眼到手到，或者说，先生一直与中国当代文学实力作家双峰并峙。另外一点也有趣，王干先生的文学批评意旨，自由奔放、海阔天空，语言有时精准到只有唯一，有时又文学化到朦朦胧胧，但就是这朦朦胧胧，作家和读者都会会心一笑。"王干式的烟火气"批评，在当今文论界，真是独树一帜，难怪初入文坛的后生，常常把先生的评论文章当随笔来读。

第一次面晤先生在何时何地，记不清了，总之在读鲁院前，我们交往不多。依稀记得，90年代中期，好友兼同事刘静的中篇小说《父母爱情》被先生看中，选载《中华文学选刊》。彼时先生文坛大名正如日中天，刘静兴奋得面若桃花，大呼小叫了多日。经多方努力，刘静和几位女作家，终于约出先生喝了一回酒。那次，先生没被刘静喝倒，刘静却喝倒了。这是极其不让人相信的事情，因为，军中女杰刘静，为人豪爽，做人披肝沥胆，酒场战无不胜。刘静后来说，王干先生这个"白净的南方人"酒风正，又有趣。刘静还说："王干很干净。"这话准确，刘静是我的知心朋友，她不喝酒时，很少看对人，喝了酒，却看不错一个人。可惜刘静这样一个好人，去年竟英年早逝，空留一部《父母爱情》继续温暖着人间受冷的人。

成为王干先生的学生，这要感谢鲁迅文学院。鲁院是中国文学的圣地，创办于1950年10月，原称中央文学研究所，1953年改为中国作家协会文学讲习所，1984年以鲁迅之命改称。

当代文学大家，不论是老师还是学生，绝大多数结缘于此。新千年之初，为扩大文学人才培养数量，鲁院开始不定期举办中青年作家高级研讨班。我是第十九届学员，那一届50名同学，白发者仅我一人。当时为什么要读鲁院，不过是人过中年，身心疲惫，蓦然回首，才发现不知何时弄丢了自己，为了给自己重新注入一点精神活力，我上了鲁院。

鲁院校址有两处，新鲁院小地名芍药居，是京城北面一块静心安神之地。院子不大，与现代文学馆浑然一体，有一点宁荣二府后花园的味道，只是少了几处亭台楼榭。在桃红柳绿、碧水蛙鸣之中，巴金、茅盾、丁玲、冰心的雕像以各自不同的姿势迎接来访者。鲁院的景物，被历届学子写了又写，连一只蚊子的爱情都写成了文章。我无新见，不敢多说，只记得初春赶上一场雪，其他地方积雪不存，但教室门前，那几棵低矮的油松上，厚厚的白雪，却与墨绿的松枝相依相偎，难舍难分。还有，在院子西南角，数十根古代石制拴马桩，整齐地排列在一隅。石桩有方有圆，高矮不一，桩头多塑猴身，或蹲或立，虽然历经风雨侵蚀，多半眉目不清，但神态一如旧时，仿佛活着，这给邂逅者一个无解的疑问。

开学不久，王干先生和其他几位指导老师端坐在主席台上。学生们在台下看着老师，各揣心腹事。一个很喜气的红色方筒摆在桌子上——导师以抓阄的形式确定学生。抓阄，这算不算鲁院的一个特色呢？反正，我没有在其他学校见过这种形式，但的确很有戏剧性。

两天后，王干先生自掏腰包，召集我们两男两女四名学生共进晚餐。酒前，先生第一次对学生的指导，竟是每人赠送一幅墨宝斗方，内容绝不是"宁静致远"一类，都是他自己句子，与学文和做人有关。就如他的理论文章和批评，洋洋几百万言，绝少重复别人的话。说来惭愧，我家杂物太多，书刊成垛，先生当年赠我的斗方，早已不知隐在何处。那日，几杯酒过后，先生开玩笑说，抓阄前，他向学生们扫了一眼，希望看到几个美丽的女生，但第一个却看到我这张老脸，"心里想，可不要被我抽到"。结果，先生第一个就抽到了我。说完，先生朗声大笑。这笑声是大家熟悉的，他不会一下子笑完，中间必要停顿几次，每次停顿，都哼着鼻音，哼哈之间，像在自我肯定，更像等待朋友情绪饱满，然后和着大家的笑声，完成这一次又一次欢乐。

师生者事大。按说，有压力的是我。虽然小先生几岁，但我们是同龄人；虽然我们做着共同的事业，但先生的成就和名望，哪里是我可比肩的。至于我有限的文学作品，相信先生也没有任何印象。但是，先生却用这种自谦和蔼的方式，巧妙给我减压。他在告诉我和同学们，虽然我作品不多，年纪偏大，但在先生心中，我还是一个认真对待文学的编辑人。

同情弱者、善待他人，用自己的肩膀扛住别人负担，王干先生的这个品质，被我坚定不移地捕捉到了。

几个月的鲁院时光很快过去了。我是那一届的班长，没有新作品，整大心神不宁，替班主任日夜看着同学们，怕女同学逃课，怕男同学喝酒，怕男女同学日久生情。其实，班主任孙老师青年才俊，老成稳重，他从来没有这样交代过，那么，我为什么要这样做，只有天知道。

终于临近结业，王干先生来鲁院座谈。都谈了什么，也忘了。只记得先生最后对我说："你读了鲁院，就应该去争取获得鲁迅文学奖，你应该有信心。另外，你可能太累了，人是紧张的，为什么？得放松下来。以后有机会，要多出来参加文学活动。"

先生那句"另外"我领会了，却没有在意争取鲁奖的话。两年后，我的散文《回鹿山》果真获得了鲁迅文学奖，记起先生当年所言，心下想，那时，我成了先生的学生，先生对我的了解，其实已经超过了我对自己的了解，这难道就是做老师的道理吗？

一年后，王干先生果然约我一起到西安参加笔会。那是一次难忘的笔会。与会者大多数是我神往已久的作家。晚宴在一家老店，灯光幽暗，埙乐低回。东家端出一坛杏花老酒，每人面前，安放一个黑釉仿介休窑酒盏。山西女作家葛水平正好坐我旁边。她朱唇慢启，轻声细语，缓缓倒，慢慢喝。酒过三巡，我眼花缭乱，仿佛置身孙二娘店中。王干先生看得明白，起身过来挡酒，语气少有的严肃，既是对我，也是对水平。水平不依，不紧不慢地说："军中男儿，又不是女流之辈，哪有不能喝酒的！"一听此言，我断然拒绝先生挡驾，平生第一次豪迈表态："喝！哪个男人能拒绝美酒美意！"结果大醉。第二天醒来，污秽满地，完全不能参加采风活动。葛水平款步移来，轻声慢语地对我说："知道你昨天晚上都干了什么吗？有照片为证。"或许王干先生早有预料，立即安慰我："别信水平的，你醉了，不是因为美，是因为赤诚。"

以后，先生又在不同场合，介绍我身在行伍，为人赤诚。每每于此，我都心生感动，赤诚美誉，仅仅是因为一场酒醉吗？我想不是。说到赤诚，先生何尝不是如此，他行走文坛，言为士则，行为师范，赤诚得有如一团烈火，直从南方烧到北方。先生的赤诚，不仅体现在为家乡文学后生披荆斩棘，谋求生活之路，更体现在为当代文学的现实尽力，为中国文学的远景谋篇。作家陈武曾说，王干先生近年虽然锐评少了，但他一刻也没有远离文学潮头，先生心中的文学，永远是神圣的。

2018年初，十一卷本《王干文集》悄悄出版。以先生文坛地位和影响，说悄悄出版是准确的。没有座谈会，没有研讨会，没有众声喧哗，先生自己也未置评一言半语。文集不包括先生的小说，甚至不包括重要专著《夜读汪曾祺》，即使如此，十一卷数百万字，先生的勤奋和苦力令我等汗颜。文集出版一年半后，我看到一则消息，《王干文集》在高邮举办了一次阅读分享会。我虽然无缘参加，但能想见，先生在家乡父老面前的欣喜与感动。其实，这已经足够了，这符合先生谦逊的品性和思想。有时我也想，王干先生一定是水生的，要不这火一般的炽热如何持久，关照别人的心思又怎能如玗（美玉）一般温润。古人说，水火不相容，我却在先生身上看到水火和谐，相濡以沫。

说到水火，不由想到文人相轻，这似乎成了中国文化不被批判的传统，但与先生结缘以来，不论是从前的笔战对手，还是负心先生的青年作家，我从未听先生说过他人的是非非。文人相聚，即便聊到某某最不被常人理解的糗事，先生总是哈哈一笑："故事，故事！人嘛，哪有十全十美。"

先生常言，与人为善则文善，文善则德厚；助人者自乐，不伤人者，怎会害人！当然，对待太不像话的作品，不论作者地位多高，名声多响，先生的利刃却也刀刀见血，这时的先生是另一种形象，这也是先生的另一类风骨。

钟情文学，痴情批评；重情做人，多情世界。一个情字，大致可归纳王干先生半生。应该说，中国文学塑造了王干先生，而中国当代文学如果缺少了先生，文学史一定是不完整的。

很庆幸，先生以师尊待我；若论起来，先生并没有具体指导过我的创作技能，但先生却是最好的导师，他的情感态度和价值观影响并指导着我，我是否算得上先生一个好学生，那要看我何时参透并继承先生的人生哲学。

年初，先生给我发微信：抽空到里下河一游。我立即想到里下河的文脉，一个秦少游，一个汪曾祺，再有一个王干，足以说明天地恩宠这片多情的土地，可惜，我是地理盲，关于泰州、兴化、高邮几个县市，到底谁大谁小，谁隶属谁，一直没弄明白，只知道都在江苏境内，江苏多水，水生灵气……

先生当年的学生，提议出这样一本书，没有任何功利心，近四十年过去，他们欣喜先生又回到水边，太值得纪念。王干先生懂他们，所以没有阻拦。这一点也给我启示，无论过去还是现在，我常常拒绝亲友的好意，尽管我本意是不想给别人添麻烦，但别人却不这样认为，误解，有时像伤人的一把刀。

几年前，我终于圆梦大学讲台，当上了教文学创作的老师，再回想与王干先生交往点滴，自然将心比心，越发感慨与王干先生为师的差距。师者，必须天然有一种"春蚕到死丝方尽，蜡炬成灰泪始干"的品质。王干先生始终如此，只要是文学需要，只要学生们需要，把他整个人拿了去，他也会哈哈地笑着说："好的好的，可以可以。"

前日，再与先生聚会，我特别想问一问，当年他离开陈堡中学时的心情，但先生这团火，却一如既往地时刻燃烧着。整个晚上，他双目灼灼，欢声笑语，一刻不停地照顾别人，调节着雅集的气氛，而这个聚会，在座的差不多都是先生的学生，有陈堡中学的，有鲁迅文学院，也有他扶持过的中青年作家。

我只好按下这并不适宜的话头，心里却再次闪过刘全成先生的背影——先生离世久矣。我恨自己错失刘先生，而对于王干先生，一切才刚刚开始。

王干老师安好，来日方长。

坚守、奔跑与照亮

——王干老师印象

王威廉

还没认识王干老师的时候，便听说了他年少成名的传奇。很多人告诉我，王干老师二十岁出头的时候，便在《文学评论》上发表文章了，成为当时最耀眼的青年批评家。文学是需要天赋的，我羡慕这样的人。王老师一直置身于中国文学现场的深处，当年"先锋作家"刚刚有些声音的时候，他就敏锐地进行了阐释与肯定，及至"新写实""新状态"等文学思潮，他已经变成了关键的推动者之一。此外，我写这篇文章时才了解到，王老师从1986年开始连续好几年发表文章，对朦胧诗进行了富有创见的阐述。他还出过一本关于朦胧诗的专著，叫《废墟之花：朦胧诗的前世今生》。对现代诗的欣赏，因此必然沉淀在他的文学评价体系内部。我对从事过诗歌批评的批评家，有一种特别的信赖感。

但我好奇的是，他后来的工作不是纯粹的研究，而是一直与编辑有关。还不是出版社编辑，而是文学杂志编辑，后来他又主持过《中华文学选刊》

与《小说选刊》两本重要的期刊，这两家刊物有一个最大的共同点，那就是从已经发表的作品中再一次遴选出更加优秀的、更加有特点的作品，这个过程中，批评家的阐述判断变成了一种决定性的实践。我想说的是，这也意味着，他常年置身在文学创作的现场，他的批评理念与他的编辑工作构成了极为有机的整体。

一个好编辑同时又是一个优秀的批评家，或是说，一个好批评家同时又是一个优秀的编辑家，那么，这就意味着打通了理念与实践这两者，以一种更加细腻的方式对当下的文学创作产生微妙影响。他所编辑、所修改、所肯定、所否定的文本，肯定涉及他对于文学审美的深层理解，以及他对于文学史脉络的分析判断。一个不断生成、不断变化的文学现场不断诱惑着他，让他没有成为一个学院派，而是执拗地守在这个动荡未明的空间中，而这个空间也需要他的聆听、感受与思考去反哺，去照亮一些未明的事物。

我想以自己的有限经验来表明这一点。作为一个出生于 20 世纪 80 年代的作家，尽管我知道"'80 后'作家"或"'80 后'文学"这种划分是一种历史性的"权宜之计"，但是，我也清楚，这个概念还是多多少少引导了我们这一代作家的写作。在这个场域中，王干老师对于"'80 后'作家"的关注、批评与推动在他的同代批评家当中是首屈一指的，他专门在《青年文学》《长江文艺》等刊物上开辟了推介"80 后"作家的专栏。比如，在《青年文学》的专栏名称就叫作"'80 后'在行动"。他专门推出的这一批青年作家有别于韩寒、郭敬明等大众明星式作家，在他看来，他们是以自己的实力在文坛上低调地生存着，是以传统文学期刊为阵地，注重艺术探索，他们的写作呈现出了不同的风格，逐渐成了当代中国文坛的生力军。他的这种判断，对于"80 后"作家而言，无疑是一种有力的鼓舞。

我有幸属于这个群体中的一员，因而也得到了他的关注。他这样观察我："王威廉的小说中，既看不出陕西作家的'乡土风'，也没有青海作家的'高原红'，与广东小说家普遍擅长的打工文学，也好像没太多关系。他似乎脱离了这些地域的文学影响，他的小说在山、海之外，更多指向人心。或者说，他是综合了这些地域的文学特色。"从中可以看到，他对于作家的关怀是"知人论世"的，他知道我的来路，也辨析和比较着作品中的我和那个来路中的我。他细读了我的小说《从冰川的高处》之后，他注意到了我对于信仰价值的重视，他写道："当代小说中，对信仰和精神的反思与质问并不少见，又尤以西部作家居多，张承志、扎西达娃等小说中多有呈现。王威廉以广东经济前沿地带的生活比对'世界屋脊'的精神高度，与前辈作家也多有不同，读者阅读中可加以注意。此外，我们也不难注意到，文中对高原风情民俗的描写，已经有了鲜明的地域特色。"王干老师对我的观察是敏锐的，的确，在高原的童年生活给我了一种对于精神信仰的深层渴求，尽管我已经来到广东二十多年，但是这种对于信仰的渴求，似乎在我的生命中一直如影随形，不能忘却，也构成了我写作的某种隐秘的动力以及特殊的主题。当然，他对我的写作抱有的更多是一种期待，他所说的"山"与"海"无疑是某种地域性的文化风貌，他希望我综合这些地域的文化特色，然后以自己的方式指向世道人心。他的这个思路实际上对我是很有触动的，让我能够真切地对自我的写作道路进行反观自省。

我跟王干老师后来便因为各种契机而见面了，其中深度交流开始于2015年，广东作协举办了一次青年作家的高研班，把王干老师从北京请到了广州。他以汪曾祺老先生的经典作品为例，讲了很多小说的技法。我当时专门向他请教小说的反讽问题，他以汪老的小说《陈小手》为例，给我细致讲述了反讽在小说中的具体运用。陈小手是一个手小的男人，因而在接生方面很有一套，帮助了很多人，在当地口碑不错。他后来给军阀团长的老婆接生，那女人太胖，难产，陈小手好不容易才把孩子接出来。团长给他二十块大洋作为当面谢礼，可等陈小手离开，团长转手就是一枪，打死了他，觉得他居然碰了自己的女人。这里面就有太多的意味可以发掘和阐述，体现了反讽对于小说意义空间的那种打开能力。他的这个解答，给我了非常深的触动。

2016 年，我在北京鲁迅文学院学习，分配给我的导师恰好就是王干老师，我们有了更多的面对面的深入交流。他对待我们这些学生没有鸿篇大论，他精心准备了一次小的聚会活动，让我至今难忘。他带着我、周李立，还有鲁院的几位同学，去拜谒汪曾祺老先生的墓地。那一天，我们在北京的阳光和风中抵达墓园，然后在密林一般的墓碑中找了很久才找到汪曾祺老先生的沉睡之地。我们在墓前献上了老先生爱喝的黄酒，以及老先生的一本书。王干老师通常笑眯眯的脸上，那会儿有些严肃，有些惆怅，有些难过。一向健谈的他，那会儿也没有太多的话说，话语都融化在风和阳光之中了。

他对汪曾祺老先生的研究十分细腻，他的一系列文章让汪曾祺这个读者心目中的"传统文化"代言人形象不再单一，显露出与当代相接的鲜活面向。他说，我们不要忽略了汪曾祺其实是一个很洋气的现代主义作家。汪曾祺自己就说过，他很年轻时就受过现代主义意识流方法的影响。汪曾祺老先生如果没有受过现代主义文学思潮的影响，汪曾祺就不会成为这样的汪曾祺，他是综合了现实主义和现代主义的，他彻底消化了这两者。王干老师说，汪曾祺对中国文学传统的传承是美学意义上的，我觉得这一点是特别准确的；汪曾祺在价值观上却是冷静的，有着自己的判断，而不是一种简单的二元论。王干老师说："汪曾祺是在传统的文化熏陶中成长起来的，但汪曾祺同时又是现代文学、外来文学、民间文学多种文化传统的丰饶的土壤里成长的，可以说汪曾祺是多种文化传统拼图的产物，是新旧、中外、古今文化交锋、交融之间的一个奇妙的结晶体。"如他所说，汪曾祺老先生这样一种理性开阔的态度，也让我们今天的写作者在面对中国文学传统跟世界文学传统之际，可以有一种更加辩证的把握，以及一种更加清醒的认识与实践。好的批评家就是如此，让重要作家的面貌更加清晰，让重要作家的品质能够更好地汇聚到文学的长河当中去。

我印象很深的是，他通过对汪曾祺老先生的研究，提出有两种作家：一种作家是竭力超越生活的，比如像鲁迅，跟生活的关系非常紧张；第二种作家就是像汪曾祺这样的，是热爱生活的，跟生活保持着一种水乳交融的关系。这种划分，我觉得很有意思，确实存在着这样的两种大致趋向。当然，作家跟生活的关系不可能是单一的，作家本身就体现了一种特别复杂的人的存在状况。就像鲁迅，他也有热爱生活的那一面，所谓的"人间鲁迅"让我们看到了鲁迅可爱的一面；而汪曾祺、沈从文的散淡文字中，如果仔细辨析也能看到作家跟时代、跟环境的那种紧张关系。但是，这两种大趋向确实构成了两种不同气质的写作，形成了当代文学的一种基本张力，并对应于一个更大的文化思想场域。

王干老师还有一点让我特别惊艳，那就是他的散文写作。在他的散文里面，他表露出了自己深情的一面，对于世间人情、风物、事物的那种热爱，让我看到了他那活跃的形象之外亦有着与活跃相对称的静息，从而对他有了一种更立体的理解。他的内心是柔软的，这是一个批评家对文学进行理解和阐述的根本基础。由此，我发现他跟作家的关系特别好，他跟汪曾祺老先生及其家人，还有王蒙先生，都是一种"终身制"的友谊，这让我看到了批评家与作家之间的那种良性互动关系。因此王老师的批评文章，不以概念为依托，他几乎摒弃了学院式的概念，是以一种朴素练达的理解方式去接近作家和作品。这种方式跟他常年担任编辑工作有关，尤其他编辑的刊物还是要优中选优的，他对于小说的理解力也就更加敏锐，更加具有自己的风格，自己的美学判断。

南京是他精神文化的重要地理坐标，他后来又到了北京，于是，一南一北，构成了他更加完善的批评视野，也构成了他更加有趣的多元文化生活。他有江南文人那种多才多艺的特质、棋、琴、书三者都有声有色，获得了良好的口碑。最有意思的是他喜欢写球评，构成了媒体黄金时代与体育娱乐产业之间"酒神精神"样的狂欢。他是一个足球爱好者，但他不是那种只说不练的纸上足球爱好者，他是一个在现实中也踢球的球迷。我没有见过他踢球，这不奇怪，奇怪的是，我无法想象他踢球的样子，好像那跟他的江南名士风范并不协调。但是，他在球场上奔跑，他在球场上守着自己的位置（也许是前锋，也许是后卫，甚至是守门员），他在球场上渴望着胜利，这个过程反而跟他在文学场域内所做的一切是如此相似。说他是一个批评家，或是一个编辑家，还是一个作家，似乎都不能准确定位他的文学身份，恰恰是这个文学场内认真踢球者的形象，更像是他准确的文学身份。那么，就让我保留着这个隐喻的样子吧！这个样子已经足够。他在我心中已经是一个足够丰富的人，他还会继续丰富下去，让我们拭目以待。

腾空之师

宋小词

2013 年我被湖北省作协推荐进鲁迅文学院学习，借此机缘，有幸认识了王干先生。我们那一届是鲁 20 届高研班，沿袭往届制度，院里为学员请来京中十多位文坛前辈担任学员导师，五位学员共一个导师，师从于谁乃学员抓阄而定。"冥冥中自有天意"，我"抓"住了王干老师。说实话那会儿我对王干老师还一无所知，连名字也是第一次知道。抓阄完后，院里给每位导师安排了一间空室，学员们便"各回各家，各找各妈"。

当时鲁院空房紧张，王干老师与另一位导师共用的是一个会客厅，我们五个学员随王老师坐这一端，另五个学员随他们的导师坐另一端。初次相见，彼此都陌生，我们都有些腼腆，反倒是王干老师主动与我们攀谈，对我们发起"灵魂三问"，你是谁？来自哪里？写什么的？我是湖北武汉的，同学有北京天津的，王老师好像对这些地域兴趣不大，倒是对一位来自安徽的女学员很聊得来，言谈中王老师似乎对安徽地界上的人和物都十分了解，别有一番情愫。细听王老师的口音也不是正宗普通话，更不是北京话，心里便猜测他莫不是安徽人，在此遇着了老乡。印象中，王老师很健谈，那一天没怎么聊文学和写作，都是聊些日常生活，因那位安徽学员是在报社工作，好像还聊了很长一段关于报纸的历史和报社体制改革的话题。不一会儿，别的房里传来学员与导师的道别声，似有传染似的，一下子各室的导师学员都聚集在大厅里挥手再见，弄得我们屋里两位导师也坐不住，都起身道别，匆忙中，王老师给我们留下了联系方式，边笑边嘱咐我们，常联系。王老师的笑声也很有特点，短促而爽朗，听起来中气十足的样子。

见过导师后，我们学员之间当然也有一番悄悄探问，你的导师是谁谁谁。有一位学员似乎很了解这种导师制，说，过不了几天，这些导师就会请学员吃饭的，一回生二回就熟啦。还说据往届学员说，王干老师最为慷慨，请学员吃饭的次数最多，你们有福了。各自调侃嬉笑一番，便各自回房。

关上门打开电脑，在百度检索栏里打出"王干"俩字后一番搜索，简直把"王干"二字在网上搜了底朝天。不搜不知道，一搜竟大吃一惊。王干老师是《小说选刊》的副主编，老家是江苏扬州人，有过一场轰动文坛的与王蒙对谈，其《王干随笔选》获过鲁迅文学奖，江湖人称干老。

我们那一届高研班时长较短，只有两个月时间，其间记得我们五个学员与王老师只聚过一次。相比在鲁院初次见面的严肃和拘谨，私下里的王老师很是随和风趣，没有一点架子。当时座中除了"嫡亲"的五个学员外，还另有五个学员，反正都是鲁院同学，男男女女，围桌而坐，很快便叽叽喳喳、嘻嘻哈哈，气氛颇为热闹。起先大家清醒时，还知道干老是导师，不敢造次，几杯酒下肚后，有人觉得干老一点都不老，便与干老攀起了兄弟，我们也就都趁着酒兴叫大哥。"大哥"无可奈何，只能哈哈大笑，推倒了辈分，"大哥"很快就跟我们打成一片，我们说一句，王老师就爽朗地哈哈一笑。那天干老与我们说了什么我已经记不清了，只知道那一顿饭吃得席间所有人都是从头乐到尾，一会儿歌一会儿舞，人人都真性情释放。传说中干老的两斤酒量没有得见，只记得最后干老离席，主动拎起酒瓶，给我们倒酒，指挥我们这杯跟谁喝，那杯又跟谁喝，只饮得酒尽兴尽，大家结伴而归，一路欢声笑语，仿佛都回到了青春满满的大学时代。

一个多月之后的一个周三，记忆中那天风和日丽，初夏时节的北京，阳光像是镶满了钻石，照哪儿都是亮晶晶的。王凤英，笔名又央，北京人，与我同为干老学生，她联系好了干老后，我们一起去北京农展馆南里 10 号《小说选刊》编辑部拜访导师。打听到了干老的办公室，推门进去，没人。又央给王老师又打了电话，说是临时有事，让我们稍坐一会儿。我们坐在办公室的沙发上，静静等待。京城果然寸十寸金，干老的办公室很是狭促，桌子、沙发、柜子皆靠墙而置，尺寸也不怎么宽敞。抬眼发现小柜上悬吊着两幅书法，一幅"唐诗宋词"，另一幅字很多，当时是细读了的，但现在都忘记了。只记得两幅书法虽然都出自干老之手，但却各有各的韵味，"唐诗宋词"字字利落，豪放洒脱，另一幅则婉转舒畅，秀逸绵延。正欣赏之际，干老来了，我俩赶紧退回至沙发前落座。干老未开言先露笑脸，热情与我们打招呼。看我们眼光还落在柜上，转身将其取下，看了看，说，嗯，墨干透了。并说，知道你们下午来，这是我上午写的。那幅"唐诗宋词"卷好后，给了我，另一幅给了又央。又央附在我耳边说，我喜欢你那幅，大气。我也附在她耳边说，我喜欢你那幅，字多。然后互相羡慕，但却死不交换，各自美滋滋的，大有这一趟没白来的窃喜。

得了墨宝，我们起身告辞，干老看看时间，差不多是饭点了，便提议一起吃个饭。机会难得，我们欣然应允。这一顿饭吃的跟上一次大聚风格截然不同，上一次是众声喧哗，情感上也是囫囵吞枣。这一次干老倒真有绛帐讲学、春风化雨之意了。我们虔诚求教，干老也推心置腹，当下许多炒得火热的作家作品，在干老眼里并不见得有多高妙，那些冷落未受关注的作家作品，干老却并不觉得就真的毫无价值。文学作品的高低好坏，干老心中自有一把金尺。间隙中，干老还对我的小说提出了批评和建议，说我的小说写得太实，像一堵墙，密不透风，这样不行，一定要懂得留白，要腾空。腾空？！这是我从未听过的写作理论，当下便如钉钉子一样，深深刻在了心间，时时揣摩领悟。饭间，干老还跟我们聊了韩国导演金基德的许多影视作品，也扯了一句不是题外的题外话，说优秀的文学作品是优秀的影视作品的根基。那一次的农展馆之行，可谓受益匪浅，有闻道之获，拨开了困扰我多年的写作雾霾，此后每次新构一篇小说，创作时我都会以"腾空"二字提点自己，干老的"腾空"二字成了我的写作秘籍。

在鲁院结业前夕，我的一篇小说《血盆经》被《小说选刊》选载，我明白这是干老的提携，便给干老发微信表达感谢，干老回复，你的小说还有很大的提升空间，多多努力。老师言语虽然不多，但其中有否定也有肯定，更有期待和鼓励。当下觉得干老作为一名编辑，对文学的态度很是坦然，干净，既有眼里不容沙子的追求，也有甘为人梯扶植新人的呵护之情，感动中对王老师充满了敬意。

我向来言谈较短，本来与王老师联系得就很少，鲁院一别后，就更少联系，平常也不过是在朋友圈为老师点个赞而已。2014年春夏之交时节，王老师受湖北作协邀请，来武汉为湖北各地文学内刊杂志编辑授课。我得知消息后，赶到作协边上的梨园大酒店会议室听了王老师的讲课，对王干老师又有了一番新的认识和了解。他是扬州人，扬州师范中文系毕业后一直在高邮工作，当过教师，坐过机关，因热爱文学，后来成为《文艺报》编辑、《钟山》编辑、《中华文学选刊》编辑，一直到《小说选刊》编辑，从高邮到南京，从南京到北京，半生辗转，但也是一步一楼台。但更震撼我的是，王干老师竟然是当代文学诸多现象的命名者，比方新时期以池莉等为代表的"新写实"和90年代的"新状态"这些文学现象的叫法就是出自王干老师。也才知道当时名震文坛、捧红许多著名作家的《大家》杂志也是干老策划。感觉这人简直就是中国文坛的"织女"和"裁缝"，将一个时代的文学碎片织成锦连成片，缝缀成一件彩衣，挂在文坛长廊上，不至于珍珠散落，无从提及。最后王老师也是以秦韬玉的《贫女》一诗作的结语，编辑的一生就是

"苦恨年年压金线，为他人作嫁衣裳"，但他也热情鼓励诸多内刊编辑者，办好一本文学内刊不容易，内刊的编辑也要精练业务，练就一双火眼金睛，于鱼龙混目中识得珍宝，备伯乐之才，于道旁路边认得千里马，只要肯下功夫，小小的内刊照样能抬举文学新人，照样能延续文学香火。干老还举了作家弋舟的例子，说他的小说《等深》当时也是刊发于内刊，但照样能被《小说选刊》选载关注。王老师的讲课引起了台下许多编辑的共鸣，也触动了许多办刊人的内心。

次日王老师还有半日留在武汉，我便与爱人一道邀请王老师游东湖，东湖宾馆里面有一个毛主席故居，里面有一个毛主席纪念馆，馆内都是一些珍藏的，鲜少对外流传的主席相片，讲述了毛主席一生中与武汉与东湖宾馆的情缘事件。馆长是一位采访过多位主席警卫员和摄影师的采访记录员，已经七十多岁的高龄了。通过讲解和回顾了解到，1953年至1974年，毛主席下榻东湖宾馆的次数应该是48次，但张贴在墙上的一处结语，则是47次，这一小误笔，可能一直没人发现，往来游客也都不曾关心，譬如我和我爱人出入这里也有几次了，但也从未留心，不觉得有何不妥。但却被第一次参观这里的王老师发现了，并向老馆长谦恭地指了出来，我们都"哦"了一声，举头一望，也才发现这悬挂在此好几年的牌子堂而皇之下竟藏着这么一处小小错误，馆长诚恳道谢并表示马上纠正。这一件事，让我觉得干老观细微极深的功夫让人诚服，细节处往往能窥探出一个人的真正才干和能力，那些颇有建树者他们的思维和眼光皆不同于常人，很多事件，别人走马观花，他们细细体察，别人热闹者，他们看门道，所以出类拔萃者不无道理。

武汉一别后，我与王老师再一次进入互不打扰的联系模式，交往也如往常，朋友圈点赞。但我的一些动态，会主动说与老师知道，比方生孩子、工作调动、出版书籍，等等，有些事情王老师会给些建议，有些事情则不作点评。记得我生孩子后，给老师发了一张小孩满月照，王老师很是为我高兴，还给我发来一个大红包，长者赐不敢辞，便收下了。后来干老开了一个公众号，叫"王干作文坊"，我关注并成为忠实读者。小文章见真性情，干老的一些闲散小文，都是撷取一些日常生活，论酒谈女人，赏花品肴馔，谈球忆年少，抄经悼亡父。文字质朴，透彻，如溪头卧剥莲子的无赖小儿，无机无巧，一派天真无邪之心自然流露，如赤子般憨顽可爱，一点也不觉得老气。

看干老的小文章多了，才知道干老兴趣很是广泛，爱足球、爱围棋、爱美食、爱汪老、爱红楼、爱书法，而且每一样都能爱出一番道理。

去年，我无意中结识了一位地理先生，家学渊源，对风水很有一套心得。几次休假，我都去拜访他，跟着他一道翻山越岭，听他讲山讲水，那些山头起于哪里，绵延去何处，气从何而得，穴结于何处，仿佛他是那些山脉的知己，来龙与去脉，都了然于胸。翻看王干老师的论文选，我时常觉得干老就像中国当代文学的"风水先生"，对于当代文学山脉的来龙去脉也都了如指掌。这皆是天生的敏锐和长期的浸润探索，才能练就的"堪舆"之功！

今年因为疫情，与干老的联系稍微多了一些，之前干老关注武汉疫情，后来武汉解封，北京又因新发地也弄得紧张起来，得知干老在京郊避疫，我便时常以"过来人"的心情宽解老师，时而会发些日常琐事，比如看见武汉大爷跳广场舞，会给干老发一段小视频过去，让干老也活动活动。干老一笑，说他不会跳舞。前不久我尝试做了一碗老北京炸酱面，拍照给老师看，他回复有些轻蔑之意，说："酱没弄好。"大有得空给露一手的架势，哈哈，学生且待之！

王干的"小说课"

房　伟

王干老师的大名，我很早就听说了，这还是源自大学时代的读书记忆。新时期以来，王干参与并引领了从"新写实小说"到"新状态小说"等一系列文坛风潮的命名、指导、总结和概括。20 世纪 90 年代，当时我只是一名大学生，也是一个文学青年，翻阅期刊经常能看到王干老师的精彩文章，每每击节赞叹，有所启发与感悟。后来，《王蒙王干对话录》等系列著作的出版，又让我们看到了王干在文学史、思想史方面的广阔视野。王干老师目光独到犀利，对小说现场有着超乎寻常的敏感性，对文学发展的导向也有非常多的真知灼见，关心培养了一大批文坛有作为的作家。江南风流蕴藉的文化，熏陶并养育了王干的"文心"。从今天的角度看，王干不仅是著名编辑家，对很多文学刊物的发展，起到了重要作用，而且已经进入了中国当代文学史的重要批评家的行列，他所描绘的中国文学地图和发展逻辑，也已经成为文学史公认的权威论述。

我真正领略到王干老师的风采，还是在江苏的"雨花"写作营。

2016 年，我从山东来到江苏，任教于苏州大学，感受到了江南学派的灵动细腻，也感受到了江苏醇厚的文学之风。江苏省作协为培养青年作家，特举办了首届"雨花"写作营。我先前也写过一些小说，但主要还是以学术研究和批评为主，此次"雨花"写作营，是我的文学生涯的一次重要机遇，让我从文学批评领域，更多地投入到了文学创作领域。这次写作营的特殊之处还在于，它是江苏作协、《雨花》杂志社和《小说选刊》编辑部合办的。它让我们这些学员，能在《小说选刊》这些优秀编辑的熏陶下，直击文坛的最新前沿。在这些授课老师中，我对王干老师的课程，印象非常深。可以说，从前我大多是从批评的视角看待文学，而王老师从批评家与编辑家的双重身份入手，从创作规律着眼，剖析写作的秘密，"点穴"写作的问题，全都是"干货"，给作者的启发非常大。王干老师是江苏人，在扬州大学读的书，在江苏作协也工作过，对江苏的文学创作，既非常熟悉，又有着很深的感情和责任心。他在百忙之余，抽时间来给雨花写作营授课，无疑也是江苏青年作家的福气。我仔细聆听王老师的授课，认真地写下听课笔记，课后反复思考，更觉其高妙之处。

王老师的授课，轻松幽默，时不时会冒出个笑话，吸引大家注意力，提高学习效率。我自己也在高校当教师，深知"写作"这门课的难度。从理论上讲，写作学从创作主体发生学、创作心理学、创作艺术规律等角度入手，结合文艺理论、心理学、社会学等多种学科知识，已经形成了一套庞大的理论体系，比如，对于创作发生机制的研究。然而，在面对具体的体裁处理和主题处理时，我们常会发现，"理论总是灰色的，而生活之树常青"，写作的产生，往往是作者个性气质与灵慧顿悟的结合，需要长期艰苦思考与训练，也需要有恰当的指导。这种指导，往往不仅体现在文学修辞性控制上，也表现在对文学与世界关系的深刻洞察上。只有认识到了这一点，写作学的讲述才深入内部肌理，能激活出更大的写作潜力。

那么，王干老师是如何具体讲述小说创作的？

他将之分为八大模式。这八个模式，囊括了各种小说的视角、立意和主题。这种做法的好处在于，能从"文体意识"入手，给写作入门者可资借鉴的范本，以便养成小说创作恰如其分的文体感。初学小说写作，往往如盲人摸象，都是从自己的人生经验出发，或者是一个见到和听到的故事，能将读者代入这种经验或故事之中，就算是成功。但这样的写作者，只能是个人经验的"搬运工"，其成就必定有限，其写作的持久力，写作的宽度和广度，必定也会很差。而但凡写作生涯能超过十年，依然能保持旺盛创造力的作家，必定是有自己独特文体的作家。而这种独特小说文体，不仅是指有自己的腔调、技巧和叙事态度，更是指作家能熟悉各种小说叙事文体恰如其分的文体范式，进而形成自己的独特风格。

我记得他首先讲述了小说的"史记模式"。这种模式其实是从中国"文史不分家"的早期文类传统中来的，结合志人小说的部分特点，以史家之理性态度，看待种种人物的立传。比如鲁迅的《阿Q正传》《孔乙己》，汪曾祺的很多小说，都是这种写法。这种写法，往往是以人物为中心，从人物身上看世事变迁，人生百态，以小而见大。第二种写法是游侠模式，塞万提斯的《堂吉诃德》、凯鲁亚克的《在路上》、中国的刘鹗的《老残游记》，大多属于这种模式，到了当代小说，朱文的《我爱美元》，韩东的《在码头》，也可划为这个大的范畴。这种模式其实也是巴赫金说的"道路时空体"，好处在于移步换形，能够讲述外来闯入者和本地时空之间的矛盾。这种模式后来也衍生出了外来者模式，比如王蒙的《组织部来的年轻人》、高晓声的《陈奂生上城》。现代的迁徙小说，如打工文学，也属于这个类别。第三种的是欧·亨利模式或莫泊桑模式。这些小说，如《我的叔叔于勒》《项链》等，往往从外部的推理悬念入手，形成饶有趣味的故事链，这种外部吸引的方式，现在看来，似乎有些陈旧，但不可否认的是，它充分利用了人们的好奇心和道德感，只要使用巧妙，依然可以创作出优秀的作品。

第四种是道具模式，这也是一种外部结构法，往往以某种意象入手，形成强烈的象征隐喻性，进而使得故事进入某种哲学层面，比如茹志鹃的《野百合花》与苏童的《西瓜船》。这类写法的特点在于，易写难工，意象的选择，故事的内在心理悬念，都需要比较高的文字控制能力。第五种是舞台剧模式，比如汪曾祺的《熟人》、海明威的《白象似的群山》，这类模式，往往利用一个场景，集中地展开小说内容，时间跨度小，人物集中，对作家的要求反而比较高，对于叙事的视角、叙事空缺与悬念的把握，往往更加看重，这些小说作品，往往也带有现代主义和后现代主义意味。第六种是自白模式，比如《莎菲女士的日记》、鲁迅的《伤逝》，这是一种第一人称的写作方式，虽然有些陈旧，但依然具有很强的代入感和感染力，能让读者感受到真诚的力量。这种写作模式，往往需要作者拥有比较丰沛的情感和强大的情感掌控力，才能让叙事不流于肤浅琐碎。第七种是童年视角，比如迟子健的《北极村童话》这类小说，常常用限制性视角，将主人公限定为一个童年的视角，这种视角的使用，可以让主人公和世界拉开审美距离，也会衍生出成长模式，使得童年化的主人公，遭遇挫折或遇到帮助，实现精神的成长。第八种是沧桑模式，这是一种有历史厚度和现实深刻性的作品，比如鲁迅的《故乡》，还有毕飞宇的《青衣》等作品，往往将作者的思考，熔铸到了时空凝缩的特殊的点，进行象征性书写。所谓"沧桑"，实则是"大江流日夜"的独特时空感。这类写作往往要求作家有充分的历史意识和现实批判性，也是一种写作境界的体现，或许也是一种比较难以达到的境界吧。

　　时间已经过去了三年多，王干老师有关小说模式的讲述，还时常萦绕在耳边。当然，他对于小说创作的总结，还远远不止于此。他的总结与归纳，不同于一般学院派批评家，但也囊括了成长、迁徙等诸多模式的分类方法。我认为，这些方法都是王干老师从多年批评和编辑经验出发的总结，有着很强的小说创作的实践价值。它没有从思想史、文艺理论等抽象概念出发，而是从具体创作实践的可行性的视角出发，为写作者提供了形成自我文体意识的入门途径。这无疑是非常宝贵的。在写作营的这些时间，王干老师经常对我们这些学员的作品进行点评，为我们讲解优秀作品的标准，对我们的失误之处提出善意的批评。在写作营的文学大家的熏陶培养下，我在文学创作上也有了进步，几年来，先后在《收获》《当代》《十月》《花城》等刊物发表了长中短篇小说数十篇，共计 50 余万字。这些小小的进步，都是和王干老师的培养扶持分不开的。这也让我认识到，王干老师不仅是一个优秀的编辑家和批评家，也是一个优秀的文学教育家。他的"小说课"，既不单纯是批评家和编辑家的小说课，也不同于作家的小说课，而是从小说创作规律出发，结合几方特长的实践性文学教育。期待着王干老师能有更多文学教育方面的专著和论述出版，这将对文学青年提高创作水平起到很好的作用。

听君一席言　胜读十年书

——王干老师印象

盛　慧

　　只要一想到王干老师，我的眼前便会浮现起他亲切的、顽童般的笑脸，我很庆幸，能在文学的道路上遇到这样一位睿智、坦诚而又随和的良师。

　　在中国先锋文学史上，王干老师是一个举足轻重的人物，他是顶级的评论家，也是顶级的编辑家，在我们这些文学青年眼中，他则是可望而不可即的神一般的存在。我们这一代作家，有幸受到了先锋文学的滋养，那种全新的审美体验，打开了我们的视野，不管我们最后走的什么路子，我们永远都会自觉地寻求最新颖、最富诗性的表达，而王干老师的多重身份，决定了他对我们这代人的影响是全方位的。

　　第一次读王干老师的书是《世纪末的突围——文学的误区》，那是1994的事情，我十六岁，正在老家宜兴读中专。书是一个叫朱华的诗友借给我的，她读书有一个习惯，喜欢在精彩处画红线，我打开书一看，马上惊叹起来——整本书基本上都画了红线。我如获至宝，反复阅读，一边读，一边为王干老师的深刻的见地深深折服。作家虽然不是靠理论创作的，但理论对作家的创作有着重要的促进作用，王干老师这本书，为我打下了扎实的理论根基。

我一直觉得，每一个作家都有一个漫长的蛰伏期，直到有一天，他会听到一声"春雷"，从沉睡中醒来，展翅高飞。我听到这声"春雷"，也是1994年的事情，当时，学校组织我们去南京本部做实验，附近有一家叫"金陵书屋"的书店，店主也是一个文学青年，她向我推荐了许多好书和好杂志，其中，有一本杂志叫《大家》，非常吸引我。那一期上面正好刊登了莫言的长篇小说《丰乳肥臀》，我一口气读完了，读得如痴如醉，这篇小说颠覆了我对小说的认识，把原本束缚我的条条框框全打破了。多年以后，我才知道，《大家》杂志正是王干先生一手策划的。2004年，我的短篇小说《水缸里的月亮》发表在《大家》创刊十周年特刊上，我觉得这是一件特别美好的事情。

王干老师不仅是一个文学理论家，更是一个文学实践家。除了云南的《大家》，贵州的《山花》杂志的改版也是王干老师一手策划的，此外，还有文坛传为佳话的"联网四重奏"，这是文坛最知名的品牌栏目，很多青年作家正是通过这个栏目为大家所熟知的。

我与王干老师神交多年，但一直没有机会见面。第一次见王干老师，已经是2011年的事情了，当时，广东省作家协会在惠州举办了"三名（名编、名刊、名社）笔会"，王干老师作为《小说选刊》的副主编受邀出席，晚饭之后，主办方让大家登船夜游东江，借着酒胆，我第一次跟王干老师搭话。没想到，他居然知道我，还说我参加春天文学奖时，投票只差了一票。这让我非常意外。对于一个在小说之路苦苦摸索的年轻人来说，这无疑是莫大的鼓励。

王干老师似乎对广东格外偏爱，广东省作家协会组织的培训经常请他来讲课，每年的"三名笔会"都能见到他的身影。我印象最深的是他对《红楼梦》的解读，他对《红楼梦》独特而深刻的认识，让我对小说艺术有了更深入的认识，也对小说艺术有了更多的敬畏。

文坛是个名利场，王干老师的一句话，让我对名利多了一份平常心。2012年，广东省作家协会"三名笔会"在惠州三角岛举行，小岛四面环海，风景宜人，广东省作协的领导特意把我和王干老师、《小说月报》的主编马津海安排在同一间别墅里，我们吹着海风，听着海浪，坐在阳台上抽烟聊天，两位老师谈到了许多文坛逸事，我记得王干老师老师说："人要活得好，最主要是不要把自己太当回事。"这句话，对我触动很大。我想，"听君一席言，胜读十年书"，正是这种感觉吧。

2015年，我的长篇小说《闯广东》出版后，王干老师非常关心，提出在当年的"三名笔会"上举行一次作品研讨会，他的这一提议，立刻得到了广东文学院熊育群院长的响应，我平生的第一次个人作品研讨会就这样敲定了下来。研讨会上，名编云集，王干老师首先发言，对我的作品作出了高度评价，称我为广东文学创造了新的流派。他说："小说里面的叙述语言一般是两种，一种是完全扎根泥土，贴着地面写的，还有一种是翱翔、飞翔的，非常有诗意的。盛慧的小说是在泥土跟云端之间的叙述风格。"我知道，这是他的鼓励，也是他的期盼，我一直铭记在心，并作为后来创作的方向。

王干老师特别爱才，据我所知，在广东作家中，受他提携的非常多，陈再见、王哲珠等作家就是其中的优秀代表。今年是王干老师从教四十周年，借此机会，我代表广东作家向他道一声诚挚的感谢，不管对我本人，还是对广东作家，王干老师都做出了不可磨灭的巨大贡献，产生了不可估量的巨大影响，这份恩情，我们会永远铭记于心。

真正的江南才子

——王干老师印象记

于爱成

真正近距离接触王干老师，是在 2012 年就读鲁迅文学院第 19 期高研班期间。尽管在此之前，跟王老师已经相识 12 年之久，但都停留在开会时候打打招呼的层面上。很荣幸，在鲁院的导师与学员见面会上，我和其他三位同学被王干老师收为弟子。

鲁院的传统，这样的师生关系松散却又坚韧。像王老师与我们，就颇有几分传统私淑弟子的感觉，平常可能联系不会多，王老师却一直关注我们的成长并给予持续的关注和指导，总会冷不丁来个电话说要我关注一下哪个作品，说到了深圳开会，说深圳又有哪位或哪几位作家的作品登陆选刊荣获某奖——因为我的工作在文联作协系统，对深圳作家作品的发现扶持推动推介也是工作的重要组成部分。

比如吴君、盛可以、陈再见、蔡东、邓一光、南翔等若干深圳作家的作品，无论是上选刊还是拿到了某个奖项，我往往都是从王干老师这里得到的消息。记得陈再见就得到了王干老师特别的重视，在王干老师任内，陈再见的作品屡屡登上选刊，而且还得到了一项大奖——小说选刊的最佳新人奖。还有一次王老师从机场打来电话，说准备邀请深圳作协主席参加他们的采风团，征求我的意见。还有一次，王老师打来电话，让我推荐深圳当红的最优秀的几位青年小说家，他手头编选一套书，深圳的优秀青年作家不能遗漏。

这个时候的王老师，其实，俨然，也真正，是把我当成了他的门生，我的事业上的事情，就是他一直、始终挂牵着的事情。王老师来深圳的次数不算多，一年总有一两次，有时候是区里请，有时候是市里相关单位请。但每次前来，总是会提前告诉我。有空的话，我就赶去见一面，蹭蹭饭，有一搭没一搭地说说闲话。如果王老师恰好逗留的时间足够再聚一次，我也会请邓一光老师出面做东，邀请上部分中青年作家组个饭局。这样的饭局自然全程是谈文学，文人掌故，文坛旧事，有了邓一光这样口才了得的大咖跟王干老师唱对手戏，一唱一和或混合双打，一桌子的菜都基本上尝不出什么滋味，一杯一杯一轮一轮的酒下肚，喝酒之外的时间都是聊文学和文坛，雅事或者俗事，正经或者八卦，成就或者技法，大拿或者新人，王干老师总能说出一两个段子，一两个故事。王干老师最后也还总不忘极力夸奖深圳的蔡东、陈再见，以及刘静好。

王干老师对于深圳作家其实是如数家珍的，在他任内，深圳作家荣登小说选刊者，几乎每期都会有一人，最多的时候一期会同时出现三人，比如邓一光、南翔、吴君、盛可以、徐东、陈再见、蔡东、毕亮、卫鸦等，都已经是选刊的常客，也正是选刊首选，其中的有些作品又陆续上了《小说月报》《中华文学选刊》《新华文摘》。所以，王干老师看重深圳、高看深圳，其实也是有这样一种情结在里面的，这符合他多年来从事期刊工作的作为编辑老师的爱才心理。

是的，爱才。对于有些极具潜质但不勤奋的作家，王老师是急在心里。记得他就不止一次，包括在一次在中国作协礼堂举办的"文学深军新势力"

深圳青年作家研讨会上，他也当众指出刘静好的懒散，那么出色的都市感觉和自然天成的形式感，却缺乏足够的文学抱负，作品量实在过于有限，可惜了一个好苗子。这话从别人口中说出来，刘静好可能不一定在意，但出自王干老师之口，对于刘静好的触动自然是显而易见的。也许这是王干老师偶尔露峥嵘的表现。

总的来说，在场合上，王干老师其实轻易不臧否人物，很少对谁高度评价或不屑一顾，总是满面笑容的样子，谈到任何作家任何作品，都更多听别人的谈论、观点，然后再穿插儿句话进来。不过这几句话，貌似平淡，如果细听、听得进去、了解前因后果，就会觉得无比精当，比如他谈论盛可以、魏微、蔡东、陈再见的小说，就很少对作家进行排行榜、排座次式的论断，更喜欢从他们作品的气质、风格、题材、结构来观看，得出来的结论从而也是一个观看的印象而非贸然评判。应该说，早期的王干老师是有种总体性把握文化与文学现象、从现象中寻绎把握抽象出意义和概念，并用这概念、意义制造新的思潮和流派的形而上学的雄心和气势，比如他天才性地创造并制造的"新写实""新状态"等的壮举，已然成为中国当代文学史中的重要事件，比如他在制造热点话题、推出群体概念的作家等方面的努力（南京作家群、联网四重奏，等等），都已经成为当代文学的经典案例。王干老师的大局观、创新性堪称无与伦比。不过，凭我的未必准确的感觉，从进入《中华文学选刊》开始，到主持《小说选刊》工作的这些年，王干老师开始更喜欢艺术批评、审美批评而不是文化批评、社会批评，没有那种太宏观、太形而上、太总体论上的大论，更喜欢结合作品，分析具体作品在文学性的审美层面上的特质，不过多做高举高打方面的延伸。

其实这也符合这位江南才子评论家的性格——温文尔雅。是的，王干老师给人的印象，他的始终面带笑容的谦和、煦暖的样子，让我总是想起《诗经·秦风·小戎》里的一句话："言念君子，温其如玉。"是的，王干老师正符合了人们对江南才子文人"谦谦君子，温润如玉"的想象。

　　江南才子的王干老师是聪明的、敏锐的、智慧的，又是如沐春风的。因为敏锐睿智，所以眼光特别好，鉴赏能力特别强，从朦胧诗到新写实主义、新世纪文学到网络文学，基本没有错过任何一个文学热点；因为热情、无私，所以如王朔曾经对王干的评价——"中国文学奔走相告文学委员会主任"，一旦发现好作家、好作品，立即奔走相告。

　　这种气质不仅表现与学术中，还反映在生活上。王老师是那种好（形容词）玩、好（动词）玩的人，有士大夫情趣的人，有雅好或癖好的人。他好美食（汪曾祺先生的同乡、同音、同好，近年来则致力于汪曾祺先生的研究、史料整理等，用王干老师自己的话说，他自己算是"第二代汪学家"），好美酒（量似乎不大，但每次聚会无酒不欢），好下棋（作为业余围棋手，段位已经颇高，讲起围棋的旧事随随便便旧事一箩筐，似乎比之文坛掌故还更多有意思。对于打牌，也能摸两把——记得在深圳育新学校与邓一光、刁泽民等的挑灯夜战），好写字。好写字自然是有口皆碑，当代文坛，写字写得好的作家诗人不少，莫言、贾平凹、欧阳江河、雷平阳、李敬泽、白描、廖琪、程绍武等，时不时会看到他们的作品，也听说过种种对作家中的书法家的迥然不同的评价。王干老师的书法在作家书法家中处于什么地位，这个仁者见仁，但王干老师书法中所透出来的法度和从心所欲不逾矩的传承，那倒一定是显而易见的，识别度很高的。他的字从而也就不是简单的文人字或者作家字，而是能够进入真正书法家的谱系当中的。从这一意义来讲，记得在深圳育新学校酒后王干老师飘飘欲仙写字之时，邓一光称他是"作家里面写书法最好的"之酒话，倒真的是认真的。

　　王干老师是有他的豪迈之气的，这豪迈气质，与他的重情义的一面相表里。其实不仅是王干，江浙作家里面重情重义者确实不乏其人，就我所接触的视野所及，如苏童，如格非，如范小青、顾建平、魏微、贾梦玮、王祥等，都有自身性格里面情义为重的一种气质。在山东人的眼中，黄河以南皆是南方，江苏浙江，都是江南，对于江南作家的评价是总体论的。江南作家怎么怎么样，不仅涵盖了扬州以南，也包括扬州以北的所谓江北或者苏北。泰州兴化、高邮背景的王干，包括王干老师的同乡朋友、早年任职于泰州市文联秘书长的深圳作家刁泽民等，其实完全颠覆了我的江南观、苏北观。他们身上流淌着古老中国士大夫和侠客的情义精神相混合的血液。

当然我们也可以说这样的豪迈之气可能就会有一定的傲气，当然这种傲气是内在的、骨子里的、隐忍不发的，所以我们可能看到的只是望之俨然即之则温的形象，骨子里的另外一个土干，只可能表现在他的文章中，他的推动的文学思潮文学流派等文学运动中。其实土干之名，早在 1990 年代前期对我来讲就已经如雷贯耳，同时代还有很多的佼佼者，他们对初入大学的我形成了最早的文学评论的教育，文学审美的影响，文学眼光的训练。当 2009 年底第一次到京参加全国研讨会就见到包括王干老师在内的文学评论前辈时，文学史中的人物一下子出现了自己的面前，刹那间的感觉像是似是而非，又像似曾相识，怎么就这么轻易地见证了并进入了历史？颇感几分荣幸和欣喜之感。也是从那次开始，我逐步结识了更多评论界、创作界前辈大佬名家宿老，自己也一步步进入了文学批评领域。

犹记得 2012 年 3 月初鲁院新生与导师的见面会上，会前，见到王干老师的时候他说的话："嗯，于爱成呀，你还要来读鲁院？"哼哼，这话说得让我骄傲，当算是对我的最高的评价了。

尽管王干老师不认为我需要继续到鲁院深造——鲁院嘛，作家们的印象中，这里是作家深造之地，作为评论者的我，来到这里是不是有抢占作家资源之嫌？王干老师心里怎么想我就不知道了。不过，在当天导师对学员的挑选中，被时任鲁院常务副院长李一鸣敬称为"干老"的王干老师资历太深，选生在前，确是首选了我作为他的弟子的。其间，跟干老吃饭、参加干老小说选刊的颁奖、出席中澳作家论坛、参与干老安排的评刊任务——解读了几个作品，对小说和故事的关系做了一次细致的梳理，狠狠地也有几分自以为是地批评了《小说选刊》所载的一个中篇的细节失真（其实，个别地方是我用力过猛了），王老师对我却始终是温和的，信任的，赞赏的，而现在想想，却是让自己有几分惭愧的。

然后就是鲁院结业，直到今天，这段已达八年之久的师生之谊一直在延伸。

因为要写这篇文章，特意查了一下王干老师的简历，他是 1960 年出生，可见其生命力的顽强。从兴化到高邮到南京到北京的人生奋斗足迹，可见他不是一个安分的人，但也是任何地域和身份都无法压得住的才华的人。从理论批评到散文随笔创作再到左手文学右手书法，可见他的博学多才而中西合璧古今贯通。已出版的《王干文集》11 卷，包含了《王蒙王干对话录·90 年代文学对话录》《王干随笔选》《灌水时代》《静夜思·另一种心情》《观潮·论人·读典》《闲谈围棋，热看足球》《边缘与暧昧》《废墟之花》《过着平静如水的日子》《博客，我的小家园》《说不尽的王干》，也可见王干老师深耕当代文学四十年的卓著成就和不凡探寻。

还是朋友们的观点综合起来的王干印象格外全面立体，这是一个"真诚、执着、敏锐、鲜活、睿智、幽默的王干"，一个"作为文学评论家、文学推手的王干"，一个"作为作家、专业编辑、书法家、社会观察家、知识分子、思考者、学者、红学家、足球与围棋爱好者等集诸多身份于一体的丰富而多元的王干"。

能成为干老的弟子，幸甚至哉！

豪伙之笑与文学之光

樊健军

　　我安居的小城可谓是文学爱好者的"集中营"。我在这里生活了将近 30 年，身边不乏文学爱好者。老城区广场旁边有家书报亭，最多的时候一个月要卖出几百份文学杂志。刚进城那会儿，我充其量只能算个初级文学爱好者，他们在门里谈笑风生时，我在门外观望，像个怕生的孩子，不敢进去，又舍不得离开。后来混进去了，也插不上话，只能充当忠实的听众。他们谈论作品，由作品转而谈论作家。有位诗歌爱好者，后来成了诗人，记忆力特别好，有时会即兴朗诵一段。他的阅读广泛，有次谈起了《王蒙王干对话录》，言语间是由衷的钦佩，称对话录无处不闪烁着智慧与灵性的光芒，建议在座的朋友都应该认真读一读。他一再说明，当时王干老师年仅 28 岁。这是我第一次听到王干老师的名字，根本没想到有一天他会成为我的导师。

　　几年后，小城的一位作家出版了一部小说集，是请王干老师作的序。这是小城文学史上的一件大事。当时我就想，要是有一天我能写本书，能有机会请到他作序，那该多好。

　　2010年,《王干随笔选》获第五届鲁迅文学奖。翌年,我上鲁迅文学院高研班学习,有一天院方安排导师与学员见面,十一位导师中就有王干老师。他脸上带着微笑,但给我的感觉还是有点严肃。给导师分配学员时采取的是抓阄的方式,将学员的姓名写在纸条上,让导师来抓,每个导师抓四个阄。到这个环节,现场的气氛才活跃起来,笑语喧哗。我好像有种预感,会被王干老师抓到,后来果真如是。抓阄结束后,学员们在各自导师的带领下离开了会场,我与另外三个学员跟随在导师身后去了二楼的一间小会议室。我们四个在导师跟前做了自我介绍,导师一脸笑容,他的笑容有着南方的温润与南方春阳的和煦。后来,我发觉对他的笑容有误读的地方,他的笑容里不只有温润与和煦,还有豪侠和爽朗,又是睿智和广博的。在了解到我们四位学员都是写小说的,他给我们布置的作业取材于当时的热播剧《借枪》,分析“鸡毛掸子”也就是道具在剧中的作用。原话我记不得很清楚,但大意是这样。我平常极少看电视剧,为了完成作业,用了三四个晚上将《借枪》看完了。有几集还回看了一遍。导师第二次来鲁院时,带来了最新几期的《中华文学选刊》,每个学员一大袋。之后是检查我们的作业,当时的讨论是自由发言,几个学员抢着发言,气氛相当热烈。他在聆听我们发言时始终那么温润地笑着。那场讨论中我领悟到了不少东西,从“鸡毛掸子”到物的流动,到地理的流动,到内在空间的流动。这种流动既让小说显得饱满,灵动,同时又打开了小说的内在空间。在鲁院学习期间,我创作了短篇小说《酒干倘卖无》,在小说中我给主人公设计了一只电喇叭,由它来代替主人公说话,可能就是受此影响。这个小说原发在《飞天》,还获得了第二届《飞天》十年文学奖。

　　后来有一次,导师到鲁院来请我们几个学员吃饭,因我当时回了江西,错过了。离开鲁院后,我同导师极少有见面的机会,这十年来仅见到过两回。2013年,我的小说集《水门世相》在台湾秀威出版,出版方要求最好能有名家作序。我第一时间想到的是导师,但又不敢贸然给他打电话,怕他不方便接电话，又怕他不答应。在内心争斗一番后，还是给导师发去了一条短信。没想到很快就收到了他的回信，答应了我的请求，并且让我将文稿的电子版发到他的邮箱。不出一个月，我就收到了他作的序，序中对我的创作给予了高度评价，称"樊健军的小说链接的是沈从文、汪曾祺这一路的作家，这一路的作家常常被文学史家们归结为乡土小说或市井小说"，"作家虽然写的是世相，骨子里说的是中国乡土社会的伦理文化，这伦理文化凝聚成乡村的生存智慧之后，又反过来影响中国的伦理文化，松动或者板结我们脚下的这块文化土壤。我们生于斯长于斯的土地因此生生不息，也因此根深蒂固，负载深重"。我总结我的小说创作为两条腿走路，一条腿是围绕乡村、乡土展开的，另一条腿是围绕小县城生活展开的。我沿着这两条路径一直走到现在，执着于斯，不曾改变。

同一年，我的另一个小说《夭夭》还得到了导师的关注和肯定。《夭夭》原发在《星火》上，当年江西省文联滕王阁文学院特聘了一批作家，我有幸位列其中，《星火》开设了特聘作家专栏，首发的就是《夭夭》，后被《小说选刊》转载。责任编辑告诉我，王干老师对这个小说很是喜欢，当期《小说选刊》还在卷首语中做了推介——"樊健军的《夭夭》在一种囊括现在和过去的复调叙述中，描写了母女两代女性的冲突，夭夭的今天好像是母亲的昨天，而无父的困扰在夭夭一代心目中的悲凉不只是一个缺席者的痛苦。"这个小说后被选入《小说选刊》选编的《2013 中国年度中篇小说》。这是我首次入选年度选本，对我的创作是极大的鼓励，同时也是莫大的鞭策。《夭夭》后来还获得了第二届林语堂文学奖和《星火》优秀小说奖。

2018 年，《王干文集》出版，文集共 11 册，包含《王蒙王干对话录·90年代文学对话录》《王干随笔选》《灌水时代》《静夜思·另一种心情》《观潮·论人·读典》《闲谈围棋，热看足球》《边缘与暧昧》《废墟之花》《过着平静如水的日子》《博客，我的小家园》等 10 本学术专著、评论集、散文集，以及一本大众与媒体评说、书写王干的文集《说不尽的王干》。《王干文集》

是导师驰骋文坛近40年的思想结晶，也是中国文坛近几十年的变迁与进化史。这一年，是我从鲁院结业七年后，第一次有机会同导师相见。当年，我的短篇小说《穿白衬衫的抹香鲸》获得首届汪曾祺华语小说奖，我去大连参加颁奖仪式，才有机会拜见导师。说到《穿白衬衫的抹香鲸》这个小说，其中还有个故事，听我的两位责编老师说，她们都是第一次送审小说，没想到就获奖了。她们高兴，我更高兴。在颁奖的那段时间，导师有很多工作要做，我不敢去打扰他，只是在一旁看着他忙个不停。直到颁奖仪式结束，很多嘉宾相继离开了，我才在宾馆的大厅里见到他。他大概累了，正坐在沙发上休息，见了我招呼让我过去。我在他旁边的沙发上落座。他对我说的第一句话就是："这是个好小说，苏童很喜欢。"这句话我一直记得。我从未见过苏童老师，但他的话给了我一种光芒和温暖，这是文学的光辉和温暖。后来，我在一家报纸上读到评奖结束时新闻发布会的报道，苏童老师对拙作给予了肯定。苏童老师说，"这个名单里有很多年轻的名字，也有一些完全陌生的名字，比如《穿白衬衫的抹香鲸》的作者樊健军，我也很陌生，但是写得特别好"，"童真而又伤感"。

那天，导师还鼓励我说："这几年你很不错，出了不少作品，好好写。"他仍旧带着那种经典式的笑容，很豪侠又很温润。几年前，我去南昌参加会议时，有个文友同我谈起，王干老师在江西讲座时曾多次提到我，提到我的作品。导师的话让我体悟到，虽然没有见面，但他始终在盯着我，盯着我这个学生有没有新的作品出来。这让我很是惭愧，又很是感动。离开鲁院七八年了，导师仍旧在关注我，扶持我，这也是我不敢懈怠的原因。

那天我们的见面很短暂，很快又有人过来了，谈话不得不中断。

也是在这一年，我的长篇小说《诛金记》在作家出版社出版，再次得到了导师和另外几位老师的封面推荐。

2019年，同样还是因为《穿白衬衫的抹香鲸》，我去青岛参加第一届海鸥文学奖的颁奖仪式，在颁奖现场见到了导师。这次我们见面的时间更短暂，只是打了个招呼，都没来得及多听他说几句话，又被打断了。后来，他得知我的中篇小说《内流河》在《收获》发表，让我将电子版发给他。

我是个基层作者，从事文学创作已经 20 多年了。这么多年来，正是因为有王干老师他们的关注、扶持，让我一次次沐浴着文学的光辉，才走到今天。现在回想，当初我为什么会选择文学，可以有多种理由，但最后都是殊途同归。文学是我灵魂的翅膀，可以在某个瞬间带我飞离这座小城。在我感觉憋闷时，文学是我的氧气来源，给我以生命的活力。文学是照亮我内心的光亮。

谨向王干老师致敬！

谨向像王干老师一样自始至终关心和支持我的老师们致敬！

文学引路人
——记我的文学导师王干先生

孙晓燕

鲁院的花儿绽放时节，鲁三二高研班终于迎来了期盼已久的导师见面会。

鲁院教室里桌椅座位的摆放形式是不固定的。如果是学员论坛，桌椅就形如矩阵，摆放成长方形；如果是大家集会（歌咏晚会、诗歌朗诵等等），桌椅就状似扇面，摆放成半圆形。当然，大多上主课，尤其是那些全国著名的学者、作家、诗人们来授课的时候，教室里的桌椅座位都规规矩矩地摆放着。学员们面朝讲台坐在里面，方方正正地，真有些阅兵的方阵的样子呢。

鲁院的导师见面会，是庄重的。这不单单针对鲁院的学员，对于鲁院本身也同样如此。但导师们的桌椅座位的摆放形式，却不那么固定。这期的桌椅座位一字排开，在教室里南边，那期的也一字排开，可能在教室里西边。

我们鲁三二这一期，导师们的桌椅座位一字排开在教室的南边，学员们的桌椅座位正对导师对面分几排摆放好，学员桌椅座位的规矩程度，当然和那些全国著名的学者、作家、诗人们来授课的时候，没有什么两样。

我们鲁三二高研班的导师见面会的时间定在下午。五十一名学员，吃过午饭，老早来到教室里，准备着恭迎导师们到来了。

终于，导师们来到了。走在前面，引领导师们的是鲁迅文学院的邱华栋院长。这时，我已看过桌牌，我们这一届高研班，受鲁迅文学院邀请担任学员导师的，多是大刊名刊的主编或者著名出版社的社长。他们一个个都是中国文坛闪亮的名字：王干、王山、孔令燕、陈东捷、徐坤、李师东、商震、叶梅、师力斌等老师。

在我又爱、又恨，充满崎岖、永远看不到终点的文学之路上，我即将迎来我的指路人！从此，我也许再也不会惧怕以往那每一个如期到来的月圆之夜了。月的圆，注定是无比美好的，但在以往，相对于我，这个在崎岖小路里摸索着前行了十几年的"文学人"，每一次的月圆，都是生命岁月里又少了一个月。

我坐在学员座位第一排，在我的对面就座的导师是著名评论家、作家、《小说选刊》副主编、鲁迅文学奖获得者王干老师。

很早以前，我就知道王干老师的盛名。我多次读过王干老师的博客，所以见过王干老师的多张照片。我有一个感觉，王干老师好像在每次拍照时都在笑。开怀的大笑、谦逊的微笑……反正，都在笑。即使偶尔有那么一两张，看上去，王干老师闭着嘴，不想笑的照片，其实当你仔细端详，也能从他眼睛里、嘴角边，看出他有藏不住的笑意就要溢出来。所以，那时我就断定，王干老师，一定是一个乐观的人，一个好人！因为，据我母亲说，乐观的人，一般都是好人。

通过抓阄的形式，来确定学员导师，是鲁院的惯例。抓阄就是抽签，也叫抽勾。方法是用一些一样大小的彩色纸条，把每一个学员的名字都分别写在一张张纸条上面，然后把纸条装在一个箱子里面，到时候让导师们分别抓取，决定自己带的学员。当时，我在想，如果我能成为王干老师的学生、王干老师能作我的导师，那将是多么幸福的事情啊！那样，我这次来鲁院也算是超值了。

我敢说，在当时，和我一样，其实，多数的学员心理都很紧张。他们也大部分在他们心里有着自己所期待的导师，但是，自己却不能决定谁来做自己的导师。

轮到王干老师抽签了，他站起来，从箱子里抽出一个纸条。他展开纸条，很认真地看过，叫"孙晓燕"，他叫着，看着学员们，寻找我——他自己的学生。那一刻，我却愣住了，好像头脑里有了几秒钟的一片空白。接下来，我心里像是被什么东西撞了一下，怦怦跳了起来。我赶紧站起来，做自我介绍。紧张到当时自己都说了一些什么，过后都记不清楚了。

王干老师示意我坐下。我坐下来，心里先是紧张忐忑，马上又高高兴兴了——我终于如愿以偿了！至于当时紧张忐忑的原因是，王干老师久负盛名，桃李满天下，许多学生都已成为中国文坛的璀璨明星了，他愿意带我这样的小作者吗？后来证实，我的这份担心，实属多余。

接下来，老师又抽了另外的五名学生，说起来很是神奇，那天老师抽到的六名学生，正好都坐在纵向一排。坐在我后面的五位同学——被老师抽中叫起。

见面会结束了，我们跟随王干老师来到一楼的贵宾室。在这样一位顶级的作家、文学评论家、优秀的社会与文化观察者面前，我们都有些拘谨。老师很随和地和我们聊天，脸上绽放着真诚温暖的笑容。他首先依次询问了我们是哪里人，又问了我们的创作情况，然后将他的电话和邮箱告诉我们。渐渐地，大家没那么紧张了，气氛也轻松起来。我发现王干老师是一位充满活力的人，他能很快调节气氛，让我们活跃起来。

我还清楚地记得，当时谈到文学时，老师说，文学不是封闭的产物，文学需要交流，文学需要碰撞，交流的方式可以多种多样，碰撞也是如此。王干老师又说，阅读是一种交流，网络也是一种交流，对话是一种交流，倾听也是一种交流。文学本身就是心灵与心灵的交流，也是心灵与现实的交流，写作本身就是对交流的渴望。

在和我们的交谈中，老师知道富遐是以诗歌创作为主的。王干老师很高兴，说他年轻时也写诗，并且喜欢朦胧诗，虽然没有成为一个诗人，但他的第一篇文学评论是关于诗歌的，就是《历史·瞬间·人——论北岛的诗》。富遐听了喜出望外，连连说，这是一种缘分。

王干老师要离开鲁院了，我们依依不舍地簇拥着老师走出教学楼的大门。鲁院的院子里飘散着玉兰花和梅花的香气。

老师上了车，摇下车窗玻璃笑着跟我们挥手。我们也跟老师挥手再见。心里期待着和老师的再次相见。

在期待中过了几天，我们的小组长茂戈告诉我们说，王干老师晚上请大家吃饭。这怎么行？按照中国人的传统，怎么说都应该是学生请老师吃饭，哪有老师请学生吃饭的道理？大家还想推辞，并商量说，由我们来请老师吃饭。可是到最后经过大家讨论的结果是，大家一致认为，王干老师是一个率真的人，他一定是真诚地邀请我们的。再说了，我们都实在不想错过这跟老师见面、向老师请教的机会。我们决定，不再拒绝。我们六个人就空着手，分乘两辆出租车，直奔王干老师提前定好的饭店，吃老师给我们准备的大餐去了。过后，每当我想起来这件事，还觉得我们这些做学生的，多多少少，有一点儿可笑呢。

吃饭的过程，老师谈笑风生，像是把我们当成了已经交往了多年的老朋友，这时，我们又放松了许多。至此，我们也真正领略到了一个江南文人的自适和逍遥的一面。

提到江南文人，我不得不说一说王干老师和汪曾祺汪老的渊源。

老师说，汪曾祺先生，是给了他文学基因和文化基因的人。说起汪曾祺汪老，我们都很崇拜。看得出，对于汪曾祺先生，老师也是很崇拜的。老师对我们说，寻找日常中的诗意和雅致，是汪曾祺先生作品的特色。热爱生活，在生活当中寻找诗意和审美，可生活并不全是诗意和审美，但汪先生对此似乎毫无怨言。老师又和我们谈起了王蒙先生。老师说王蒙先生对人生的态度，一方面不纠缠，一方面对文学不放弃，他又是一个非常有远见的人，悟透了人生。

最后，王干老师总结说，这两个前辈，一个像火一样，一个像水一样。

和王干老师的这一次会面，让我很有收获。

大家都吃饱喝足了，临走，王干老师送给我们每人一个笔记本，我让老师在第一页给我题字，他写上：祝晓燕开心！就是这"开心"两个字，深深触动了我。

想想我到鲁院报到的那天晚上，正是一个月圆夜。圆圆的月亮挂在天上，夜色很美。但我的心里却是焦虑重重。来鲁院前，我的写作范围比较杂。进入鲁院后，我给自己制定的目标是小说创作，但又怕自己提高慢，我内心充满忧虑。时间一天天过去，当又一个月圆之夜到来时，我的内心更加焦虑了。当再一个月圆之夜到来时，在鲁院的日子又过去了一个月，毕业的日子近了，离开鲁院的日子也不远了，我心里的焦虑陡增一倍。这一切都说明，我还不够达观，还需要修炼。

老师又说，他向汪曾祺先生学习生活，向王蒙先生学习达观。是两位大师让他保持热情，同时又懂得淡定。

那一刻，我似乎一下子开窍了。老师把在第一页上写有"祝晓燕快乐！"的本子送给我，是想把他从汪曾祺先生和王蒙先生那里学到的快乐与达观的人生态度传递给我啊！

这个本子后来成了我在鲁院的签名本。我请每位来鲁院上课的老师，在这个本子上面一一签了名。老师送给我的本子，留下了我在鲁院的珍贵记忆。

后来的日子，我又重读了汪曾祺汪老的多篇作品。他的文字如秋月当空，明净如水，一尘不染，读罢，心灵如洗。我又想到，老师说，汪曾祺先生追求的不是深刻，而是和谐。读他的作品，会让人在生活的很多细微之处发现美好，这就是他的乐观精神。老师说他受汪曾祺先生的影响很大。老师那些笑着的照片，也可以从另一个方面佐证，他确实是从汪曾祺先生那里学到了乐观的精神。出于好奇，也是出于对汪曾祺汪老的崇敬和尊重，我后来查看了一些汪曾祺汪老的照片，惊奇地发现，王干老师与汪曾祺汪老的中年时期竟然很神似。老师跟汪老那双水灵的充满着童趣的眼睛，又是如此相像。

再一次见到王干老师，是在一个大学里参加文学活动。王干老师坐在台上，我跟几个鲁院同学坐在台下。活动结束，大学生们都簇拥过去。我没好意思往前挤，台上的老师却看到了人群后的我，他喊我过去，从包里拿出一本书递给我。我小心接过来，心里很是激动。那是王干老师的著作《在场——王干30年文论选》。老师说，晓燕这本书送给你吧。我如获至宝地把老师的这本书捧在手里，翻开第一页，赶紧请老师在书上签了名字。

当天晚上，我坐在桌前，捧着老师的书仔细地读起来。书按年代分为4章，收录了身为作家又是评论家的老师从20世纪80年代至今创作和发表的30余篇文艺评论、理论文章。其中，不仅涉及当代文学史上的诸多重要作家作品、文学思潮，也涉及当下的流行文化趋势和文化现象。

我怀着虔敬的心态阅读着。主要的部分都做了笔记。从那时开始，我心里渐渐明亮了。我的焦虑又减轻了好多。

与王干老师再一次见面时，有同学问，您的《潜京十年手记》，您在扉页上写了一句："在京城，无人知道你是一条鱼。"您能给我们讲讲这里面的含义吗？

老师说："我的老家是水乡，鱼的意象对水乡人来说也有特别的意义。在北京，如果只是作为漫无目的的漂萍，未免有些可惜。像鱼一样沉潜水中，自由游弋，是一种安慰，是一种乐趣，也是一种生存方式。"坐在我边上的同学小声跟我说："老师出生在南方鱼米之乡，老师爱鱼，爱吃鱼，把文学批评比作鱼，还自比为鱼。"

我心想：文学批评比作鱼，那作家呢。就大胆地问一句："老师，作者与文学也是鱼跟水的关系吗？"

老师说："文学是水，批评是鱼，作家也是鱼，他们和批评者一起创造文学的河流，他们同在文学的河流里同呼吸、共命运。"

我心里又想：鱼总是渴望水的，它需要水，也离不开水，就像有一个成语说得"如鱼得水"，就像我这样的作者，困惑的时候，也想放弃，困惑徘徊过后，还是不能离开文学，就像鱼离不开水。

我曾经听有人说，王干老师为人深刻又单纯。老师的话，我细细品味，看似轻松，其实有深意在其中。

我心想，回去一定要我把老师的话，仔细整理好，记在本子上。

期间，有一个同学问什么样的作品才算是好的作品。

老师说：既讲究故事，也讲究艺术。一个作家最重要的能力在于，他能够发现别人发现不了的东西，并且用别人想不到的方法表达出来。老师又说，最看重作品的有三点：人性、人情、人道。好的作品肯定是要写人性的，但是只写人性，离伟大还很远。将人性、人情、人道三者结合起来，才能写出丰满厚重的作品，才能成为伟大的作家。

毕业的时间临近，老师送给我们六名同学，每人一幅字。老师说，这是发给我们的"毕业证"。我展开老师送我的这幅字：不如跳舞。"不如跳舞"是我的昵称，博客注册时想不到合适的名字，平时又喜欢跳舞，就注册了这个名字，后来博客不怎么用了，邮箱还是这个名字。我惊奇于老师为我写的这几个字，说明老师也在了解我。但马上又想到，这几个字与文学似乎没有什么绝对的关系。其他同学都在高兴雀跃，我有些走神。老师看出了我心里所想。他笑着对我说："舞蹈和文学密不可分！舞蹈和文学都是属于造型艺术，一个是用语言，一个是用肢体，但是不管用什么表现，都是需要人的身心合一，形态和神态的融合，方能形神兼备！正所谓：'诗言其志，舞动其容。'"几个同学纷纷发表见解："舞蹈是一种艺术形式，文艺不分家嘛。""王干老师爱好广泛，老师写博客写出个鲁奖。""舞蹈就是文学。"

老师又笑了，笑得真诚单纯。每次看到老师的笑，我都能放下心中的许多负担。

有的时候我想，王干老师既是我的文学导师，也是我的精神导师。

其实真是这样，一个好的老师都会对学生的人生、文学素养甚至世界观产生影响。

那天，老师说话时，他的手指在桌子上轻点着，他的声音也是圆润好听，我似乎看见了那个听古琴看戏曲下围棋的王干老师。

老师还说："博客的一个特点就是杂而博。我这人生性好奇，对很多事情有兴趣，旧如古琴、围棋这样的老古董，洋的足球、土的胡同老酒馆，饮食、风景、气候、南方、北方这些能够触动我审美神经的，我都一一记录下来，长短随意，冷暖自知。不求献媚于江湖，但求自由在笔端。这样的随笔酣畅淋漓，写着也舒畅。"老师说完开心地笑了，那笑，是从心底发出的。我们几个学生听后也开心地笑了。

听老师讲话就是这么愉悦，他的谈话就是这么有感染力，我似乎觉得自己正在电脑前酣畅淋漓地写作，那是一种多么身心愉悦的事情，心里想着，不禁感叹，我们高贵而纯洁的导师，他身上洋溢着一种不同凡响的气质，我想在他身边多待一会儿，不仅听他讲文学也听他讲那些有趣的事情，他的许多事情我都想了解，比如我很想知道老师童年和少年的趣事，一定都很有趣。但是这些话，我一直没好意思和老师说。

那些看似与文学无关的爱好，也被老师融入创作中了。我似乎有一脉经络被打通了。我珍藏下了老师送我的"毕业证"。

月亮又圆了，银色的月光映着几丝薄薄的轻云，美妙极了。这是我们到鲁院的第四个月圆日，我们就要毕业了。包里装着老师的著作跟听老师讲课的笔记。我刚到鲁院时的忐忑不安没有了，初来时的焦虑放下了许多。

回到家，我把老师送我的"毕业证"裱好挂在书房，每天下班后，就坐在电脑前研究小说写作技巧。一个月以后，开始动笔写小说，写出的稿子投出去，却没有消息了。几次修改，还是觉得笔力不逮。这一天站在书房，目光落在老师发给我的"毕业证"上，仿佛又看到那个潇洒、飘逸的王干老师。想到老师说过，舞蹈与文学的关联性。就在网上搜索相关话题。

我看见了这样一句话："如果在舞蹈作品中，演员高超的技艺不以反映生活、表现人物的思想感情为其存在的前提，或是不以舞蹈内容出发采选取相应的舞蹈动作技巧，而是以展示演员所掌握的舞蹈技巧能力出发，那就会使舞蹈作品由于内容和形式的脱节，或是缺乏艺术的完整性，而陷于失败，舞蹈演员的技艺本身也就沦入了杂技性的技巧表演，而丧失了舞蹈艺术的基本品格。"我想文学也是这样吧。

我又翻开笔记，看我整理出来的老师说过的关于写作的话。我发现了这样一句话，作家要深入生活的说法其实就是接地气的意思，好的小说必然和当下的生活血脉相连，和老百姓的生存息息相关。不接地气的作家虽然看上去很美丽，但实际是空中的阁楼、沙滩上的摩天大厦。我对我的小说立意重新构思酝酿，在毕业一年以后，终于，我在《小说月报·原创版》发表了一篇小说。我第一时间把这消息告诉了老师。老师非常高兴。他叮嘱我："好的作品能够发现别人发现不了的东西，并且用别人想不到的方法表达出来。"这一句话，像是又打通了我的一条经络。几个月以后，我在《青年文学》发表了一篇小说。我同样告诉了老师，他连声说祝贺。我感觉到了老师的高兴。老师又鼓励我，一定多读经典，生活中多积累。第二年上半年，我在《青海湖》《延安文学》发表了两篇小说。每次我把这些好消息告诉老师，他都很高兴。

离开鲁院三年了。创作中仍有纠结困惑，生活中也有许多不如意。但是我遵从老师的教诲，开心地生活，快乐地写作。我在老师这里学到的，不仅是文学修养，还有人生态度。老师给我的人生启迪和文学道路上的指引，会让我终身受益。

真诚地感谢，我的王干老师！

我是你的"剩男"

茂 戈

我与王干老师的第一次见面，就获得一个"剩男"的绰号。

我是在鲁迅文学院第三十二届高研班导师见面会上认识王干老师的。当时，一排导师坐在我们前面，有人拿着写有我们名字的纸箱走到导师面前，抓阄，导师抓住谁，谁就成为导师的学员了。整个过程，同学们很兴奋，导师们也很开心。导师抓到有认识的学生，学生就更兴奋，导师就更开心了。

我是抱着无所谓的态度看导师们抓阄的。到鲁院学习之前，我是一个从西藏转业不久的军人，转业前虽是西藏军区的文学创作员，但西藏毕竟山高路远，加上军人职业的局限以及我不善交际的原因，对于面前坐着的这些当代中国文坛大咖级的导师们，我大多都不认识。有两三位我认识的，但他们绝不认识我。我想，当有导师抽着我的时候，我要像文工团的演员一样，装着很兴奋的样子，让导师也要开开心心的。

一个又一个的同学被导师抓中了，我却像一个无人问津的小草还漂浮着。直到最后，拿箱子的人居然说，抽完了。我诧异极了，我呢？我到哪儿去了？拿箱子的人这时晃了一下纸箱，急着补充道，呀，还有一位。看来之前的"我"不知道漂在纸箱的哪个角落里了，我也没想到"我"这么调皮。这时只听王干老师说："他这就是一个'剩男'了。"

听到王干老师的话，导师和学员都笑了。旁边有导师纠正，也有可能是"剩女"哦。我已经在肚子里大叫了，"剩男"，是"剩男"呀。

纸箱递到王干老师面前，王干老师一边笑容满面地将手伸进纸箱，一边说，嗯——这个"剩男"归我了。王老师抽出纸条后看了一眼，笑嘻嘻地向大家挥了挥，瞧瞧，我就说嘛，看这名字就是一个"剩男"。当王干老师叫出我的名字时，我军人似的（本有着22年军龄的军人）一声"到"，站起身来说道，我是西藏作家协会选送的，曾经是西藏军区的一名军人。

王干老师笑眯眯地听着我这个"剩男"的介绍——比之前抽到学生笑得更灿烂。看到导师这么开心，我也很兴奋。真的。我喜欢这样幽默的导师。

对了，后来经王老师指名，我还成为这个学员小组的小组长，组员有帕蒂古丽、小昌、孙晓燕、朱斌峰、杨骊、张富遐，再加上我，整整七人。嗯，是一个战斗班的编制。

我们组建了一个群，王干老师便隔三岔五地在群里发一些文章让我们学习讨论。我印象最为深刻的，是王干老师在群里转发了一篇他写的评论，题目叫"汪曾祺的光芒里，是我们对传统的迷恋"。王干老师的这篇文字，突然唤醒了我的一件往事。

我当兵时在石家庄，有一天我在连队图书室看到一本汪曾祺的小说集《大淖记事》。我记得非常清楚，我一翻开这本书，立即就被汪老先生小说里面那个桃花源一样的世界所深深吸引。作为文学小青年的我还模仿小说里的情节写了一篇小散文，发在家乡的一本杂志上。后来忙着考学、读军校，到西藏部队后又因环境限制，对汪老先生的文字就读得少得可怜了。

现在，王干老师的这篇文字又唤起了曾对我文学有过启蒙的汪老先生的追寻，像寻根。

在这篇评论里，王干老师这样说："说我是读汪曾祺长大的，这话有点流俗，但说我读汪曾祺变老，虽然有点感伤，却是无可改变的事实。读着汪曾祺老去，一天天变老，也是不懊悔的事情。"看来，这是导师的导师。不敢怠慢。对照王干老师的评论，我从网上下载了许多汪老先生的著作来认真学习。在鲁院的四个月时间里，如果要说我认真研读过谁的作品，除了王干老师的，那就只有汪老先生的了。

王干老师自从成为我的导师后，我便开始在网上搜索他的文字，看到了他非常多的评论作品。这让我暗自欢喜，我平时也喜欢写点评论啥的，也在《文艺报》《解放军报》《名作欣赏》《诗歌月刊》等刊发过几篇像模像样的东西。

时值"5.12汶川大地震"9周年，我踌躇满志地将2008年写的一篇关于"汶川诗潮"的评论《汶川大地震中升起的诗歌光芒》发给了王干老师。这篇文字写出后，我曾给几位我认识的有名望的诗人看过，得到他们的一致赞赏，我也自鸣得意。

半小时之后，我收到王干老师发来的微信：写得不错，已学习。我一看到这微信，兴奋得直跳。能得到导师这样的话，还有"学习"这样的字眼，我能不在房间里跳高吗？那天，住我楼下的人，一定没有错过我的脚底板撞击楼板的声音。

但是，我高兴得太早了！

一分钟后，我收到王干老师发来的一篇文章：《在废墟上耸立的诗歌纪念碑——论"5.12"地震诗潮》。接着还有一行话：这是我在"汶川诗潮"后写下的文字，让我们共同探讨。我想也没想就点开了它，看完两节后，我就骤然感到我刚才的那种兴奋感，像尘埃一样掉在了地上，又有一把无形的扫帚将它们扫得一干二净，让我干干净净地懂得了"班门弄斧""关公面前耍大刀"这些成语的意思。

王干老师这篇评论，立足"汶川诗潮"这个现象，深入剖析其爆发的诱因、社会效应和人性光辉，并抓住"汶川诗歌"中的种种意象，讲到对诗歌的重塑……我想，多年以后，要是再有人研究"汶川诗歌"，应该得好好研读一下王干老师的这篇评论。而我的那篇文字，不仅站立的高度不够，而且还有不少对"汶川诗潮"的感叹和臆断，这在评论创作中是有害的。真是不比不知道，一比吓一跳。一对比就分辨出好坏优劣来了。不用别人说，这点自知之明我还是有的。

读书时，我最害怕见的是老师；在部队时，我最不喜欢见的是首长……而在鲁院，我和我们小组的学员跟王干老师好像没有这方面的隔阂，见了面有说有笑的，像朋友，像哥们儿。

王干老师"善饮"，在鲁院期间，我们一起跟王干老师痛痛快快地喝过三次酒。我曾在网上搜到王干老师的一篇文章《喝酒是个军事问题》，这个论断很合我这个军人的胃口。而王干老师在酒桌上的风采，也跟军人似的，大有"黄金白璧买歌笑，一醉累月轻王侯"的意味。不知王干老师发觉没有，与老师痛饮，我特别放得开。记得第三次跟他一起多喝了，我冲动地想叫他"哥"。但最后忍住了。幸亏忍住了。

在我们这个小组，像朱斌峰、小昌、帕蒂古丽等都是在全国非常有名气的作家。对于文学创作，我是野路子出身，自然比不了他们。所以，我就是一个"剩男"的命。好在鲁院期间，我大着胆子向《人民文学》投了一篇反映西藏军人的短篇小说《雪藏》，哪知在毕业前夕，居然得到在8月刊发的通知。王干老师听说后，开心地敬了我一个满杯。导师开心了，我很兴奋。

离开王干老师三年了，我们再也没有见过面。毕业前夕王干老师亲笔书写了藏有我名字的书法"根茂叶兴"一直挂在我的小书房里，看到这幅书法我总会想到他。在此也向老师汇报一下：这三年，我在《解放军报》《青年作家》《辽河》等报刊也发表了一些文字。哦对了，我发在军报副刊的小小说《望月亮》还获得"第七届长征文艺奖"，还被选入江苏省苏州市初中试卷阅读理解题。但是，与朱斌峰、小昌、帕蒂古丽等小组学员接二连三有文字见著于国内一流文学期刊相比，我仍是一个"剩男"！

如果有一天，王干老师到成都召唤我了，或者我到北京给王干老师电话了，再或者在某一条街道偶然与王干老师相遇了，我一定会以军人的身份立正站好，报告道：你的"剩男"前来报到。

"王导"的"度"

钟红英

　　我的文友圈，只要听说"干爷"来了，便都欢呼雀跃的，似乎他来了，整个福州城都变得五彩斑斓了起来。"干爷"是文友对王干老师的尊称，又有点没大没小的意味，可见"干爷"在我们心目中，早已是"至亲至善至知己，亦师亦友亦比邻"的师友关系了。

　　然而于我而言，我与王干老师的"师友"关系，始终"师"在前"友"在后，因为他是我文学生涯里第一个真正意义上的"导师"，这还得从8年前说起。

　　2012年初春，我有幸成为鲁迅文学院第十七届高研班学员，按鲁院传统，一位导师将带5位学员，这位导师不由学校分配，乃由学员自行抓阄而定，那一天，导师团中有我认识的《民族文学》主编叶梅老师等，更多的是只知其名却从未谋过面的京城文学界、评论界的大佬们，在抓阄时不免既期待又忐忑，可当我展开"抓"来的小纸条时，"王干"的大名赫然出现在眼前，我下意识地朝王干老师看了一眼，他正坐在我斜对面，也正看着我，彼

117

此微笑示意，算是认下了这场"师门"关系。

在鲁院进修整整四个月，我们在鲁院听他授课、到图书馆听他讲座，也相邀小聚过几回，却都是王导自掏腰包请客，让我们很是愧疚。那夜，我们即将结业离开京城，他把我们带到了一家扬州风味的特色菜馆，他为我们讲着他美丽的家乡扬州的故事，讲着他与爱人恋爱期间发生的趣事，讲着他在28岁时即与王蒙先生对话的文坛佳话，讲着他早年年轻气盛、锋芒毕露，在《文学自由谈》《读书》上发表文章批判马原、莫言等，却意外与这些文学界大腕"不打不相识"成莫逆之交的感叹。那一晚，话说着说着就说多了，夜过着过着就过深了，当我们起身离座，见外面街道树影婆娑，灯光朦胧略有诗意，带着几分酒意，不免几番感慨，师生一场，同学一次，终又别去。

人生的缘分不过如此，乃彼此生命中的匆匆过客而已，一次偶然的际遇，大都转身便忘，一些却成永远。我与"王导"，大概属于后者。2014年，也即我鲁院结业后的两年，我写了一部福州专题的文化散文集《莫问奴归处》，在整理结集出版的时候，我自然地想到了我在文学界大名鼎鼎的作家、评论家"王导"，几乎没什么迟疑，我给"王导"发了个微信，大意请他为此书作序云云。果然王导很快就回复了我，又很快地为我写好了书序，当看到题名"两座城里的诗和思"时，作为学生的我，心中自是充满感激与感动，他开题便说："钟红英在鲁迅文学院学习时，是我带的学生。这次，她出书，要我写序，我犹豫了一下，然后，答应了。犹豫是近来婉拒了一些作序的朋友，心中颇为不安，最后答应是她的文字打动了我，是她笔下的福州打动了我。"

"王导"历任《文艺报》《钟山》编辑，人民文学出版社《中华文学选刊》主编、中国作家协会《小说选刊》副主编。作为一位著名文学评论家、资深出版人，他也曾坦言："我从评论到编辑再到文学出版，都在为他人作嫁衣，为他人喝彩，为他人鼓掌。也曾在内心不平衡，有点郁闷，作家一般都比评论家生活得好。"他在南京工作生活期间，经常去鸡鸣寺散步，一次抬头见楹联"度一切苦厄"，心下释然，度人其实是一件快乐美好的事。他说："我就是个度人之人。这成了我人生的支撑点。"我想，在文学这条道路上，能有幸成为被他"度"的那个人，这该是件让人自豪倍感荣幸的事情！

时光飞逝，转眼8年过去，写这篇文章的时候，不经意打开手机，我的"中国鲁十七"微信群正呼朋唤友"力邀各位同学共赴京城，举杯畅饮，再叙友情"，不免心雀雀然。再数一数过去的光阴，若从大学毕业至今算来，我在福建文艺界作为一位在文学编辑和文学活动的策划、组织以及管理等岗位上专业做"度人"事情的文学工作者，亦已二十多年了。我不敢奢求像"王导"一样在文学创作、文学评论上取得如此高的成就，只希冀在"度人"之职上，得"王导"真传一二，用心做人、用心做事而已。

感谢文学，自鲁院之后让我与"王导"有了越来越多的联系与接触。他也时不时到福州来，这里有许多朋友都喜欢与他在一起，下围棋、喝美酒、品武夷岩茶，兴致来时亦展纸挥毫，竟笔下生风，大有儒将风范。当然，我们最喜欢的还是在各种场合听他为文学问诊把脉，每当我们举办"闽派批评"高峰论坛，开展公益文学讲座、作家作品分享会，也或举办文学创作高级研修班时，总有一些朋友闻风而动，大声问道，这次"干爷"来不来？而他则每每为学员授课，成了一批又一批福建青年文学创作者的导师。

有一天，我到机场接他，他眼尖，远远地就冲我招手说："我们又见面了！"一把将一大包核桃往我怀里塞，说是刚从甘肃过来，朋友送他的，他说，"转送给你，哈哈，美颜养容啊！"又有一天大中午的，他刚下飞机，给我发来短信："你约朋友到酒店来喝茶吧，我有一个礼物要送你！"真让我欣喜又惭愧，而他却说，学生这么多，能记住老师的也不过尔尔！

几个画面

陈再见

　　大概一个月前，收到王干老师的微信，嘱我写一篇印象记。我当即应承了下来，心里却诚惶诚恐。我与王老师交集不多，也谈不上有多深的交往，却一直记得他对我的知遇之恩，那种对年轻作者纯粹的关注和扶持，确实很难得，至今仍念兹心间。

　　应承过后，我的身体却出了点小问题，肠胃不适，折腾了快一个月，才见好转，这才有精力坐下来，记下这些年与王干老师相交的几个画面。

　　我不记得与王老师第一次见面是什么时候，在什么地方了，不过可以肯定是在深圳，那时候深圳文坛还挺热闹，活跃着一帮能搞气氛的人物。他们时不时会请一些文坛大腕过来捧场，那些大腕里，有时就能见到王老师的身影。我们大概就是在某个那样的场合见面的，经人介绍，也就自报了下姓名，顶多握下手吧，就那样过去了。在我眼里，他们都是台上的明星，还有点高攀不得，能屈尊跟我握下手，已经很开心了，过后也就忘了，回家继续写自己可有可无的小说。

后来，陆续又见过几次吧，深圳还有广州，多是文学活动或者会议，一般我都是远远地看着，实在避不过去了才上前打声招呼，因为内心自卑，怕人家根本不记得我，贸然过去打招呼是有点尴尬，况且像我这种临场组织不好合适言语的人，除了叫声老师好，就不知道该说些什么了。

2015年，当时我在深圳西乡的内刊《伶仃洋》编稿，生活趋向于稳定，创作也有了些起色，那几年发了不少小说，在外人眼里，算是一颗冉冉升起的文坛新星了。有一天，孙向学主编向我转达深圳作协于爱成主席的话，意思是让我主动与王干老师联系，他要跟我约稿什么的。我一听，有些惊喜，也感觉意外，王老师还记得我这么一个小年轻？并且还要向我约稿？这事我可不敢马虎。当时王老师还是《小说选刊》的副主编，他的约稿让我以为跟《小说选刊》有关。

很快，我就与王老师取得了联系。交流过后得知，原来他在帮《青年文学》主持一个《一推一》的栏目，主推"80后"作家，叫"'80后'在行动"——那时"80后"还算年轻作家，至少红利期还没过，好多刊物都有相应的栏目。我虽然也是"80后"，放在全国范围内，毕竟技不如人，栏目一般也不会主动联系我——说句实话，如果不是王老师主持，我也是难以荣登的吧。这么说来，我算是个幸运儿，命中注定遇贵人。

我自然很看重王老师的热情邀约——虽然在此之前，我在《青年文学》头条发表过中篇小说，不过以栏目推荐的方式出现，还是不太一样，因为除了小说，还有主持人的推荐语和朋友的印象记。刚好那时手头有一篇比较满意的作品，也就是后来几乎成为我的成名作的《回县城》。《回县城》可以说是我第一次有意识地涉及县城题材，是我后来继续深入挖掘和书写县城的起始，现在回头看，作为开始，它依然毫不逊色，仍是我喜欢的并感觉拿得出手的为数不多的篇什之一。记得几年前，《人民文学》主编施战军在一次会议上说我的《回县城》已经是短篇名篇了，让我感觉意外；前不久，该小说还被翻译成了日文。人有文运，作品也有自身的命，《回县城》经王干老师的手推出来之后，确实好运连连，尤其是王老师的推荐语，在这里我忍不住要复述一遍，因为当时它对我这个以"打工文学"起步的文学"低能儿"的鼓励和肯定，简直称得上是巨大：

> "打工文学"曾经热闹一时，好作家不多，好作品也不多。陈再见好像也是在"打工文学"热的时候开始登上文坛的。我最初了解他，是从《小说选刊》选载他的作品知道这个年轻人的。后来在深圳见过一面，他在一家区办的刊物工作，话不多。最近在广州又见过一面，还是没有太多的交流。后来看他的作品量很大，心想，他的话全在小说里说得差不多了。
>
> 《回县城》写了一个"回不去的县城"的故事。说是"故事"，莫不如说是当下"漂一代"的生活中最普遍而常见的尴尬现状。小说跨度近一年，讲述"漂"在深圳的主人公"拖家带口"回老家县城买房定居的经过，篇幅不足万字。以短篇篇幅写这样一件"人生大事"似乎略显简省，但作者只抓取主人公的意识流动部分，展现的是其过程中的无奈感。大城市的高房价推升年轻人的生活成本，小说中的主人公是爱好文学的、怀有"诗意栖居"愿望的青年，在妻子、孩子、房子、车子等重重现实压力下，被动地"回县城"去生活。但文本呈现出的，实质是主人公在"深圳"与"县城"两处均"失之归属"的"陌生感"，这种"陌生感"，近似邯郸学步者的结局，遭遇到"新的姿态"与"故有姿态"的双重丧失。"县城"也成为"逃离北上广"的一代人那"回不去的故乡"的一种象征。

小说刊发后，随即被《小说选刊》选载，并获得该年度"茅台杯"《小说选刊》年度新人奖，让我有机会赴贵州茅台酒厂，与各位文坛大咖一起上台接受颁奖。那是我文学生涯的高光时刻，至今仍没打破纪录。

还记得颁奖前夜，主办方邀请我们在一家小酒馆小聚，在场的有阿来、张楚、金仁顺等名家，都是让我吓得不敢说话的角色。散席时，众人离开，我刚好走在王干老师后面，王老师回头看见我，立马把我介绍给身边的张楚，并说，陈再见写得好，你好好关注。张楚回头看了看我，点了点头。那一刻，在偶像面前，我羞涩得不知道说什么好。据传王干老师在某会议上也夸过我，我不在场，是与会人告诉我的，他那段时间对我逢人就夸的热衷，确实让人感动不已。

像是宿命一般，《回县城》获得成功，使我的写作方向也发生了转变。没过多久，我就开启了"县城系列"的创作，第一篇小说起名为《乌合》——说起来，这个题目仍来自王干老师的启发。记得有一次，王老师来深圳参加一个颁奖典礼，我有幸被邀请和他一起吃晚餐，席间，王老师说起一个词，叫"乌合之众"，他笑着说，"乌合"可以当小说题目，在场的小说家回去写吧。我不知道别的作家是否听进去了，反正我是听进去了，没过多久，就写出了"县城系列"的开篇《乌合》，后来刊发在《青年作家》杂志上。

前年，广西师大出版社帮我出版中篇小说集《青面鱼》，编辑嘱我找几位名家写推荐语，我第一个想到的就是王干老师，因为他了解我的写作，认可我的写作，其实最为关键的是，我坚信他不会拒绝我，像是一个受到溺爱的孩子内心的那种自信和任性。果然，很快，王老师就把推荐语发过来了，解读准确，慰藉人心。他这样写道：

"陈再见的小说底蕴深厚，他的叙述貌似谦卑，其实底气十足。他能够恰如其分地运用生活积累和文学储备，不滥情，也不炫技，成为岭南小说作家中别具一格的异质的存在。"

开满幸福的雨花与王干老师

庞 羽

　　说到王干老师和《雨花》杂志，我感觉还挺有缘的。可以这么说，《雨花》是我的文学启蒙读物，我从小就喜欢捣鼓泥巴，初中的时候，学校举办艺术大赛，希望同学们展示出自己的艺术作品。那时我家里有很多文学刊物，唯独《雨花》让我感到喜欢，因为《雨花》的封面就是许多艺术大师完成的泥塑，我对着其中一个作品的照片用自己的双手"复刻"了一个，夺得了全校艺术大赛特等奖。

　　我完成的那个泥塑，一直被我初中的老校长保存在自己家里，他说，他要好好保留，以后会很有价值的。然而，我并没有成为一个艺术家，而是成了一个作家。为什么会这样呢？因为《雨花》杂志的封面吸引了我，我有了翻开阅读的冲动。读完后，我居然也想写写文章，发表在这个杂志上面。大学二年级的时候，我试水写了一篇小说《怪圈》，居然发表在《雨花》杂志上，可以说，这是我的学生作品，也是对纯文学的第一次尝试。

　　没想到，再次与《雨花》结缘，居然也是因为文学。大学毕业后的一天，我接到了一个电话，邀请我参加雨花写作营。我根本不知道写作营是什么，但我很高兴地答应了。也就是在这里，我遇见了王干老师。我没想到，著名作家、评论家王干老师这么亲切、这么和善，还是我的老乡。不仅仅是这个缘分，我的小说处女作《佛罗伦萨的狗》被刊载在了王干老师执编的《小说选刊》上，这是对初学写作的我一个最重要的推动力。可以这么说，后来的我写了那么多小说，不断磨炼自己的本领，也是为了这一份沉甸甸的鼓励与认可。《佛罗伦萨的狗》是我的开始，在文学之路的起点看见了阳光，于是我就奋力奔跑起来。

在雨花写作营里，王干老师对我的新作给予了非常有益的建议与评价，也是在他的关怀下，我知道了我的不足与需要磨砺的地方。雨花写作营让我认识了王干老师，认识了一众文友，也看见了文学带给人们的慰藉。在写作营里，王干老师对每一个文学爱好者都很和善，耐心地给他们讲解文学的奥秘，是一个值得尊敬的好老师。我尤其记得我有一篇小说，叫《步入风尘》，里面语言很独特，我将这篇小说带到了雨花写作营里。那时，几乎所有编辑老师都认为这篇小说不行，很奇怪。后来，它发表在了《雨花》上，被《小说选刊》选载，还入了当年年选。这篇小说也极大地鼓励了我，原来小说可以这么写，准许这么写，还能这么写，作为一个作家，必须自信。

雨花写作营之后，我开始了文学之路的漫游。2017 年的时候，我写了一篇小说《我不是尹丽川》。说实话，这篇小说命运多舛，被退了三次稿。这是我被退稿最多次的小说，于是我对它心灰意懒。后来，《创作与评论》的冯祉艾老师与我约稿，要两篇。因为时间比较急，我给了她一篇，然后还有点愧疚地把《我不是尹丽川》给了她，我和她说，如果看不中，我重新再写。结果，很顺利地发了，也没让我改一个字。而那期的《创作与评论》上，评点《我不是尹丽川》的就是王干老师。王干老师很赞赏这篇小说，说实话，我觉得很神奇。如果不是冯祉艾老师约稿，这篇小说就永远沉睡在我的电脑里了。而王干老师的赞赏让我简直受宠若惊。后来，《我不是尹丽川》

被很多读者喜欢，被《小说选刊》刊登，入选了很多家年选。冯祉艾老师告诉我，这篇小说发表后，有一位颇有建树的文学爱好者特地打电话给她，说这篇小说写得好。而王干老师的评论，《小说选刊》的刊登，以及颁发给这篇小说的"禧福祥"杯《小说选刊》最受读者欢迎小说奖，这一切，让我明白了，让一个热爱文学、在文学中奋斗的作家明白了，文学无所不在，文学无所不能，文学无边无际又无拘无束。

互为师生

王祥云

　　我与干老的相识是在棋友谢总的交谈中，我邀谢总来我工作室做客，他联系了几位文坛老友，一并前来下棋。

　　干老一来就捧了一套文集送给我，是刚出版的《王干文集》，里面有一本收录了跟棋界诸多国手的对谈，原来他早与围棋界有缘。我与文坛在此之前从未有过交集，认识的文人屈指可数，干老笑容可掬，我仅把他当作一般围棋爱好者对待。我当时多面打下指导棋，干老落子飞快，下完继续和一同前来的棋友对局，特别有劲头。我认识很多业余爱好者，像干老这样的一般我们俗称"棋臭瘾大"。干老对围棋的痴迷，真诚的笑容，给我留下很深的印象。

　　2019年初我出版了关于围棋AI"阿尔法狗"（AlphaGo）的书，干老也来捧场出席，鼓励我往文学方面发展。

　　没想到，后来我们还有师徒情谊。

　　慢慢和干老相熟了，听了很多他和身边棋友互戗谁也不服谁的故事，讲他对围棋的理解，都很有趣。干老一直说自己围棋没下好是一开始拜错了师傅，师傅棋力太弱，没走到正规军的行列。

　　干老下棋往往有惊人之举，状态好时，对方大龙头还在外面，他就敢点进去破眼，追着对方大龙痛下杀手。有时对手被他的气势震慑，慌不择路，失误连连，他左右包抄围追堵截，杀得对手叫天天不应，叫地地不灵。靠一股野路子的精神，也斩下不少英雄豪杰。状态不好时，干老仿佛瞎子点灯——白费蜡，不得要领。该保守时进攻，该进攻时防守。计算力也退回到盲人状态，叫吃看不见也是常事。屡战屡败，屡败屡战。总之，看干老下棋很考验心脏承受能力，我观战过几次，状态起伏能差出去两子。干老投子时往往把棋子往棋盒里一丢，说一句"输啦"，简单复盘配上爽朗笑声，收掉棋子，再来一局。

　　有一次我指出他基本功不行，需要多做题来加强。建议他每天练一道死活题，日积月累能增强棋感。他便提出拜师，虽然认识我之前他也认识不少优秀女棋手，不知道为什么，或许是本家的缘故，他与我十分投缘。为了测试干老是否吃得了围棋枯燥的苦，我们约定每天我发一道死活题给他，如果他能坚持做题一个月，说明他真的是爱围棋、迷围棋，这个徒弟我就收下了。

　　吴清源大师曾说过，围棋的本质是胜负，胜负的本质是死活。但是我认识的棋友中，几乎没有人能坚持做死活题，因为这个方式实在与自闭无异，对着一个局部枯坐、毫无头绪的感觉，除了天真的孩童，成年人绝对是煎熬。那种感觉就像我面对2000片的拼图，一头雾水，无从下手。我想干老可能一时兴起，最多练个几周肯定吃不消了。

　　没想到，干老一做就坚持了三个月，无一日中断。后来还是我与先生去西藏旅游实在是无暇发题，我提出中断的。干老爱棋之心，远远超过了我的预期。

　　干老跟我学围棋，我也向干老请教文学，互为师生，互相促进。提高围棋水平靠基本功，打小的积累，没想到文学也是一样，有时我写一些小文请干老点评，他用围棋里名家的风格给我举例，比如武宫正树宇宙流，大开大合，就像莫言写文章一样，如果换一种风格比如汪曾祺，又像下围棋的藤泽秀行，优美秀雅，等等，令我的眼界和思想都有增长，想着干老讲的话，受益良多。印象最深的是有一次闲聊，干老讲"没火气"，任何领域最高境界都是没火气，就是没脾气，流水不争先。围棋里是，写文章也是，讲着讲着，我愈发听出一些禅意。围棋和文学的碰撞，妙不可言。

干老曾有一次也考了我一下。让我给篇微小说出题目。说一个人回乡省亲，每年开车到村口都有一个疯子在交叉路口指挥交通，每次由这个疯子指路，作者就知道家的方向往哪开。连续数年年年如此，今年作者再开车到村口的时候那个疯子不见了踪影，打听之下原来这个疯子已经病逝。而作者一时间居然不知道往哪里去，家在何处。这样一个有点黑色幽默的故事，干老考我让我起个标题，我犹豫了许久找不到头绪，干老告诉我标题是《迷路》，是他取的，令我茅塞顿开，大呼巧妙，就像下围棋里面的手筋一样，是点睛之笔。

干老喜欢下棋，不能说无时无刻不在下棋吧，但就我知道的，有时开会太冗长他会看棋，在家坐在电脑前，小外孙女都知道姥爷又在下棋了。至于在棋友家里大战三百回合分不出高下更是家常便饭。与干老对围棋的执着相比，我反倒像是业余，他才是职业，称得上与围棋为伴。

去年底干老的家乡围棋协会得知干老喜围棋，组织名人双人赛邀他参加，干老喜滋滋一口答应，问我一同前去否，可惜我的日程不便，另帮干老搭档一女棋手参赛。干老和一众名手齐聚一堂，纹枰博弈，虽结果不尽如人意，但也是一偿夙愿，终于和正规军交上手了。

干老和围棋的故事还在继续，希望有机会和干老做搭档参加双人赛，在兴化吃猪头肉，赏春天花。

文学史中一个人

丰一畛

认识王干老师，当然是因为写作营。2017 年 11 月 21 日，由贵州省作家协会、《小说选刊》杂志社主办，《山花》杂志社承办的首届山花写作训练营在贵阳开营。同一年早些时候，我从兰州大学毕业，获得法学博士学位，正式入职贵州民族大学。虽然在学校里操持着另一个专业，但对文学创作一直心生向往。业余写过一些小说，也发过几个，但还是个地地道道的初学者。用写作营的形式来培养青年作家是王老师的"发明"。仔细一想，也只有王老师这种兴趣多、视野广、玩心和钻研心皆重的人才能给出这种"发明"。训练营的形式本身并不稀奇，王老师写过体育专栏，对足球和篮球都不陌生，创立写作训练营的灵感就来自于 NBA 夏令训练营，但将八竿子打不着的一件事的形式"移花接木"到另一件事中，效果又极好，这就是个人能力了。其实，只要你见多识广、触类旁通，事与事之间是不可能八竿子打不着的。

我们知道，无论球队组织的还是球星个人组织的 NBA 夏令营，都会为学员提供专业的训练机会，帮助他们提高实战能力。写作训练营也有这个根本性的特点，即实战性和针对性强。写作营请来的导师都是资深编辑，不少还是所在刊物的主编、副主编，他们提前看了营员的稿子，开营时，当面锣对面鼓地讲，针尖对麦芒地讲，一针见血地讲。写得好，当然会有表扬，但主要还是说不足。这稿子怎么样，能不能用，为什么不能用，有没有修改价值，为什么没有，有的话，建议怎么修改。不同意的，当然可以反驳。想互动的，当场可以直接面对面交流。把稿子摊平了、掰碎了，放在明处，大家一起讨论，导师与学员之间，学员内部之间，这样一种打蛇打七寸的方式，你想不长进都难。

从雨花写作营、山花写作营开营以来所取得的成绩来看，说效果极好并不为过。短短几年，江苏、贵州两省涌现出成规模的以"80后""90后"为主力军的青年作者，他们当中，有的已成为令全国文学界瞩目的文学新星。这些青年作者，风格各异，题材关注点不同，但都经过写作训练营的锻造。参加写作训练营，对他们而言，都是文学生活中一个重要的甚至是转折性的经历。

作为提供点子的人，作为幕后的操盘手，一期写作营开营后，导师讲授学员作品时，王老师通常会坐到次要的位置去，乐呵呵看着听着，有那么一点点坐山观虎斗的意思。不知道这些时候，王老师有没有走神，有没有在一瞬间的恍惚中想起自己过往的四十年，有没有生出一种感慨，俱往矣！俱往矣！或许，他正沉浸其中，一面听着看着，一面为一期写作营结束时的总结发言打着腹稿。又或许，他突然想起来了什么，突然想到了另外一个点子。这些点子，一个又一个的点子，层出不穷的点子，让王老师成了对文化现象极其敏感的人，与时俱进的人，和时代的文学同呼吸共命运的人。我们说，新时代呼唤新文学。我们说，时代不一样了，文学场域变了，旧机制不一定灵通了。那么毫无疑问，写作营的开创，能够算是培养青年作家、在新的语境下扶他们一把的机制创新。

　　大家都说，王老师深度参与了中国当代文学的历史进程。我们孤陋寡闻，在一次《小说选刊》举办的活动中，才听说那些成名已久的前辈作家都尊称王老师为"干老"。那我们这些更晚近的完全没有名气的青年作者要怎么称呼王老师呢？我按下这个话头，先岔开一下。《收获》杂志主编程永新老师写过一本上下册的书——《一个人的文学史》，《收获》杂志赫赫有名，这本记载编辑与著名作家互动的书自然也赫赫有名。在那次活动的归途中，在那个装满了一车作家天不亮就出发的大巴车上，我冒出过一个想法——王老师何不也写本书呢？写一本叫"文学史中一个人"的书。这像是一句玩笑话，但不妨不当玩笑听。如果"新写实"作为一个流派注定要被写进当代文学史，那么提出的过程、推动的过程，提出的人、推动的人当时的所思所想不也值得一窥吗？

　　《小说选刊》与《山花》杂志合办了四期写作营，四期都结束了，结束了很长一段时间了，我也没加王老师微信。每期写作营，《山花》主编李寂荡老师都会在正式或非正式的场合提醒我们这些营员，脸皮别那么薄，来的导师的微信都加了，多跟各位老师交流。我频频点头。但我没加王老师微信。有一次，大家都在一块吃自助餐，王老师就坐我旁边一桌，我也没过去加一下。写到这里可以接上刚才的话头了。于我们这些业余作者而言，王老师绝对是明星一样的人物，虽然一时间近在咫尺，但大家也知道，很快就没关系了。——如果那些成名已久的前辈作家都尊称王老师为"干老"，我们这些甚至还称不上作者的年轻人就只敢腼腆地叫一声"王老师"，然后远远避开。王老师依旧满脸是笑，说，贵州的青年作家太拘束了。

　　《小说选刊》选了我的稿子，我没致谢。我的中短篇小说集入选了21世纪文学之星丛书，王老师要给我写序，再不道声谢，实在说不过去了。加了微信，我还在酝酿字词，王老师先给我打了招呼，并鼓励我好好写。王老师在不止一个场合鼓励过我。这鼓励，对一个业余作者来说，太重要了。现在回想，王老师顽童式的笑令人印象深刻。他笑着说，小丰，写下去，试试吧。他好像替我打了个赌。当然，他的笑又分明透露着包容，仿佛在说，真写不好，也没事。

我想说，王老师，感谢啊，由衷地。

还想说，要不咱们试试？

"有独见之明"

——读王干的"文学屏"

远　心

　　从 4G 到 5G，我们已进入读屏时代。"一屏万卷"，是电子阅读打开的大千世界；而读《王干文集》呈现的"文学屏"，竟然可与此类比，仿佛打开了从 20 世纪 80 年代至 2019 年 40 年来的文学史。这是一个人的文学史，也是 40 年文学史在一个人笔下的镜像。奇妙的是，一个资深编辑，一个著名文学评论家，同时用随笔散文、小说等描述性的"南方文体"，创造了一座折叠屏风。这幅长卷里，有南京、北京两都风物，有围棋、足球、影视、灌水时代，更有文坛逸事、文人意象、文化随笔。如此丰富，加以"王干"——"一种如珠的美玉"——灵心独见之熔铸，呈现出明通之境。王干先生的文章，与大千世界对话，随处有"独见"。"独见"是对历史传统的发现，是对现实世界的旁观，是对人生况味的省察。先生 40 年为文，在承继大家基础上，以一己之心体察文道、世道、人道。洋洋 11 卷《王干文集》，读之思之，引人走进一个多样化的文章世界，并重新思考广义的"文章"的风范和意义。

一

从《王干文集》，我们能看到他不断精读、细读、重读经典，与现当代大家对话，承文脉、续文风的线索。2003 年，他写《向鲁迅学习爱》，文章最后，他感叹："我发现我成不了鲁迅。"① 他从 1972 年上初中开始读《彷徨》，关注《伤逝》，谈恋爱学习鲁迅的《两地书》写信，一度迷恋鲁迅，他却确实成不了鲁迅。鲁迅的精神底色是："绝望之为虚妄，正与希望相同。"我们阅读王干的文学屏，所看到的是一个"真诚、执着、敏锐、鲜活、睿智、明通"的王干。王干是暖色调的，灵性的，骨子里朝阳，对世界是肯定的、有爱的。而鲁迅的爱是悲剧性的，绝望之后的爱，连爱情的柔软也时刻带着反思，一生充满怀疑主义。

王干新作歌词《一往情深到高邮》，由著名歌手汤非演唱，2019 年初发布。王干是温软浪漫的高邮清流：

> 天山微云高邮湖，运河脚下流出个秦少游。大淖河畔汪曾祺，受戒的日子岁寒有三友。唐塔湖心洲，月照王西楼，雨打盂城驿文游台，写春秋。千顷嘉禾万亩菱藕，芦苇荡里数乡愁。声声浓似酒，鸭蛋进口滋溜溜，温软浪漫人人心中有，能不到高邮。

这首词里的传统是高邮湖水的柔美、灵性，是秦观"两情若是久长时，又岂在朝朝暮暮"的深情与旷达，是汪曾祺的自然与生气，是王西楼仙笔神画。菱藕、芦苇、鸭蛋就酒滋溜溜，这是一个色香味俱全的高

---

① 王干：《向鲁迅学习爱》，《大家》2003 年第 3 期。

邮。王干生在泰州茅山镇，1977 年考到高邮师范，两年后在高邮陈堡中学做中学老师。1982 年到扬州大学中文系读本科。1985 年大学毕业分配到高邮县委。1987 年借调到北京《文艺报》。从 17 岁到 27 岁，10 年高邮生活。这首歌词像是 27 岁的青年写的。这是一个无限推迟了中年的王干。他 1985 年大学毕业开始大量发表文学批评，一发而不可收。到 90 年代，已经以一个青年文学评论家的睿智、洒脱、先锋蜚声文坛。之后又开启散文、随笔、文化批评的写作。一个写了 35 年文学批评的大家，才情一直保持到中老年。

王干读鲁迅，得了鲁迅的执着与深思。最能看出鲁迅影响的，是小说《小镇的失落》，1991 年发表在《萌芽》第 10 期，1995 年修改成《让阳光叙述》，加入现代回望的视角。小说里的许稻香和作为小学老师的"我"，带着鲜明的闰土和鲁迅的痕迹。小说里甚至直接点明"我"在看《呐喊》和《彷徨》。主人公对周围世界之扭曲的认识，充满了鲁迅所提倡的国民性批判视角，而对女孩那纯真执着的情感，却是典型的王干式的。2010 年《王干随笔选》获得鲁迅文学奖，获奖感言提道："鲁迅的散文《野草》《朝花夕拾》是新文学的高峰，至今无人超越。他的杂文更是将笔记、随笔和檄文不露痕迹地完美地结合起来，至今也无人超越。甚至杂文随着鲁迅的逝去，这一文体的存在也显得有些'世遗'（世界文化遗产）的味道，一个杰出的大师创立的一个艺术种类，是不能让它轻易消失的。"[1]他吸收了鲁迅散文诗、散文和杂文的精神，深思人生与社会，保持文人独立的批判姿态。他曾自名"野草之"，是一种特别文艺的崇拜方式。在当代读者中，读懂鲁迅喜欢鲁迅的和读不懂鲁迅不喜欢鲁迅的可以分成两大类。当然"懂"特指个人意义的心灵相通和精神认同，好多人说读不懂，其实是不认同，不喜欢。即便我们终究都不可能成为鲁迅，但鲁迅给现代汉语注入的深思诘问的品格，独立的

---

① 王干：《从鲁迅散文到博客家园》，《芳草》2015 年第 10 期。

思想视角，基于国民性、民族性整体的灵魂的拷问，一直会影响我们作文的态度和风格。

1981 年，汪曾祺回到高邮，王干辗转百里赶到高邮听讲座。"文革"期间他就开始读汪曾祺，从《异秉》开始关注并跟踪阅读。汪曾祺是沈从文的学生，在鲁迅、沈从文之后，汪曾祺的文学史地位正在不断提升。王干是汪曾祺的同乡，自觉阅读研究汪曾祺，二人有十几年的私人交往。"汪曾祺不仅改变了我的文学观念，也影响了我的生活观念。"①是改变，也是塑造。两人审美气质上的接近，使王干更有可能成为汪曾祺。当然，谁也成不了谁，只是与鲁迅相比，两人更加接近。说到二人的区别，我以为，王干的气质更趋向于多动、敏捷，色调比温和的汪曾祺明亮。正如他那篇模仿鲁迅的小说修改后起的名字——《让阳光叙述》，王干是相对明亮的，在阳光下流动的姿态，而汪曾祺也许更倾向于月光、水乡、淡泊之美。

王干与汪老几十年师友之间，品美食、看画、写书法，王干关于汪老的小说、散文、诗和画的文章，集结在 2016 年出版的《夜读汪曾祺》一书中。《美丽的梦，伤感的诗，文化的画》对汪曾祺《故乡的食物》等散文作品进行微观分析，提出散文应还原"朝花夕拾"式的审美特性，接续鲁迅的散文传统。谈《"淡"的魅力》："很难去想它们是什么体裁，而是被一种抒情的气息浸染、笼罩，你会深深地为一种温馨的喜悦，一种莫名的惆怅，一种丝丝缕缕无头无绪的悲哀……所萦绕，所包裹。"②我想大概没有比这样的文字更能描述汪曾祺的特点了。

我曾经多次听到以下这段话的朗读：

他身上那种知足常乐甚至逆来顺受的生活态度颇让我吃惊。

① 王干：《王干文集·王干随笔选·汪曾祺与生活》，作家出版社，2018，21 页。
② 王干：《美丽的梦，伤感的诗，文化的画》，《读书》1985 年第 12 期。

> 很多人没有想到汪先生直到死前也没有自己的房子。他一直住他
> 太太施松卿的房子，先在白堆子，后来在蒲黄榆，都是他太太在
> 新华社的房子……①

淡淡说来，活现一个汪曾祺的风神，白描、简笔，而汪先生一生的清气便跃然纸上。当代文学史有汪老，复有干老，文墨相承，清气长存。我认为王干写汪曾祺的《赤子其人，赤子其文》一文，是继汪曾祺写沈从文的《星斗其文，赤子其人》之后，能一起进入文学史的篇章。汪曾祺淡泊之美、思无邪的人文理想，不仅从文章里能读出来，更在二人交往的生活情境里渗透。两人最后一次见面："他做完菜，喝两杯，然后劝我喝酒吃菜，他在一旁看着，似乎那桌上的菜不仅是他的作品，连我在内也成了他作品的一部分。"②写汪曾祺对醉蟹的"惜蟹如金"，是江南饮食文化的一个侧影。王干记录 80 年代在高邮的生活："当时小城还保留着很多旧的格局，我在灯火朦胧的夜色里，猜想汪先生当年生活的种种情境，很想也把自己融进去。有一次在他的故居门前，竟痴痴地待到半夜。"③这种向往和崇敬，文人相惜的情怀，很动人。此文最得汪曾祺的"淡"之美，而又注入了王干气质里的深情与执着。

1985 年，费振钟、王干的《论王蒙的小说观念》④发表。1987 年王干借调到《文艺报》，1988 年冬至 1989 年初，王干和王蒙进行了十次对话，集中发表，后来结集出版，引起广泛反响。王蒙是文坛一棵常青树，新时期早期，他以敏锐新潮的小说领文坛风骚，思想开放、创作实践多元。这本《王

---

① 王干：《王干文集·王干随笔选·汪曾祺与生活》，作家出版社，2018，25 页。

② 王干：《赤子其人赤子其文》，《大家》1997 年第 5 期，见《王干文集·过河平静如水的日子》，作家出版社，2018，283 页。

③ 同上。

④ 费振钟、王干：《论王蒙的小说观念》，《当代作家评论》1985 年第 3 期。

蒙王干对话录》，由王干执笔记录。从中我们可以看到二人平等自由的对谈氛围，开阔思辨的视野。当然，在对话前的三四年时间，王干发表了几十篇关于朦胧诗、小说的评论文章，已经是一个成熟的青年评论家。从这场对话，能看出王干的批评视野，面向各流派，对 80 年代的文学现场熟悉而且有独立的观察。他提出："文学是一个魔方，它是一个多面体，你看到这一面是这一种色彩，放在另一面看是另一种色彩，如果进行旋转的话，那变化就很多。"① 这一切，成为王干 1989 年 12 月 24 日调到江苏省作协后，90 年代开始的小说和散文随笔创作的思想背景。

2005 年，王干写了两万多字的《旗子和镜子的错位变奏——关于王蒙的八个问题》，这是他从 1986 年开始与王蒙对话 20 年后的一次总结性评述。由这篇文章，能看到王蒙从 50 年开始代发表作品，到 2004 年发表《青狐》的创作历程和嬗变，也能看到王干在阐释王蒙的过程中，对现代小说叙述学认识上的一次次突破。他否定"白描"是现实主义唯一的表达方式，阐释从描写走向叙述，进而反叙述、反寓言的小说发展史。通过评论王蒙小说与政治的关联、青春书写的主题、语言文体的无限创新，王干的文学思想也有了质的突破。2020 年王蒙新长篇《笑的风》出版，王干的评论《假如生活欺骗了你——评王蒙〈笑的风〉》② 总结其为王蒙的集大成之作，属于两位知音之间的又一次碰撞。文章在《文艺报》发出，很快被《新华文摘》转载。王蒙在创作语言、叙述手段上的不断创新，对《红楼梦》的深入阅读和研究，都给了王干深刻的文学影响。

可以说，鲁迅、汪曾祺、王蒙，是王干的文学背景。王干写三位大家的文章，尤其是汪曾祺和王蒙，因切近的观察，独到的见解，也成为文学史的重要篇章。

---

① 王蒙、王干：《文学这个魔方》，《文学评论》1989 年第 3 期。
② 王干：《假如生活欺骗了你——评王蒙〈笑的风〉》，《文艺报》2020 年 7 月 27 日。

二

在一种白描式的节奏里，慢慢读王干的文学屏。我感受到一篇又一篇文章中的慧心——独特见解——独见。当"独见"这个词涌现时，便为这种感觉找到了位置。独见，强调不同寻常的发现，别有慧心的见识、论断。于无声处听惊雷，于生活和文学现场发现人所未见，以智慧的表达形于笔端，一直在潮流之中，而能保持自我批评和作文的特质。汉代王充《论衡·实知》云："儒者论圣人……有独见之明，独听之聪。"圣人，是儒家思想体系中的完人，可望而不可即。"有独见之明"，是圣人智慧所抵达的境界，借用这句话来谈王干的文章，恰好了描述了文章建立在独见基础上明通的风格和境界。

"独见"是一个批评家、一个编辑家最可贵的品质。王干随笔主要有三类，即文艺随笔、生活随笔、社会文化批评杂文。我这篇文章着眼点不在文艺批评，而在随笔散文兼及小说。即便涉及文学批评，也主要是其中偏向于文艺随笔的篇目。这些随笔，是关于批评的自我反省、自我定位，是关于批评的随感。

一个批评家如何自立？这是我一直思考的问题。什么才是好的批评家？作家型的？学者型的？理性的？感性的？大批评家一定是思想家理论家，在批评之外建立自己的标准和体系，有哲学或者文学新开辟的理论架构和批评实践。这样的大批评家，在中国五四以来的百年文学史，似乎并不多见。中国的批评家，大约可以分为作家型批评家和学者型批评家。王干从 1985 年正式发表批评文字，到 2019 年已经 34 年。我认为他更偏于编辑型兼作家型的批评家。那么作家型批评家，又该如何自立？从文艺随笔中，能看到王干对批评本身的自觉和反省，一直贯穿始终。

1986 年，从事文学批评第二年，王干便明确地说："我所评论的就是我自己！"①他引用北岛的诗："每棵树/有每棵树的猫头鹰。"指出一个批评家要有自己特殊的树——自己的批评对象，并且要成为一只有个性的独立的猫头鹰。要树立批评风格，批评个性，要找到自己的批评语言。这篇文字至今读起来依然令人警醒，我想批评家不仅是树上的猫头鹰，也要成长为一棵树。并不是说批评家就要成为作家，而是说批评家要有根柢、有源流，在批评思想手段、批评对象、批评语言等方面能够不断地生长自新。

1995年发表的《寻找一种南方的文体》，是作为一个批评家标举独特风格的宣言。这篇文章的观点，如今看来，是应该进入到中国当代文学批评史的重要文字。他说：

> 文学评论与文学所需要的灵性材料必须是等量的。
>
> 我对描述有一种特殊的喜爱，我在描述时感到笔端有道不清的滋润与灵动，这似乎与环绕我周围的湖泊和河流有关，让我初习评论便带着一股水意。
>
> 描述的文体是一种南方文体。
>
> 他是评论的一种状态，一种犹如蝉之脱壳之后的新状态。南方的文体是一种作家的文体，是一种与河流和湖泊相对应的文体，它的流动，它的飘逸，它的轻灵，它的敏捷……
>
> 南方文体是抛出去尚没有终点的曲线，北方文体则是一个完满的圆周。②

之所以罗列如上，是因为它全面提出一种"描述性的文体"即"南方文体"，与北方的逻辑、严整、理性、成熟的话语体系形成鲜明的对照，它是开

---

① 王干：《我的树在哪里》，《王干文集·灌水时代》，作家出版社，2018，40页。
② 王干：《寻找一种南方的文体》，《作家》1995年第10期。

放的，南方的，水态的，灵性的。它是描述性的批评，它贴着作品，是一种不同的语言和风格。1995年至今已经24年，中国批评界"南方文体"已经广泛存在，与相对严正的"北方文体"并立，达到两种风格并举的状态，风格差异非常鲜明。近年受到作家和批评界一致好评的批评家谢有顺、何平、杨庆祥等人，吸收了"南方文体"这种特色。王干在自觉认识前提下，一直进行"南方文体"式批评，产生广泛影响和认同。对批评文体的理性自觉和实践，既是一种选择，也是对时代文风新走向的敏感。徐坤总结得好："他的南方文体不再是一种稚嫩粗疏的假设，而是这些年来一直伴随着他的批评的武器，是一种切实的强有力的批评方法上的沿革。他以一种流动的、描述性质的批评本文，向我们传统的固态思维提出挑战。"①"流动"是"南方文体"最重要的特征。

我曾经想过就王干的文学批评写一篇文章，题目已经有了，就是"批评的野马和缰绳"，就是要谈那种自由奔腾的野性魅力和批评中的准绳。2018年读到陈晓明先生写的文字，两位是80年代骑一辆自行车，一个骑着一个坐在后座的交情，可谓共同见证文学现场。陈晓明说王干："在文学观念上，他骨子里是一个进化论者，他之推崇汪曾祺并不代表着他是一个怀旧的保守主义者，也不表示他的文学趣味过于纯净挑剔。他之对于汪老，实在是一个例外。相反，他的文学趣味充满了野性欲念，他对于青春小说、网络小说、女性小说、悬疑小说……五花八门都给予关注，他乐于看到新人和文学的新气象。"②他提到"文学趣味的野性欲念"，提到王干关注面之广，从传统到新潮，王干是一个保持着游戏精神开放精神的文学批评家。当然，当今时代的文学批评已经转型，理性化、史料化、学术化是当代文学批评的一个趋势。与此同时，也有一批有学术训练的青年批评家，融合了感性魅力。感性魅力在批评中的重要性，依然是不断被强调的话题。2010年，郜元宝记录了

①徐坤：《南方的王干》，《青春》1999年第1期。
②陈晓明：《感性批评的魅力与转型的时代》，《当代作家评论》2018年第2期。

"作为一个文学中人"的王干，描述了王干对文学"低调的坚定和痴迷"①。2017年，丁帆为王干评论集作序，认为王干的评论是"带着生命体征和温度的文字"②。三位都是当代文学研究的顶级学者，三位的肯定和批评，是对王干在文学批评史地位的衡量。

因为有"独见"的文学眼光，王干不仅推出了王安忆的茅盾文学奖作品《长恨歌》，到了2010年，又以随笔精选集获得鲁迅文学奖。他的散文，延续汪曾祺开创的泰州里下河"水系文学"的风格。汪曾祺先生离世20年来，王干续写着"水系文学"的文脉。

所谓"独见"，也可说是另一种见解，不同于他人的"另眼旁观"，在文字中透露出个体性和见识。1989年3月，王干从北京回到南京，由此开始11年南京生活。在南京，已经是著名青年批评家之后，开始散文写作。大量写散文随笔，一定是发现生活美学的过程。日常生活是身体的归宿，精神往往不在日常中。十几岁的少年天才，或者二十多岁的天才诗人，精神在高空飞扬，在高度直觉中穿透历史人生。好多天才穿透之后，真的飞扬而去了，就是因为没有回到生活中，精神和生活、和肉体严重分离，理想与现实激烈争斗。今天《散文》杂志的封面上，赫然写着"表达你的发现"。30岁回到生活日常的王干，终于在20岁神思飞扬之后，发现了生活，发现身体、生命、自然。

发现生活是人生一件大事。我好像是在35岁左右，开始关注和书写生活。到40来岁，更深刻地体会到生命的局限，日常生活安顿之可贵。王干2001年写的《追忆早逝的诗人》，记录了与海子和顾城的交往，他的议论极有启发，他说："人的衰老和死亡，是从惧怕死亡和拒绝自杀开始的。视生命为草芥的年龄，往往是生命力最旺盛的岁月。"③从这句话里，似

---

① 郜元宝：《走在生活的地面上——王干及中国文学批评之转变》，《当代作家评论》2010年第1期。

② 丁帆《带着生命体征和温度的文字》，《文艺争鸣》2017年第9期。

③ 王干：《追忆早逝的诗人》，《青年文学》2001年第3期。

乎能探究海子自杀的生命背景。精神飞扬是短暂的，青春也是短暂的，而生活是长久的，是相对恒常。只有把人生投入到恒常生活中去，才能安顿身心，作为一个作家，才能将自我精神探索与宽阔的生活和社会场景相关联。

写于1993年的《三铭》，是王干对世界观的深刻反思。他说墓志铭"往往不是一个人的总结，有时恰恰是他的开始。他的忏悔，他的没有实现的理想可能借助墓志铭来实现"。关于《陋室铭》的境界，他说"现在居住在陋室之中，我常常感到是自己的无能以及由这种无能所带来的烦恼与悲哀"。关于座右铭，他反思了保尔·柯察金的名言：

> 我揭去了旧日的"座右铭"，不是为了告别一个时代，而是为了埋葬一段自己虚假而矛盾的人生，重新在玻璃板下压上用毛笔写的两个字：自然。以表示自己不再勉强去追逐什么，不再刻意去表现什么。
>
> 可做起来又谈何容易！我时常感到自己生活得不那么自然。①

我读到这个"不那么自然"，会心一笑。这样的反省文字，充满智慧和思辨，正话反说，自谑自嘲，闲笔的趣味背后，是对生活、生命的另眼旁观。老子讲"反者道之动"。这个反，是向相反的方向，想要有所发现，一定不能人云亦云，要反着说。这个反，也是返回，从议论的空处，回到生活的实处。从王干散文里能看到，当时南京文人的住房，几乎都是很小很挤很简陋的。照顾到现实生活的简陋、无奈，不崇高，不自然，倒是一种返回真实。这样双重意义上的"反"，正是"道"运动不息的状态。

王干还在《老舍与说话》里真切地发现了："小说不是文采，小说是生

---

① 王干：《三铭》，《北京文学》2011年第1期；见《王干文集·王干随笔选》，作家出版社，2018。

活。"①他提出新写实主义小说，也与这样的发现紧密相关。他写了南京的春夏秋冬，写了南京的树、桥、菜、话、河。一卷在手，虽然并不深入，可以感受到南京的烟水迷离、南北交融、桐影婆娑。《鸡鸣寺侧》这一写作地名签署的发现，别有趣味。

王干是一个好玩的文人，传统的琴棋书画，现代麻将足球电影，爱好广泛。因为有文字记录反思，好像玩出了意义，玩出了深度。写于1995年的《说谱》，是一篇读了就难以忘记的琴棋形而上学。他记录了"一个雨意朦胧的春夜"，古琴家成公亮的古琴演奏艺术欣赏会，"我们被密封在声音的陈旧时光之中"。由这篇文章，我知道世界还有一种绝对高山流水的音乐和精神沟通方式——打谱。他说："谱是　种记忆，或者是　种水的痕迹被石头永恒地流下来的印记。它不是青苔那样模糊而没有理性，它是一种逻辑的图像。""谱是一种规律，谱也是一种死亡墓茔。""谱的生命力就在于此。正因为它缺少具体的、固定的、被填充的具体物象，它的空隙就成为后人赖以再创造的可能，优秀的古典名谱都具有这种再创造再理解的可能。""读谱的人要读出技法，要读出节奏，还要读出断点。"②《遁世操》，在20世纪末的春夜复活。琴谱和棋谱有异曲同工之妙。这种境界，如同空谷幽兰。"空白是一种创造性的空间，但空间不是随便可以跳越过去的，它需要创造性的'物质'来填充，方可承先启后一脉相承。"如今成公亮先生已逝，这琴棋传承里的空白，不知还能由谁来填充？据说近年来全国学习古琴的人越来越多，成公亮的古韵，或许已经再续？

三

爱玩的人，不失其赤子之心。与汪曾祺相比，王干多动，多动的水系文

---

① 王干：《老舍与说话》，见《王干文集·王干随笔选》，作家出版社，2018，19页。
② 王干：《老舍与说话》，见《王干文集·王干随笔选》，作家出版社，2018，64—67页。

学，流动性是重要特征。1994 年王干说："我从来没有做一个理论导师的幻想，我喜欢流动，流动便是美，流动甚至是完美。"①喜欢的不一定是完美的。"流动便是美"，是美之一种形态。水系文学，有灵性，有流动性，同时也应有大江大河的气度，有静水流深的定力，有飞流直下的冲击力。王干的文章有水系文学的流动性，在独见基础上，形成"明通"之境。

"有独见之明"，重要的是"明"。明的本义是光亮，乾卦里的"大明"，又有"晓乎万物终始"之意。在佛教里，明即智，观空观有观空有，与"无明"相对。明首先是"自明"，自省自觉，觉悟是大智慧；然后是"明他"，对世事文理亦有洞明的观察论断，堪称"明"。柳宗元《天爵论》提道："纯粹之气，注于人也为明。得之者，爽达而先觉，鉴照而无隐，肫肫于独见，渊渊于默识。"②"天爵"是儒家的范畴，强调人自身具备的内在道德修养，胜过后天爵位，与"人爵"相对。柳宗元融佛教智识、愿力等理念解释儒家思想。"明"的关键是"纯粹之气"。纯粹之气灌注于人，使人能够爽达，能够先觉，进而鉴览烛照，发掘隐幽。肫肫，即诚恳的样子。"文以气为主"，因为注入了纯粹之气，所以能有真纯之独见。如此看来，按照柳宗元的说法，"明"不是"独见"的结果，而是独见的前提。用到文章学上，"明"就不仅仅是文章"明通"风格，而是作者自得一种纯粹之气，是人的境界。

纯粹之气，得之也难，有先天所赋，有后天修为。读王干的"文学屏"，为人熟知的是批评、随笔，还有一类人们谈论的不多，那就是他的小说。以批评扬名立万，以散文随笔获鲁迅文学奖，很少人读到过王干的小说。我读完之后，得出的结论却是：小说可能最能显示王干作为一个写作主体的纯粹之气。

---

① 王干:《王干文集·边缘与暧昧·跋》，作家出版社，2018。
② 柳宗元:《天爵论》，《柳宗元集》，中华书局，2011，79 页。

　　"大野"是什么意思？这是我第二次遇到"大野"这个词。第一次是内蒙古摄影家宝音的马主题摄影画册，叫《大野神灵》。看了宝音的自序，理解了他以一个生长在呼伦贝尔的达斡尔人的视角，所理解的呼伦贝尔草原"大荒野"的特质。第二次是在王干的散文里，散文篇名《怀想大野》①。1979年，在泰州里下河卤汀河畔，望着田野，王干和同学五个文学青年给自己的文学社起名叫"大野"，一起写诗、写小说、写评论。大野，野草生长的广阔的原野。这个"大野"的命名，是一个不常见的有意味的组合。"大野"是王干文学梦发生的现场，文学路出发的地方。在苏北河边，元气充沛，带着一种大风大荒的大气象。他们以"大野"的名字发表过评论，合写过小说，但是没有发表过。王干写小说，从1979年发表第一篇，到90年代连续发表多篇，结集为一本《过着平静如水的日子》②。这本小说集，带着"大野"的纯粹之气，甚至比随笔更野性，更明通。

　　小说大约分成两类，一类以小镇乡村为背景，一类以"树城"为写作场域。1986年发表《父亲》，1991年发表的《红蜻蜓故乡》《小镇的失落》，是第一种。其中的《小镇的失落》明显模仿鲁迅。而《父亲》《红蜻蜓故乡》则有汪曾祺的味道。《红蜻蜓故乡》写少女放萤人秋云的纯真、清澈，梦一般的童年世界。《父亲》写了一个父亲为了供女儿上学自己忍饥挨饿而死的旧社会的悲惨故事。《小镇的失落》，写了一个被众人欺凌的打鱼人的女儿许稻香。童年经验在王干的笔下似乎言犹未尽。而以城市生活经验为背景的系列小说，则带着先锋小说、实验小说的味道，深入到都市人的精神困境。《仿云》写了一个失忆的女作家和一个失语的男语言学家的故事。故事是在预设的虚构前提下进行的，我们好像在现实中还没有见过一个只有48小时记忆的失忆人。只有写作，是她执着不忘的。她有一些激情手稿，"她

---

① 王干：《怀想大野》，《王干文集·静夜思》，作家出版社，2018，45页。

② 王干：《王干文集·过着平静如水的日子》，作家出版社，2018。

觉得这些文字中藏着天机"，"现时的作家都戴着面具写作，而缃云无面具的写作，不仅会毁了她的写作，还会让所有的作家都丧失了创造的能力"。语言学家仿粤在失语前一直探究缃云的身世和精神秘密。这是一个很容易让人陷入的故事，之所以吸引人，是它精神逻辑层面的反问和真实。王干在这部小说里注入了极大的精神能量，他因为写这个失忆的人而连续一个月做梦梦见失忆，这部小说是从"感情腺"里涌现出来，文字干净。他在创作谈里说："我需要另一种与现实拉开距离的生活，它是虚构的，但融进了我的理想、我的恐惧、我的晕眩、我的梦境。"① 随笔、评论的承载是有限的，小说却是无限丰富的世界。《恐怖与爱情》，以一个拍罪犯的摄影师为男主角，小说里又嵌套了一个完整的命案，冷峻而有意味，似乎打开了一个连环结构，可以无限地写下去读下去。对特殊时态下人的精神状态的探究，有恐怖，也有爱情。王干是一个叙事能手，不仅是作为评论家在小说理论、小说叙事学上的专业化，而且是真正的实操型的小说家。小说《过着平静如水的日子》，简言之，是写一对画家卖画、卖身的经历。对艺术家生存状态的刻画，深入到细节里。其中"蒌蒿"的味道，作为一个意象，让人过目不忘，象征着一个男人对单纯、野性的记忆，象征着被城市生活遮蔽的纯粹。这是一个有独创性的发现。这个蒌蒿，有来自大野的气息。有蒌蒿的味道，小说就落进生活的大地上了。我惊讶于这些小说的清新和独特，他写小说或许才刚刚开始，如果哪一天拿出一部长篇小说来，一点儿都不觉得奇怪。而且，我感觉，他的小说超越年代和年龄，他的思维和叙事，与新时代的阅读思维可能更相通。这大概源于想象力的奇妙打开，文本中有一种未来特质。

王干说："我向往这样一种境界：热烈而欢快，自由而明朗，生动而优

---

① 王干：《感情腺》，《青春》1999 年第 1 期。

美。"①这正是他的文学风格。读王干，我想起普希金。普希金被称为俄罗斯文学的太阳，我19岁开始读普希金，近日，一箱子10卷本的《普希金全集》又放在了书房，想要重读。普希金小说、诗剧、长诗短诗、诗论，无所不包的文学书写，明快温暖的风格，对俄罗斯文学产生持久影响，是一棵常青树。一个伟大的作家之所以伟大，就是把创造性发挥到极致，作品中建造了一个有浓度有深度、强大的超越时间的情感意象空间。一个作家贵在把自性发挥到极致，个体的人格魅力与文学魅力合二为一。明，也是"明心见性"，不断地挖掘生命本真的力量，再向外辐射社会和人性，写心写"性"，这个"性"是个性是人性，也是"性体"。王干给东西写评论提道："消失的个体，建立在作家东西具有开拓意义的艺术创造之中，是精神图谱的呈现，提醒我们注意那所见的，也要注目那所不见的隐藏世界。"②看不见的"个体"，是寓言的"个体"，是呼唤存在的"个体"。在文章中，文学个体的存在和树立，是一个作家艺术成就的标志。

文学是人内在的一种体性、修养，修其自身的体性，将之发挥为文，是根本。柳宗元还提出修炼天爵的另一翼，即"志"。他说："刚健之气，钟于人也为志，得之者，运行而可大，悠久而不息，拳拳于得善，孜孜于嗜学，则志者其一端耳。"③这正是天行健，君子自强不息的另一种写照。刚健之气，使人得"志"，志是意志，是坚持，是躬行，是孜孜不倦地学习。"明"乃智识，"志"为意志，二者兼得，才是君子。他又论述二者的关系："故人有好学不倦，而迷其道挠其志者，明之不至耳；有照物无遗，而荡其性脱其守者，志之不至耳。"④如果无明，就是无智，不能判断鉴别，即便学富五车也

① 王干：《寻找一种南方的文体》，《作家》1995年第10期。
② 王干：《书写"个体"的文字——评东西的长篇小说〈篡改的命〉》，《人民日报》2016年4月5日。
③ 柳宗元：《天爵论》，《柳宗元集》，中华书局，2011，79页。
④ 柳宗元：《天爵论》，《柳宗元集》，中华书局，2011，80页。

是惘然；而如果无志，却又自恃聪明，则有可能"荡其性而脱其守者"，这句话说得比较严重，就是在小聪明、小巧智的导引下最终却性情游荡、远离初衷、无所归属。他说："故圣人曰'敏以求之'，明之谓也；'为之不厌'，志之谓也。"在他看来，普通人若能做到，就能成为贤能君子，是走向圣人的必由之路。以此来看文章，文章之大成，必然是"明"与"志"兼得。有颖悟之才识，固然重要，而执着追求的愿力、宽厚笃行的体道精神，也是文章成大器的必备条件。

《王干文集》，散文、评论、小说，40来年的作品，汇集成厚厚11册，不能不说是大手笔。孜孜不倦地创作、研究，又有独见之名，是王干成为中国新时期文学史重要的批评家、作家的根源。刚健之气，是一种执着，找到了自己的文学理想，然后执着于自身的艺术追求。现当代好的散文家，大多也是古人所讲的文章家。张中行的散文，典型的学者散文，在对佛教智慧研究领悟后，仍执着于人间温暖，那篇《剥啄声》，于细微处传递了大爱。社会学家金耀基，写《剑桥语丝》《敦煌语丝》等系列随笔，对大学精神、中西文化传统，执着叩问。文章家之称当然是"大文章"的概念，散文、评论、学术随笔，都可以收纳进来。在我们的时代，究竟什么样的文章才是大文章、好文章，经得住读者、时间、思想检验的，或许面目各有不同，而借用《天爵论》所言得刚健之气的志，得纯粹之气的明，大概有没错。

王干在《汪曾祺与传统》提道："汪曾祺对中国文学传统、文化传统的承传还是美学意义上的，在价值观上，他是冷静的，不是一味地膜拜和称赞。他说：'我希望能做到融奇崛于平淡，纳外来于传统，不今不古，不中不西。'"①这也是王干的文章追求。近四五年，他写了多篇《红楼梦》研究，用西方叙述学理论、中西文化比较的视野，既是小说批评，更是深度阅读基

---

① 王干：《汪曾祺与传统》，《文艺争鸣》2017年第12期。

础上的美学散步，集结在一起，就是一部《〈红楼梦〉小说叙述学》，是中国化了的叙述学。他打开了感情腺，把自己的情感和小说经验浸泡在《红楼梦》中。读之，不禁感叹他的心思细密，判断精切，有独见又有情怀，兼有风行水上的文笔之美。最近被《新华文摘》转载的散文《泰州的河》，是一组故乡记忆的随笔精品。其中一篇写吃冰棍的童年往事。母亲不舍得吃冰棍，让我们尝鲜。卖冰棍的女人，赔钱卖给我一个冰棍，然后：

> 盛夏的中午，气温在38度左右，她的后背已经湿漉漉的，不停地用毛巾擦汗。忽然，她蹲下腰，在路边的池塘，用手舀水喝，呼啼呼啼地，连喝几口。
>
> 我喊了一声：真抠门！她惶恐地犯了错似的，赶紧往轮船码头的方向疾驰。
>
> 当时我想，这个人怎么像我妈似的。①

写故乡的文章多了，这个河边的卖冰棍的女人，是独一无二的。她那么好心，又那么可怜，在一个少年心里，甚至是"抠门"，是"卑贱"，她这个"用手舀水喝"的动作，她狼狈逃离的背影，是另一种意味的"祥林嫂"，有深刻的时代印痕。她身上的无奈、自我克制、卑微，反过来映衬了发自心底的母爱的暖。这个人物形象刻画得相当入骨，塑造了一个人深刻的个性。每一次创作，都是无中生有，都是回到纯粹空无，归零，让天爵或者说"天觉"再现。回到自我，回到故乡，才能回到纯粹之气。人的一生需要一次又一次回乡，时空现实的，精神上的，感情上的，智识层面的，都需要回乡。2020年新发表的《时间深处的泰州》②，文字更加沉静，回忆亲人、自己和泰

---

① 王干：《泰州的河》，《新华文摘》2019年第13期。
② 王干：《时间深处的泰州》，《光明日报》2020年8月8日。

州的历史记忆，以"没有记忆的幸福感是空洞的"收尾。寂寥的文笔中回荡着幽深的历史意识，犹如一部时光收录机。心灵的沉潜和飞扬，是散文的两极，有刚健意志才能沉入，有纯粹明通才能飞扬。回乡的根本是肉体和精神混融的文化上的还乡，对故乡的深刻回望，或许将成就王干散文创作的又一次高峰。

读王干的文学屏，读到一幅与《清明上河图》的画境相通的岁月、情感、审美长卷。中国的长卷向来是这么次第而来，随兴所至，在时间中展开空间意象。那种过去即是未来，看见就是被看见，觉知和被觉知的迷蒙的感觉，很微妙。我们仿佛随着王干的文字，看到他为文 40 年的文学一梦，梦里梦外闪回，60 岁就是 20 岁，出发、奋斗、热闹、沉淀、回归，得纯粹刚健之气。年近 60 岁的王干先生，或许会以纯粹的文心，向理想之境，再出发！

桃李外篇

卤汀河畔芦苇荡

刘耀佐

卤汀河从泰州一路浩荡向北，直通建湖，在兴化周庄和陈堡境内各有两片浩大的芦苇荡和湿地，周庄境内在河西，陈堡境内在河东。周庄的芦苇荡近千亩，陈堡境内的芦苇荡和湿地更大，连绵十几里，有五六千亩。

春天，各种绿色生命竞相挤出泥土，透出水面，齐刷刷地长成一片，像一片绿茸茸的地毯覆盖在水面上，一片片嫩叶嫩芽在春风里向上蹿高，长得最高的是芦苇和荻柴（天然红茅草）。芦苇粗壮，荻柴瘦小精干，周围是各种藤蔓植物，扭曲着身子攀缘在苇秆上。最厉害的是蓑草，又叫龙须草，蜿蜒游走于所有空隙之间。落在河底的菱种、残留在河底泥土里的藕根也都抽出芽来，跃出水面，露出尖尖的芽角，微风吹过，翠波荡漾。

四五月份，水势浩荡，也是鲤鱼交配的时节，鱼是体外受孕，在公鱼的追逐咬合下，母鱼将成熟的鱼卵排到体外。公鱼附在母鱼的腹部排出精子，同时，追逐母鱼的尾部撕咬，帮助母鱼排卵，渔民称为"咬籽"。有时候好几条公鱼同时追逐一条母鱼，河面上浪花飞溅，哗啦啦的响声不断。

通常鲤鱼"咬籽"都是在浅水区，便于受精卵黏附在水草上、芦苇根部。湿地周围会捕鱼的人每到三四月份，就想办法捕一条母鲤鱼，或者是买一条四五斤重的母鲤鱼，用小麻绳扣在鱼嘴上，两个人配合，一个人拉鱼在前面走，后面的人，拿着罩笼跟着。母鲤鱼散发的气味引来很多的公鲤鱼，水面瞥里哗啦地响成一片，后面的人用罩笼一罩，就是一条大鲤鱼，有时候运气好，一天能罩好几条！

天气渐渐凉了，北方的候鸟到南方过冬，芦苇荡和湿地成了候鸟补充能量的栖息地。

有猎户先捕一只野鸭子放在笼子里，外面用黑布罩着，放到芦苇丛里。这种鸭子叫迷鸭（迷惑其他鸭子）。迷鸭啼叫着，野鸭和其他野鸟就来了，猎户躲在芦苇丛里轰地一铳。

冬天芦苇收割了，一场厚厚的雪覆盖在湿地上，万籁俱寂。冬日阳光下，无风的日子里，不甘寂寞的油葫芦（又叫水葫芦，学名鹏鹏，体型一二两重）从苇草的窝里蹦出来，三五个一群，在芦苇根部的浅水里追逐捕食鱼虾，一有响动就钻到水里，你盯住看它，几分钟后，三四米外，幽蓝色的小精灵又悄然地漂游在水面上。常见有人在冰上，用木椰头击打冰面，震昏那些在冰下晒太阳的小鱼，然后撬开冰面，捞出鱼来，晚上，一碗喷香的水咸菜烧小鱼端上桌来！

芦苇的叶子是粽箬，苇秆是水田里张鳅鱼的鱼卡杆子，不容易坏，耐得住鳅鱼的拉拽。

用荻柴盖房子是有钱人的讲究，这样的屋子冬暖夏凉。随芦苇一起割下来的还有蒲草，蒲草能做蒲包，我们小时候，商店里的食盐都是用蒲包装的。蓑草能做蓑衣，制作蓑衣有两种材料，一种是蓑草，一种是棕丝。棕制作的蓑衣酱黄色，蓑草制作的蓑衣绿色。"青箬笠，绿蓑衣，斜风细雨不须归。"那个绿蓑衣应该是蓑草制作的吧？

1972年暑假，我去北花庄看小姐姐。大姐告诉我，从向沟下芦苇荡，一条水路穿过去，就是大河边（卤汀河），渡过河就到了。

那天，外甥也跟我去。芦苇荡像一道绿色的墙，密压压地向远方延伸，哪里有路啊？问了一个农民，他说：你就从这里下去，前面几丈远就有一条水路，其他地方走不向前，只有水路，像青石板一样，光溜溜的，那就是路！

我们走进了芦苇荡，芦苇都在两米多高，像一道大幕，前后左右什么都看不到，看到的全是绿色。我在前面，外甥紧跟在后面，两个人不停地拨拉开芦苇枝叶，探着脑袋往前走，虽然是白天，但还是胆怯的，陌生的路感觉就是长，有鸟儿突然惊起飞过，心里也是骤然一惊。

走了半个小时，仍然不知道尽头在哪里，还要走多远。想看路，不知路在哪里。茫然四顾，只有头顶上的蓝天白云。孩子是我带出来的，我就是孩子的胆，只能故作镇定地继续往前走。又过了一会儿，还是这样，我有点慌了，对外甥说："来，骑到我肩上，向西面看，能不能看到一条大河？"

孩子骑在我肩上，手搭凉棚张望了一下，立即雀跃起来："舅舅，前面就是大河！"

终于，我们走到大河边了，扬开嗓子叫："过河噢！"

当年骑在我肩上的那个孩子，就是现在文化圈里人称"干老"的那个人——王干。

"后新时期"：一个文学"王潮"的绝响

——读《王干文集》之文学批评记

傅逸尘

几句弁言

《王干文集》共十一卷（作家出版社 2018 年 1 月版），其中文学批评四卷，分别是《边缘与暧昧》（内含《南方的文体》）、《观潮·论人·读典》（内含《另存集》《王干最新文论选》）、《王蒙王干对话录·90 年代文学对话录》《废墟之花》（内含《世纪末的突围》）。另有一卷《说不尽的王干》，是文学界、媒体等评论或访谈王干的文章。其他六卷是散文随笔，其中《灌水时代》里亦有诸多批评谈及文学，但更接近文化，姑且也放在散文随笔里，在这篇文章里就不论了。也就是说，我这篇关于王干文学批评的读记主要是围绕相关的四卷展开。文中有多处引用了《说不尽的王干》中的批评家或媒体关于王干批评的批评与访谈，在此一并表示感谢和敬意。

一、哦，好一个王干！

王干文学批评生涯开始的时候我才出生，时为1980年代、"新时期文学"之初。他是长辈，我应该称先生才是，为了行文的简洁方便，我擅自决定免俗了。与王干结识，更准确的说法应该是经常在一些文学会议或活动上相遇，是近几年的事；知道王干，则要早了许多年。十几年前的我，还在京西魏公村解放军艺术学院的校园里读书。图书馆二楼阅览室那排南向的窗前，那个座位几乎为我所独有。没有课的午后，我都会在那里，读书或者翻看各种文学杂志，记笔记，偶尔，我会扭头望向窗外。那几棵不同名目的树，我熟悉得能够数出它们有多少根重要枝干，甚至每天会有多少只鸟栖于枝头。王干的文章在某个不经意的瞬间进入我的视野是再正常不过了，真正系统读王干文学批评则是从2020年的春节开始，煌煌四大卷，一个庞然大物般的存在，让我在这个不平凡的冬天里重温了"新时期文学"和"后新时期文学"那个黄金时代，以及在那个时代里所发生的一些重要的事件与文学思潮，我会时不时地心潮澎湃，艳羡不已。

作为一个文学批评的"在场"者，王干始终置身于文学前沿，以横溢的才华与艺术天赋、对文学现象的敏锐观察与深刻认知，参与到"新时期文学"和"后新时期文学"纷繁复杂的建构之中，提出了一系列具有真知灼见的文学概念与理论见解，策划推动了多个在全国产生重要影响的文学活动，传奇般地建构起了一个波澜壮阔的文学"王潮"（王干命名、推动或参与建构的文学思潮）——"新写实""新状态"小说思潮的发起，"后现实主义"和"写作的情感零度"等观念的提出，与著名作家王蒙关于"新时期文学"的精彩对话，对1990年代文学的全面深刻的阐释，对诸多著名作家创作的尖锐批评，"新时期文学"之初对"朦胧诗"的纯学术研究，还有"南方的文体"的构想与践行，策划《大家》杂志出版、办刊理念及"联网四重奏"，等等，无不显示出作为一个真正的"当代"文学批评家的特质、锐气、激情与担当。出乎许多人的意料，1990年代末，作为风生水起的当代文学批评翘楚，王干突然转身，热烈兴奋地扑向了刚刚勃兴的大众文化。此后的王干，转向大众文化批评和散文随笔的写作，不但凭借《王干随笔选》在第五届鲁迅文学奖（2007—2009）散文杂文类评奖中折桂，而且在大众文化研究的热潮中同样表现不俗、身手矫健。

在我有限的文学视野与阅读里，感觉1988年末至1990年代中期的中国文学，也就是"后新时期文学"，有半壁江山都与王干相关。他对"后新时期文学"文学思潮的建构与文学活动的推动，在中国文坛恐怕无出其右者。与此形成鲜明对照的是之后的21世纪，现如今第二个十年已经倏忽而逝，然而文学没有了思潮与主义，除了一个空洞蹩脚的"新世纪文学"概念和无底线的"底层叙事"，便只有批评家与作家共谋的、可以随时挂在嘴边却不知所云的现实主义。至此，王干建构的文学"王潮"已经成为"新时期文学"以来四十年的一声绝响。

我情不自禁地赞叹道，哦，好一个王干！

二、迷茫转折期，"新写实"小说横空出世

我个人对思潮、主义及语言、方法之类的东西比较看重，原因是它营造或者建构了一个思维活跃的、充盈着创造生机的文学场。这个文学场对作家与批评家都很重要，它所激发出来的文学欲望与潜能是无法想象的。去年读了一部名为《现代艺术150年》的西方美术思潮史类的书，作者是英国的艺术评论家威尔·贡培兹。这是一部有如优美的散文般的叙述性著作，你仿佛面对一位博学而优雅的导师，跟你一边喝茶，一边聊着那些并不久远的、让我们赞佩与景仰的艺术大师们的艺术之路，尤其是那些令人眼花缭乱的艺术思潮的发生与演变对艺术创作所起到的至关重要的作用，让我更坚定了此前对文学思潮与主义的看法。

比如20世纪初的达达主义，这一艺术运动由一群说德语的无政府主义

者发起，动机不是嘲笑艺术，而是毁灭它。他们认为造成第一次世界大战的罪魁祸首是保守势力对理性、逻辑、规章制度的过度依赖，达达将提供另一种基于非理性、非逻辑和无法纪的可能性。这一观念或认知是极其重要的，它直接导致了达达主义思潮的兴起和诸多艺术家加入了这一艺术运动的行列，从而改变了整个现代艺术的方向。一战期间逃往瑞士的鲍尔开了一家以伏尔泰命名的酒馆，得到查拉的响应，两人合作引领的一次无政府主义艺术运动，走上了超现实主义的道路，影响了流行艺术，催生了"垮掉的一代"，赋予朋克以灵感，并成为观念艺术的基础。而荒诞派戏剧的始作俑者雅里创作的《愚比王》则预示了贝克特和卡夫卡的出现。达达主义运动的发起人之一阿尔普的创作起点与毕加索和布拉克的拼贴画相关，他从空中将拼贴画材料撒下，让偶然性来决定画面构图的方法，显然比毕加索和布拉克走得更远、更极端。战争结束后，阿尔普回国途中偶遇默默无闻的施维特斯，向他介绍了达达哲学，开启了他用被丢弃的废物制作艺术品的装配艺术之旅，他将自己的作品命名为"梅尔兹"，并建立了"梅尔兹堡"。1917年，当杜尚将一个小便池变为"现成的"雕塑《泉》时，他成了"达达主义之父"。两年后，杜尚回到巴黎，在一次外出中，偶然得到一张达·芬奇《蒙娜丽莎》的明信片，坐下来喝咖啡的时候，他在那张神秘莫测的脸上画上了两撇小胡子和一撮山羊胡。杜尚常说的一句话是：别把艺术太当回事。

这里，我极简要地梳理了一下这一西方现代主义艺术思潮及其几位重要的艺术家，我想强调和凸显的是我们从中窥见了这一艺术思潮的形成与演变，及其中的艺术家们的创作与这一思潮的关系。现在，我们可以回到1980年代末，看看"新写实"小说出现前是怎样的一种政治与文学的背景，以及它是如何发生发展的，而年轻的文学批评家王干在其中又发挥了怎样的作用。

1988年是"新写实"小说思潮具有历史性时刻的一年。当时中国的政治、经济以及文化，包括文学都处在一种转型前的迷茫与焦虑的状态。先锋文学虽然还未偃旗息鼓，但已现颓势，而现实主义被先锋文学冲击得七零八碎，溃不成阵，"文学失却轰动效应"似乎成为文学界的共识。当许多批评家在质问作家还会不会讲故事了，极力呼唤好故事的时候，王干敏锐且深刻地发现了一些溢出现实主义与先锋文学的新的小说元素与方法在悄悄地滋长，或者有如一股暗流在汩汩涌出，这一发现让王干极为兴奋。2015 年，王干在接受中国人民大学 2014 级博士生赵天成访谈时的回忆，还原了历史发生的现场，现在我综合王干的回忆叙述如下：

1988 年六七月份的时候，王干和《钟山》杂志的两个副主编徐兆淮、范小天在北京团结湖的一家川鲁餐厅吃饭。王干当时在《文艺报》当编辑，《钟山》杂志社正在酝酿把他调去。徐兆淮和范小天跟王干说准备在十月份搞个会，问他讨论什么话题能引起文学界的兴趣。徐兆淮是倾向现实主义的，范小天则倾向"新潮""实验""探索"的，也就是所谓"先锋文学"。王干说可以将两者合起来开，因为从那两年的创作看，虽然不能说现实主义与"先锋派"合流，但是确实出现了很多交叉的现象，互相之间都有借鉴或者有了变化。他们觉得王干的意见挺好。王干当时针对近两年小说创作，提出了"后现实主义"的观点，范小天当即就说："哎，你这个观点挺好，你可以写文章。"

1988 年 11 月，在无锡工人疗养院，《钟山》与《文学评论》联合召开题为"现实主义与先锋派"的研讨会。会议前，王干的文章已经写好了，发言前他还给吴亮看了一下，吴亮说，你这个观点挺新颖啊。王干率先发言，但引起诸多批评家的批评与质疑，这就是发表在 1989 年第 6 期《北京文学》上的《近期小说的后现实主义倾向》。这篇文章王干本来是先给了《文学评论》，但陈骏涛先生的意见是，1988 年第 6 期刚发过王干的评论文章，先放几期再说。1989 年二三月份的时候，《北京文学》的编辑陈红军正好跟王干约稿，王干就把这篇文章给了《北京文学》。据说这是中国当代文学第一个使用"后"的概念对文学进行命名的，当时"后现代主义"理论在中国尚没有广泛充分地传播开来。王干那时迷恋于罗兰·巴特的后结构主义，他觉得 1980 年代末的中国现实主义文学已经出现了很多"后现代主义"的特征，所以，也可以用"后现实主义"进行概括和命名。会议结束后，《钟山》编辑部在讨论用什么名字命名这个活动的时候，王干主张用"后现实主义"，还有人主张用"先锋现实主义""现代现实主义"。后来编辑部讨论决定用"新写实主义"，但王干查了一下资料，"新写实主义"好像是意大利的一个电影思潮的专用名词，所以，就把"主义"两字去掉了。最后，大家一致认为，"新写实"就是一个小说形态，不是一个主义，也不是一个思想，所以就这么定下来了。

"新写实小说大联展"的卷首语本来是徐兆淮写的，但是主编刘坪不太满意，大家认为这个问题王干思考得比较好，就让王干来写。王干就在原稿的基础上，将自己的思考也融了进去，形成了后来的"卷首语"。不过，《钟山》"新写实小说大联展"这个栏目直到 1989 年第 3 期才推出来，原因主要是没组到作家的稿子。①

综合王干的自述、当时《钟山》编辑部人员以及参加了那次会议的评论家的文章，可以确定这样几点：一、《钟山》想要开一个能够引起文学界关注的研讨会，主题是根据王干关于现实主义与"先锋派"出现了很多交叉现象这个判断而确定的；而王干关于"后现实主义"的观点则是"新写实"小说思潮的源头，或称起点。二、王干提出的"后现实主义"的观点并非空穴来风，也不是一时灵光乍现，而是对当时小说创作的现象早有研究，所以在几个月后召开的会议前，《近期小说的后现实主义倾向》文章已经写好了，并做了发言。引起争论是可以理解的；但有论者称其命题毫无新意，用旧瓶装新酒，以一种暧昧的姿态来投机，而且其文学立场和态度模棱两可，讨巧与背叛居然结合得天衣无缝，真是自作聪明的创举，类似这样严厉且情绪化

---

① 《王干文集·说不尽的王干》，作家出版社，2018，200—218 页。

的批评让我感觉有些匪夷所思。三、"新写实"小说最后的命名是《钟山》编辑部共同讨论确定的，王干那时虽然还没正式调去，但参与了具体讨论，而且"新写实小说大联展"的"卷首语"也是他在徐兆淮原稿的基础上进行了修改，并且融进了他的观点完成的；因此说，王干是"新写实"小说的命名者之一。依据以上几点，足以确证批评家王干就是"新写实"小说这一文学思潮最重要的命名与建构者，尤其是他在1989年第3期《钟山》"新写实大联展"栏目正式推出时调入《钟山》编辑部，并具体参与此后的理论批评编辑及小说组稿，使得这一思潮迅速涌向全国，成为"新时期文学"向"后新时期文学"过渡的重要标志。

有论者诟病"新写实"小说是刊物的市场化策划，不具有严格的学术意义和价值。这样的批评并不能贬低其作为文学思潮的价值与意义，策划只是一种手段，它本身无可厚非，问题在于"新写实小说"在"后新时期文学"的历史阶段所产生的重要影响，推动了中国当代文学在那个时期的转折与发展。"新写实小说大联展"落幕后，以"新"命名的多种文学策划蜂拥而起：《北京文学》的"新体验"、《上海文学》的"新市民"、《特区文学》的"新都市"，"新现实主义"（又称现实主义冲击波）以及"新历史""新乡土""新表象""新新闻""新笔记"，等等，也包括1994年，由王干一手策划和操作的"新状态"在《钟山》推出。1990年代初期的文学界旗帜林立，口号迭出，一时间热闹非凡。当然，后来的这些个以"新"修饰的旗帜与口号短时间内便偃旗息鼓了（"新状态"除外），其文学史价值与意义也都无法与"新写实"小说比肩。

通常的文学史，注重的大都是那些被"历史化"的作家与作品，即便是对文学思潮的论述，往往也是关注大的时代背景与其所产生的价值与意义，文学发生的细节及发展的过程往往被忽略，甚至因为不屑而被遮蔽。为了写这篇文章，我翻看了几本新时期文学史，包括小说史，都论及了"新写实"小说和后来的"新状态"小说，但几乎都没有提及这两个思潮的重要参与和建构者王干。套用陈丹青的一句话，文学史是个巨大的漏斗，太多的秘密，被逝去的作家带走了。好在王干还健在，他在访谈或回忆中记录了那些其实很重要的细节。

三、看，或者发现的文学

许多论者或文学史都提及《钟山》杂志推出"新写实"小说之前已经有后来被纳入"新写实"的小说出现，并且构成了整个"新写实"小说的经典性作品。比如许志英、丁帆主编的《中国新时期小说主潮》就详尽地列举了1988年、1987年甚至1986年《青年文学》《收获》《中国作家》《北京文学》《解放军文艺》《作家》《上海文学》《人民文学》《当代作家》《山西文学》《钟山》等杂志发表的一系列作品：《新兵连》《关于行规的闲话》《白涡》《伏羲伏羲》《枣树的故事》《懒得离婚》《纸床》《天桥》《追月楼》《闲粮》。1987年的作品有《塔铺》《白雾》《烦恼人生》《风景》《状元镜》。1986年的作品则有《机关轶事》《白梦》《狗日的粮食》《厚土》。如此一来，也就等于说，"新写实"小说不是王干与《钟山》杂志催生出来的，这个是事实。王干也承认，"新写实"小说作为一种新的文学现象在《钟山》杂志推出之前就已经存在，他在回答赵天成访谈中说："'新写实'这个东西吧，作为一种小说的叙事方式，其实早就存在了，比如高晓声的《陈奂生上城》的'新写实'意味是很浓的。只不过我们把某种小说的叙事方式或者说形态放大，或者说把它们集中在一起展示。千万不能误解成，我们举出个旗帜，或者说喊出个口号，然后作家去写。"①但这并不能构成否定《钟山》杂志和王干的理由，相反，应该更加得到赞誉。因为它不是理论批评家强加给文学界的，也就是说，不是理论先行，所以才更有生命力。另一点有点讽刺，如伯乐相马，千里马常有，伯乐却不多见。又有如相声段子里所讲，因为有了

---

① 《王干文集·说不尽的王干》，作家出版社，212页。

《红楼梦》，所以，才想写《红楼梦》。

1988年，和"新写实"小说相关涉的几篇重要评论文章确乎是在"新写实"小说命名前发表的，它们是雷达的《探究生存本相，展示原色魅力——论近期一些小说审美意识的新变》、吴秉杰的《面向生活的一种调整——评若干新近作家的创作》、吴方的《悲里千秋——新悲剧形态小说略见》。从这个逻辑上推演，"新写实"这一小说现象并不是完全来源于王干的《近期小说的后现实主义倾向》，《钟山》杂志对"新写实"小说的命名自然也就不那么重要了。正像有论者所批评的那样，"'新写实小说'的命名可以说是一次相当成功的操作行为，它利用了方便的媒体把理论和创作密切联结，最终使一批不好不差的小说成为新时期文学的经典，使不大不小的作家、批评家迅速成名；同时，《钟山》杂志也从此变得引人注目起来，并一度恭列为大型文学杂志的'先锋派'之列。""'新写实'的成功更多地有赖于一种时机，一种机缘，一种文化挫败时期的不期然的迎合。实际上，《钟山》杂志所操持的'新写实小说大联展'更多的是一种占山为王式的先行出击，它的最初的信誓旦旦与最后的不了了之证实它的确不是一次深思熟虑的文学行动。""所以，在《钟山》那里，'新写实'也只是一个能够最低限度地吸纳作家、评论家共同参与讨论的文学话题而已。"①这样攻其一点、不顾其余的判断，几乎是将王干和《钟山》杂志及所推出的"新写实"小说全盘否定了。

王干在访谈中是这样回答的："整个80年代的激情燃烧之后，人人都需要降落，'新写实'正好提供了这么一种降落的功能。它对应着当时人们的内心需要，就是经过了这种大风大浪、大起大落之后，要回归到日常状态当中。'新写实'到了后来已经不是一个文学思潮了，实际上变成一种人生态度、艺术精神和准哲学理念了，就是什么事情都淡化，都向后退，都用无

---

① 许志英、丁帆主编：《中国新时期小说主潮》，人民文学出版社，2002，496—497页。

言来表达。实际上潜台词是这样一种东西，正好跟 1989 年以后的文化现实和社会现实吻合。因为在经历过'启蒙'的再动荡之后，人心悬在那里，要怎么把它落地，它对安慰人的情感还是有积极的作用。它永远是一个灰色的背景，是比较低沉的叙说，人物往往都是被生活蹂躏得没有力气的这么一种'中间状态'的人物。但是从文学发展上来讲，我觉得'新写实'可能是这 30 年里面，最有价值、最接近文学本身的文学思潮。'新时期'以来有很多文学思潮，比如'伤痕''反思''改革''寻根'，如果你把这些思潮的意识形态抽空，你会发现它跟文学本身没有关系。'新写实'呢，实际上它最接近文学和生活的本质。从 1989 年到 90 年代有相当一段时间，南京非常活跃，实际上是文学的中心，出现了很多作家，很多活动、很多事件也都跟南京有关系。"王干的着重点是"新写实"小说产生的社会与文化背景，以及人们的心理状态，同时也强调了"新写实"小说的文学性。这是作家们反思新时期文学，并对社会现实做出的一种文学与思想的回应，王干敏锐地看到了这个涌动的暗流。而王干的下面这段话说得很实在，"最初这个策划和创意，没有太多的市场意识，主要还是带有思潮前瞻性和对'文学话语权'的争夺的意思。当时还没有这个词，不过那时的'文学话语权'主要在北京和上海，南京是一个中间地带。"①这个观点也符合法国当代最有声望的社会学家和思想家之一的布尔迪厄关于"文学场"的论述。

李洁非在《弄潮儿向涛头立——批评家王干》中的评价更加客观和公允："但这些作品的出现，是散落的，孤立的，起初并未结集为一个方阵。是王干从中抽取出来某种属性，并以'新写实'名称为之命名，然后通过《钟山》挑旗推动，把它变成当代小说继先锋主义之后一个新的潮流和重要阶段。……当代文学批评，在 20 世纪七八十年代的时候，全非后来那种自说自话、温温吞吞、言不及义的样子，而是指点江山、挥斥方遒，对创

---

① 以上参见《王干文集·说不尽的王干》，作家出版社，2018，200—218 页。

作实践时有再造之力，以致足令作家唯批评之马首是瞻。'新写实'正是这一批评强势时代最后一个范本，文学批评引领并推进整个时代文学步伐的历史，以后似乎就画上了句号。"①文末，李洁非还称王干是文坛的"命名大师"，赞誉之态溢于言表。李洁非显然更在意批评家对文学创作的引领价值，以不容置疑的口吻肯定了王干对"新写实"小说思潮所发挥的不可替代的作用。

由此，我不能不想起威尔·贡培兹的《现代艺术150年》。在这本书里，他恰恰详细描述了那些让人眼花缭乱的艺术思潮与流派是如何发生并演变的，这对艺术家和读者的意义与通常的美术史是完全不同的。贡培兹在"导论：你在看什么"中写道："在我眼里，就欣赏和享受现当代艺术而言，最好的起点不是去判断它好还是不好，而是去理解它何以从达·芬奇的古典主义演变成了今天的腌鲨鱼和乱糟糟的床。和大多数看起来难以理解的东西一样，艺术就像个游戏，你真正需要知道的只是它最基本的规则，以便让曾经令人困惑的一切开始变得有意义。"②可是，我们的文学史所在意的是如何评价和阐释曾经的思潮与主义，也就是"历史化"和"经典化"，对价值和本质的兴趣显然超过了创作或赋予价值和本质的现象本身。问题是，对现实，或者对作家与当下文学更有意义的往往是鲜活的现象，这些现象能够更为真切与细致地告诉我们"何以从达·芬奇的古典主义演变成了今天的腌鲨鱼和乱糟糟的床"。

刚刚读过陈丹青的《陌生的经验——局部》，他的一段话与贡培兹似有同工之妙："画史的每次突破，其实在于观看：莫奈看见了逆光，梵高看见了向日葵，塞尚看见了物体的边缘，而15世纪的这位卡帕齐奥，忽然看见了远处走动的人。""这有什么了不起呢？谁都看见啊！没错。可是在文学中，

<hr>

① 《王干文集·说不尽的王干》，作家出版社，2018，100—101页。
② 威尔·贡培兹：《现代艺术150年——一个未完成的故事》，广西师范大学出版社，2017，11—12页。

你看见，而且写出来，是跨出一大步，在绘画中，你看见，而且画出来，也跨出一大步。"接着，陈丹青又补充一句，不太雅，"厕所里的劝告牌，'上前一小步，文明一大步'，没人理睬，这两句话，正好讲述艺术史"①。这显然不是艺术理论，而是艺术经验，这个经验却比理论更能说明问题。陈丹青这里其实强调的是艺术家的发现，然后再把它概括呈现出来，你就成了大家。陈丹青是从来不正眼看那些所谓的文学史或艺术史，对学院的教育也不屑一顾，多有微词，甚至恶语相向，因而一向被美术界视为"旁门左道"，说他是因为画不了画了才去弄那些随笔类的文字。能否画画的争议且不论，但从他关于文学、电影、美术等方面的言说中还是能看出其经历、经验、见识和博学的。对于陈丹青的上述观点，我亦深以为然。

四、"后现实主义"与"新写实"小说的命名比较

与"新写实"小说后来的饱受争议相比，它的提出者王干的"后现实主义"的遭遇似乎要好得多，批评者多数都奔向了"新写实"小说，而且目光几乎都集中到了"新"上。比如陈晓明在《反抗危机：论"新写实"》一文的开篇就发出连续质疑："面对'新写实'，我们再一次感到语言的匮乏。有的鼓吹者遮遮掩掩，有的反对者吞吞吐吐，有的人玩弄'擦边球'游戏的技艺已经炉火纯青，而对那些根本的理论问题却讳莫如深。迄今为止，'新写实'到底'新'在哪里？与五六十年代的现实主义相比，它究竟表现出哪些新的写作法则或艺术特征？它标志和预示了当代文学史的哪些变动，并且创造了哪些新的艺术经验？这些问题并没有得到令人信服的说明。"②

李洁非亦在《十年烟云过眼——小说潮流亲历录》中对"新写实"小说提出批评："在这个潮流的前前后后，它的名称比它的内容更为重要。或者

---

① 陈丹青：《陌生的经验》，广西师范大学出版社，2015，242 页。
② 孟远编：《新写实小说研究资料》，百花洲文艺出版社，2018，184 页。

说，它的理论在先而实践在后。当'新写实'这个概念被制造出来时，'新写实'的作品却并不存在。""但是，至今我们仍然不知道是不是真的有什么'新写实主义'，尽管围绕着这个有救命稻草之嫌的名称已经发表了几十上百篇论文，而其中大多数文章好像并没有谈出什么与'旧'写实主义不同的见解，略微不同的是一种关于'新写实主义'乃是表现'原生态生活'的观点。"①陈思和在《自然主义与生存意识——对新写实小说的一个解释》文章中也对"新写实"的"新"提出疑义："'新写实'应该具备两个特点，一是属于写实主义的作品，二是必须有'新'意，这个新意不是题材上写法上而是文学观念上新界定。从两者兼备的特征看，当前小说中比较典型的新写实小说，确实与自然主义有许多相似的地方。但是这样一来，问题的前提又被置换，'新写实'之新的定位仍未解决。"②此类质疑之声还有，不一一列举了。也就是说，这个"新"字惹祸了，而要想严谨地回应这个"新"字居然并非易事。

其实这个"新"字既不是《钟山》杂志，也不是王干的发明，而是一种自新中国成立以来国家民族的时代精神与症候，它反映了我们的一种线性的进步观，一种迫切要求摆脱过去的急功近利的心理，是人们对过往的遗弃和对未来的期许，也是一种普遍的现代性焦虑。我们对"新时期"的命名就是近四十年来"新"的滥觞，尤其是文学，几乎全部都是冠以"新"的头衔。所以说，对"新"的质疑不能从具体的现象学意义上追究，而是要从整体的普遍的民族文化心理上考察。汪民安在《什么是当代》一书中说："本雅明《历史哲学论纲》一个重要的主题就是对进步概念和进步信仰着手批判。对本雅明来说，进步论持有三个论断：进步乃是人类本身的进步；进步是无限制的进步；进步是必然的不可抗拒呈直线或者螺旋进程的进步。一旦信奉这

---

① 孟远编：《新写实小说研究资料》，百花洲文艺出版社，2018，151—152 页。
② 孟远编：《新写实小说研究资料》，百花洲文艺出版社，2018，49 页。

样的进步观，那么，现在不过是通向未来进步的一个过渡，因而无论现在如何地紧迫和反常，它实际上也不过是一种常态，因为注定会有一个天堂般的未来在后面等待着它。""进步论许诺了一个未来的天堂。这也是现代性深信不疑的东西，它在 19 世纪的'今天'如此地盛行，犹如风暴一样猛烈地刮来。"①所以说，这个"新写实"之"新"也不过是在这样的一种时代精神的裹挟下的必然结果。

那么，"后现实主义"的遭遇又是怎样的呢？我们不妨回到当年会议的现场，看看当时的景况："正当江苏青年评论家王干（《文艺报》）试图用'后现实主义'这一概念来概括近年出现的类似刘恒、刘震云等一批作家创作的作品时，遭到了与会者的频频提问和驳难……有的同志认为，王干所讲的'后现实主义'实际上并没有超出自然主义文学的范围；有的同志则认为，王干的概括在很大程度上包含了一厢情愿的理论设计，与实际的创作情形并不完全吻合；还有的同志这样指出，他对'后现实主义'与传统现实主义和现代主义之间的差异所作的区分，存在着'取其一点，不计其余'的思路，表现了理论分类的苦心和嗜好。而对蜂拥而来的诘难，王干左推右挡，极力招架。这时，在一片沸沸扬扬的议论声中，响起了许子东悠然平静的提议：'我们还是多研究些问题，少谈些主义吧。'"②

何以如此呢？王干的"后现实主义"的主要观点又是什么呢？还是这篇会议纪要，是这样概括的："第一，还原生活本相；第二，从情感的零度写作开始；第三，作家读者共同参与创作。"这是概括了王干的《近期小说的后现实主义倾向》一文的三个小标题（据王干讲，他在会议上的发言，是这篇文章的概要）。其实，以这三个观点为主体，这篇文章杂糅了西方诸多理论批评观念，比如，"还原：诉诸生活本身"，是德国哲学家胡塞尔的现象

---

① 汪民安：《什么是当代》，新星出版社，2014 年，108—109 页。
② 孟远编：《新写实小说研究资料》，百花洲文艺出版社，2018，2 页。

学观点，马格廖拉说："任何对我们有意义的文学，都一定是与我们的生活世界、我们的经验方式相类似的文学。"伊格尔顿也指出："一部文学作品的'世界'并非意指一种客观的现实，而是德文里所说的'生活世界'，即一个个人主体实际组织和经验的现实。现象学批评将特别集中注意一个作者对时间和空间的经验方式、自我和他人之间的关系或者他对特质对象的观察。""从情感的零度开始写作"来自法国当代符号学家巴特的《写作的零度》，一种不作介入的、真诚的、中性的写作立场。"作家和读者'共同作业'"则来自接受美学的"读者反应批评"，卡勒"强调文学的惯例、准则和规律。有能力的读者不知不觉地将这些惯例和准则吸收进他们的阅读经验，而对阅读具有制约作用，使得读者解释作品的半创造性活动成为可能。"①这些个 20 世纪的西方文学理论批评观点能表征"后现实主义"小说之"后"吗？或者说，是否与传统现实主义有着本质的差异呢？这个"前"与"后"之间的逻辑关系成立吗？

尽管现实主义让我们都有些无边感，但大概的意思也还是清楚的。那么，引用或者借鉴了"后现代主义"理论的"后"又是什么呢？我综合一下严翅君、韩丹、刘钊所著《后现代理论家关键词》中援引美国当代著名马克思主义文学理论家和文化批评家詹明信对后现代主义特征的四点论述："平面感：深度模式削平""断裂感：历史意识消失"零散化：主体的消失"复制：距离感消失"。削平深度模式，实际上是从真理走向文本，从为什么写走向只是不断地写，从思想走向表述，从意义的追寻走向文本的不断代替翻新。在后现代主义社会中，自我解构、主体消失、人的精神被彻底零散化。后现代人在紧张的工作后，体力消耗得干干净净，人完全垮了。这时，那种现代主义多余人的焦虑没有了立身之地，剩下的只是后现代式的自我身心肢

---

① 以上所引参见王先霈、王又平主编：《文学批评术语词典》，上海文艺出版社，1999。

解式的彻底零散化。①细心地琢磨一下，这个"后现代主义"的艺术观念，总体上是与王干所阐释的"后现实主义"倾向相当接近的，深度模式削平、自我解构、主体消失、人的精神彻底零散化。抛开王干列出的三个具体文学方法，就那一批小说所呈现出来的总体思想倾向论，大体上就是詹明信所谓的后现代主义观。所以，起码可以说，以传统现实主义为对象的"后现实主义"命名是有理论依据的，"前"与"后"之间的逻辑关系也是说得通的。在1980年代末或1990年代初，我们对"后现代主义"虽然不甚了了，却是完全排斥的，甚至超过了现代主义。我想，可能是源于此，当王干比较早地使用了"后"字，用"后现实主义"命名那一批小说的时候，遭到与会众多批评家的集体反对便是可想而知的了。

我们不妨再回头看看《钟山》杂志1989年第3期《"新写实小说大联展"卷首语》是怎么说的："所谓新写实小说，简单地说，就是近几年不同于历史上已有的现实主义，也不同于现代主义'先锋派'文学，而是近几年小说创作低谷中出现的一种新的文学倾向。这些新写实小说的创作方法仍是以写实为主要特征，但特别注重现实生活原生形态的还原，真诚直面现实、直面人生。虽然从总体的文学精神来看新写实小说仍可划归为现实主义的大范畴，但无疑具有了一种新的开放性和包容性，善于吸收、借鉴现代主义各种流派在艺术上的长处。新写实小说在观察生活把握世界上的另一个特点就是不仅具有鲜明的当代意识，还分明渗透着强烈的历史意识和哲学意识。但它减退了过去伪现实主义那种直露、急功近利的政治性色彩，而追求一种更为丰厚更为博大的文学境界。"②

这段话虽然是王干修改过的，但看得出来，王干还是相当谨慎的，他一定要考虑到各方面的观点，因为当时他还不是《钟山》杂志的人。"特别注

---

① 王先霈、王又平主编：《文学批评术语词典》，上海文艺出版社，1999，205—208页。
② 孟远编：《新写实小说研究资料》，百花洲文艺出版社，2018，13页。

重现实生活原生形态的还原，真诚直面现实、直面人生。"这跟没说也差不太多，没有哪一种文学会强调自己跟现实人生没有关系。比较定性的说法是"仍可划归为现实主义的大范畴，但无疑具有了一种新的开放性和包容性，善于吸收、借鉴现代主义各种流派在艺术上的长处"。这样说来，它就是在以往现实主义的"写实"的基础上，广泛地吸收了"现代主义"的各种技法。这才是"新写实"小说的思想核心，而这一点恰恰与王干的《近期小说的后现实主义倾向》一文中观点相吻合。王干虽然要左右逢源，但还是把自己的核心思想糅进了这个"宣言"。我的观点至此已经不须遮掩了，就是，当时的"新写实"小说，如果用王干的"后现实主义"命名或许会更好一些。

五、"当代性"："新状态"与新生代作家崛起

"几乎可以说，正是自'新写实小说'始，当代文学从业者开始和文学期刊熟稔地联合起来，并试图重新创造出后新时期的再一个经典时刻。1994年，在'新写实小说'走完它的一度辉煌而逐渐淡出文学主潮之后，相继又有'新体验''新状态''新市民'，包括'新历史''新乡土''新笔记'等等依傍不同文学期刊的口号风起云涌，而当这些口号终于因或理论创作等诸多方面的难以为继而悄声湮灭时，'现实主义冲击波'文学的口号却逐渐生成并终成气候。"这是我摘自许志英、丁帆主编的《中国新时期小说主潮》第567页上的一段话，表面看来似乎只是历史的平白的叙述，而从此前对王干、《钟山》杂志策划操作"新写实"小说的态度，以及这段话中对"现实主义冲击波"溢于言表的肯定，不难看出其对文学期刊策划操作文学口号与思潮的反感与否定。

也有论者主张对"新写实""新状态"等一系列以"新"命名的文学现象进行整体置换："'新写实'困扰于新与旧的辨析而难以有更大作为，它所反映的生活状况也缺乏时代气息。这就为另一批更年轻而更有生气的作家步

入文坛提供了契机。""90年代上半期,中国大陆文坛围绕后起的这一创作群体又有一番热闹的命名。'新状态''新表象''晚生代''新生代''60年代出生群落''女性主义''新生存主义',等等,一度都被用来描述这一群体。一度影响最大的是'新状态'这种说法。1994年,《钟山》发表王干的文章《论九十年代的新状态小说》,该文把90年代小说的特征概括为'新状态'。新状态热闹了一阵子,由于理论界定不清,过于宽泛和随意,使人们对这种说法表示怀疑。另一个用于描述这个群体的概念'晚生代',现在被更广泛地使用。"① "新写实"小说"难以有更大作为"的原因是复杂的,诸多批评家和文学史著作都做了详细论述,这里就不再辨析了;但是若说"新生代"的崛起是因为"新写实"小说的退潮便有些牵强,而更本质的因素当是又一股新的文学思潮在暗流涌动,只不过这股文学思潮的涌动是由一批1960年代出生的作家积蓄而成而已。"新写实"小说退潮与否,这批作家都会强势涌现,这是当时的市场经济与世俗文化所决定的,此时的文学生态与几年前又有了截然不同的新变。从这个意义上讲,对这批作家的命名我更倾向于王干的"新状态"小说,因为他是从作家作品所呈现出来的诸多症候来判断的,就是说,里面有具体的内容佐证和支撑。

关于"新状态"推出的具体情景,我们还是看看王干在答记者问时的说法:"'新状态'是经《钟山》和《文艺争鸣》两个文艺双月刊共同推出","'新状态'的提出,既是我提出来的,又不是我提出来的。说是由我提出,是因为它通过我的笔最初将它呈现出来,这种呈现既不是心血来潮、随意性很强的即兴创作,也不是编辑部为了扩大刊物影响的一种宣传策略。1989年以后,很多从事当代文学的朋友都不看当代作家的作品了,我则始终追随着当代文学潮流的脉动,即使它细弱到快要停止跳动的时候,我也没有放

---

① 陈晓明:《表意的焦虑——历史祛魅与当代文学变革》,中央编译出版社,2002年,140—141页。

弃对它的关注，始终投入大量的时间和热情。'新状态'便是长期追随、阅读、思索的结果，是对'新时期文学'终结之后的文学现象的一种尝试性阐释。"①这实际上否认了相关论者关于期刊策划操作以及制造文学口号的指控与批评，强调了自己长期对文学潮流脉动的追踪研究，"新状态"便是"新写实"小说之后的又一成果。

即便是在当时，王干的头脑也是非常清晰的，他坦陈："'新状态'首先不是一种理论主张，也不是一种创作方法，更不能称之为什么主义，'新状态'并不是 个完整的理论大厦，也并不是一个可供操作的小说创作图纸，'新状态'是一种现象，是一种我们思维的新维度，如果一定要具体化的话，'新状态'亦可体现为一种阐释代码……'新状态'努力从整体上去理解把握描述当代文学、当代文化的当下状态，它是当代各种文学关系的总和。"②王干还不点名地批评上海的某位批评家，在没看到作品的情况下就对"新状态"进行批评，可见当时文学批评界的浮躁，尤其是与期刊策划的各种文学旗帜与口号命名纠缠在一起，鱼目混珠，张冠李戴，城门失火，殃及池鱼，便都是有可能的。

比较而言，张大海、孟繁华在《批评和批评的剖析》一文中所作的阐释则进入到"新状态"的核心所在，看到了问题的本质，因而更有说服力："新状态文学是针对90年代出现的一批不同于80年代的、新的写作方式和新作家创作特征的概括化描述。1994年，王干和北京大学张颐武、《文艺争鸣》杂志社张未民访谈时谈到的作家何顿、陈染、马建、韩东、海男、鲁羊，是他认可的属于新状态写作的小说家。不同于80年代作家的社会责任感，王干认为90年代的新状态作家是'现实的生存状态与作家自我的精神自传的结合'。或者如作家张洁说的，是只想面对自己的想法和观察，很自

---

① 《王干文集·说不尽的王干》，作家出版社，2018，84—85 页。
② 《王干文集·说不尽的王干》，作家出版社，2018，85—86 页。

由地写作的状态。显然，'新状态'意味着作家更多地以自我的感受为特征的写作状态，这其实也是在某种程度上验证了作为社会人的作家，不再从属于某个政治集团、文化集团后的社会身份变迁，已经改变了文学生产的方向，作家不再是某个主义、某个政见的传声筒，而是自己生活的感受者。"①张大海、孟繁华无疑道出了"新状态"这一新思潮的本质特征，也许是因为时过境迁的缘故，十年之后的研究看得更深入，也更准确。

重新梳理这一现象的过程中，我产生了另外的一些想法，比如，面对当代文学，为什么总是王干不断地产生灵感，不断地有新的发现，然后有如天助或神来之笔般地对现象与思潮进行命名？策划也好，操作也罢，为什么总是王干？

王干在与赵天成对话时透露了一些玄机，"'新状态'跟我关系更大一点，它是对'新写实'的补充。要说'新写实'的最大的不足，主要是淡化了知识分子叙事的主动性，只是对生活的认同。'新状态'则强调了知识分子的叙事能力，它对市场是反拨和抗争。因为到了90年代的时候，大众文化已经兴起了，知识分子的声音被排挤和压抑了，没有空间了。'新写实'强调的是公共的生活状态，'新状态'主要是提供一个个人的话语状态，它们之间是有联系的。'新状态'没有成为一个大家共同认可的文学现象，原因是说早了，没有形成'新写实'那样一个公共话语的空间，有很多读者关注"②。在这里，王干强调了"新写实"与"新状态"的不同，同时又有着内在的关联，这种关联，不沉潜在文学创作的内部是很难体会得到的，尤其是1960年代出生的这批作家当时还没有什么影响，较少为知名批评家所关注。王干还说："我并没有想到在某年某月某一天要抽出这样一个新概念来，只是冥冥之中有一只手抓着我握笔的右手让我写出'新状态'这三个字。"何

①《王干文集·说不尽的王干》，作家出版社，2018，36—37页。
②《王干文集·说不尽的王干》，作家出版社，2018，218—219页。

士光则对王干说，佛说要有"新状态"，就有了"新状态"。这也许是信仰的缘故，也许就是一种玩笑，不知当时是怎样一种语境。我倒是觉得，真正的"在场"批评家跟作家或艺术家没什么两样，他也要有感觉，也要长时间地沉浸在创作的情绪里，真正的好作品往往是连作家或艺术家事后都无法想象是怎么弄出来的，甚至怀疑这是我写的或者我画的吗？王干就是这样的批评家。感觉和感性对所有的艺术家都至关重要，而王干就是注重和追求感觉与感性的批评家，不仅仅是批评的风格，甚至是语言都追求散文化。

再比如，不具备对当代文学的宏观把握与细节的敏锐洞察的能力，不是对60年代出生这批"新生代"作家作品有独到深刻的理解和认知，而是仅仅凭借刊物的策划与操作，就能够使一个文学思潮发生巨大且持久的影响力，助推一批不知名的年轻作家强势崛起，甚至引领一个时代的文学发展趋向，在我看来，是不可想象的。王干敏锐地观察到，"早期的先锋文学进入低谷，一些作家放弃或转型，另一方面一些更年轻的作家在进行新的尝试，韩东、朱文、鲁羊、陈染、林白、虹影、海男、邱华栋、李冯、丁天等继续坚持小说的实验性、个人性、形式感，形成了一股后先锋的浪潮"，"'新状态'是重新举起了先锋的大旗，特别是对自我的写作、个性化写作的确认，明确地用'新状态'这种自我游走的方式来表达。和'先锋文学'由创作发起不同，'新状态'是文学刊物介入文学思潮典型的范例，这在某种程度上也体现了《钟山》办刊的先锋性……虽然'新状态'的命名显得有些超前，但在推荐文学新人方面贡献卓著。尤其是对一些具有先锋品格的作家更是意义重大"[1]。

关于"新状态"，我发现更深刻的阐释可能涉及一个被许多当代批评家所忽略了的"当代性"问题。近二十年来，关于"现代性"的讨论很多，但关于"当代性"的研究似乎还比较少见。汪民安在《什么是当代》一书中对"当代性"进行了广泛而深入的研究，我很认可他所引用的意大利学者阿甘本的论

---

[1]《王干文集·说不尽的王干》，作家出版社，2018，294页。

述："当代性就是指一种与自己时代的奇特关系，这种关系既依附于时代，同时又与它保持距离。更确切而言，这种与时代的关系是通过脱节或时代错误而依附于时代的那种关系。过于契合时代的人，在所有方面与时代完全联系在一起的人，并非当代人，之所以如此，确切的原因在于，他们无法审视它；他们不能死死地凝视它。"阿甘本还进一步说，"当代人就是那些知道如何观察这种黯淡的人，他能够用笔探究当下的晦暗，从而进行书写。"汪民安接着说："也只有保持距离，才不会被时代所吞没所席卷，才不会变成时尚人。对于阿甘本来说，真正的当代人，就是类似于本雅明的游荡者或者布莱希特的观众那样同观看对象发生断裂关系的人。用尼采的术语说，就是不合时宜的人……阿甘本将这样的观看自己的时代、观看现在的人，称之为当代人。"①我如此地大段援引上述这些话就是觉得，王干发现并极力推介的"新状态"这批"新生代"作家及他们的创作，与阿甘本对"当代性"的论述极其契合，我甚至会产生一种错觉，觉得阿甘本就是在说这些作家和他们的创作。

王干正是因为看到了这批"新生代"作家作品中的"当代性"，也就是看到了他们文学创作观念中的与时代脱节、保持距离、无意契合主流文学甚至意识形态，进而意识到这是"新写实"小说之后的一种"新状态"。这种"新状态"完全不同于现实主义，也不同于"新写实"小说，虽然具有多方面的先锋性，但与已经开始式微的先锋文学又有着本质的差异。王干的宏观视野让他洞悉到，1990 年代的文学出现了一个最重要的现象，就是个体化和个人化与文学的集团化并存，一大批自由撰稿人出现了。如果 90 年代不出现大量的非体制内的年轻作家，没有一批人以自由撰稿人身份进入文坛的话，所有的旗帜都可能落空，因为这些个性化的提法往往是非作家协会化的。他们的自我化、个性化的写作，将现实的生存状态与作家自我的精神自传结合，突显了知识分子的叙事能力，是对文学市场化的反拨和抗争，也是

---

① 汪民安：《什么是当代》，新星出版社，2014，116—117 页。

对"新写实"小说知识分子叙事弱化的一种拯救。

在王干和《钟山》杂志的努力下，一批 1960 年代出生的年轻作家以从未有过的"先锋"姿态崛起于文坛，进而改变了中国文学创作的总体格局。邓晓芒在《批判与启蒙》一书中写道："真正的个体精神原则，在中国传统哲学中从未得到过根本性的确立，其原因显然在于中国数千年的'自然经济'的社会现实。但市场经济的健全发展则要求有个体精神的建立作为意识形态的前提。这种个体精神首先是对传统自然主义的否定和拒绝，要求个体既不像儒家那样对血缘共同体（社会）敞开心扉，也不像道家那样对大自然展示赤诚，而首先要有自己的独立人格（person，即面具）和封闭的精神世界，以这个世界（小宇宙）为基点、为依据而对自然和社会的现实进行判断和抉择。"[1]邓晓芒论述的当然不是文学，但他的哲学观点与王干对"新状态"这批 1960 年代出生作家的命名逻辑高度契合，"独立人格"既是他们文学表达的合法性所在，也确乎是他们存在的基石。

葛红兵则理性且深度地解析了"新状态"文学思潮[2]："'新状态'不仅仅是一个刊物操作策略，它更是一个深度理论命题，这个命题包含四个方面的内涵：一、它是中国当代文学告别'现代性'的努力，'现代性'的概念是西方中心主义的，先有'西方'和'西方文学的现代性'，按照西方尺度理解我们的文学是落后的，然后才有'中国'和'中国文学的非现代性'，而新状态文学命题的直接指认是中国当下的现实及超越，因而它是呼唤一种中国本土性的文学。二、它是中国当代文学告别'新时期'的努力，它是中国当代作家告别新时期那种国家、民族、社会等'总体'代言人身份回归纯粹的边缘知识分子角色，它是中国当代文学告别新时期那种堂皇叙事而进入小叙事的宣言。三、它是中国当代文学进入纯粹文学、个体文学的一个理论预

---

[1] 邓晓芒：《批判与启蒙》，崇文书局，2019，99—100 页。
[2]《王干文集·说不尽的王干》，作家出版社，2018，51 页。

想。"几年后,"新状态"也难以为继,此后的中国当代文学便在"底层叙事"与"新世纪文学",以及泛化了的现实主义中"空转"(王干语)。

六、"后新时期":"文学场"与王干批评的"在场"

我比较赞同"后新时期文学"这个说法,或者称命名,因为它涵盖有丰富的特定内涵,虽然与"新时期文学"有着内在关联,却是对"新时期文学"的颠覆与反叛,比起代际或某一时间的命名更富于学理性。丁帆、朱丽丽在洪子诚、孟繁华主编的《当代文学关键词》一书中,在"新时期文学"词条里对"后新时期文学"的发生作了详细论述,概括如下:1986年,刘晓波提出了"新时期文学危机论",认为"大多数作家作品受理性束缚太甚,呈现出艺术想象力的贫弱,缺乏发自生命本体冲动的艺术创造力"。自80年代末起,"实验小说"与"新写实小说"并肩而起,它们在与后现代的文化精神解构及80年代中前期的现代性启蒙叙事及文化理想方面达成了共谋,对于终极价值的舍弃和对旧有意义模式的拆解以及后者对于现实生存的书写,直接开启了90年代涌现的"晚生代"小说(作者注:"晚生代"即1960年代出生作家,亦称"新生代")。1992年,在《文学自由谈》上,谢冕发表《新时期文学的转型——关于"后新时期文学"》一文,最先提出"后新时期文学"这一概念,随后,冯骥才、张颐武、王宁等人纷纷撰文表示对这一提法的认可。①《新时期文学二十年》(王铁仙、杨剑龙、方克强、马以鑫、刘挺生著)也较为详细地讨论了"后新时期文学":金元浦认为,80年代末、90年代初社会主义市场经济提出前后,中国社会思潮与文化发生了根本性变化,理想主义"乌托邦"破灭,人生信仰逐步丧失或改变,启蒙主义热情消退,利他主义崇高感消解。在道德准则上,由传统集体主义向个人主义转化,由崇尚精神完善向物质实惠转化。人们不再关注政治历史

---

① 洪子诚、孟繁华主编:《当代文学关键词》,广西师范大学出版社,2002,156—157页。

的伟大推动者和伟大主题，而只关心生活和身边的"小型叙事"和"生活质量"。

张大海、孟繁华著文评价王干，是20世纪80年代以来的一位有着敏锐的艺术直觉，同时又兼有充分的理性分析，并能把握到文学发展趋势的批评家。自25岁时和同学费振钟、陆晓声联合署名在《文学评论丛刊》第25期发表第一篇文学评论文章以来，逐步进入文学活动前沿的王干通过自己的评论文章对朦胧诗和汪曾祺、王蒙、莫言、苏童等作家做出了理性而深入的分析，推动了同时期文学批评和文学发生互为促进的"在场效应"。在某种程度上，王干的文学批评验证了80年代崇尚变革、进步的时代精神，也为后来的文学批评和文学史研究者提供了反思80年代的有益参考。①就是说，作为青年批评家，王干早在近十年的"新时期文学"发展中就已经展示了他过人的才华，并取得了卓著的成绩，为批评界所瞩目；但我认为，王干在"新时期文学"向"后新时期文学"转型的过程中，由于他与王蒙的对话、关于"小说的后现实主义倾向"的发现与研究，以及对"新写实"小说、"新状态"的命名，并在《钟山》杂志策划推动进而形成"后新时期文学"之初两大文学思潮，更具有现实的与历史的价值，也包括文学史意义。而张大海、孟繁华指出的王干"推动了同时期文学批评和文学发生互为促进的'在场'效应"，我认为是切中了王干文学批评的肯綮。于是，在"后新时期文学"的视域内，关于"文学场"与王干批评的"在场"就成为我关注王干文学批评的另一个重要向度。

关于"文学场"，布尔迪厄所著《艺术的法则——文学场的生成与结构》一书有着较为全面的阐释。综合相关论点，摘要如下：一个自主和富有生机的文学场，像一个活动频繁的地震带。无论是文学场外部权力的斗争，还是文学场内部的代际更替燃起狼烟，都会从横向或纵向的角度引发文学场的震

---

① 《王干文集·说不尽的王干》，作家出版社，2018，30—31页。

动和更新。布尔迪厄把文学场的代际斗争称为老化逻辑，即先锋性的作家必然对正统和经典作家发起挑战。各种文学决裂层出不穷，而文学场的活力和生机，就体现在这些由异端挑起的生生不息的符号革命中。文学场的自主性促成文学代际间的挑衅、冲突，这些无休止的竞争就是争夺文学场定义权的斗争。文学代际的变换应和着当代文学和社会制度的转型步伐，推动着文学对历史沧桑、民族命运的反思，也促成文学对当代生存经验和语言的激活。文学场在社会结构中的尴尬处境使它仍然受社会权力场的支配，内部的自主原则面临外部政治、经济等力量的侵袭。受市场支配或政治导向影响的作家，不甘心在文学场内处于被支配地位，他们积极地与各种大众媒体、文化赞助商和审查机构联合，制造轰动效应和惊人的销售额，或者出卖艺术自主以讨好赞助商和审查机构的趣味和政治标准。这势必激怒自主性的文化生产者与他们分庭抗礼，竭力维护艺术标准的纯粹。[1]布尔迪厄不愧是社会学家和思想家，他将"文学场"放在大的社会背景里考察，将文学的生存与发展的内外机制描述得分外清晰与深刻，为我们阅读文学思潮的更迭、文学的发展提供了思想的支撑。

"新时期文学"以降，王干的文学批评是始终"在场"的。席舒云说："比较起来，立足于文学现场的批评，注重的是艺术本身，注重的是对作品的艺术解读；而立足于史料的文学研究，注重的则是作品的意义与价值。对于前者，作品是一个鲜活的对象，而对于后者，作品本身和关于该作品的研究成果都只是一堆史料，被学院式的研究过滤掉的，可能恰恰是文学现场批评中最有价值的东西。"[2]葛红兵强调了王干文学批评中更为极端的时间意识：一种即时感，他总是试图抓住"此刻"。"此刻作为一个时间概念在王干的心中地位太崇高了，他总是害怕'此刻'逝去得太快，总是企图作家们务必

① 参见布尔迪厄：《艺术的法则——文学场的生成与结构》，中央编译出版社，2001。
②《王干文集·说不尽的王干》，作家出版社，2018，21页。

珍惜'此刻'，在'此刻'写出有史以来最好的作品。"①郜元宝说："王干成名早，差不多'新时期文学'发动后不久就跃上文坛了。这样一个难得的文学谈话良伴，编辑《钟山》理论版期间，使这家杂志在全国兄弟期刊中成为翘楚，也就不足为怪。《钟山》过去十几年发现培养了许多青年评论家，命名推出了许多热闹一时至今仍被反复纪念的文学话题和说法，许多均与王干有关。"②王干自己则说："90年代关注的是是否在'场'，恐惧的是'缺席'，不在乎的是嘴脸。"③王干的义学批评与学者和院校教授们的批评有着迥然不同的方法及风格，他是感性的、发散性的，是直接面对对象的，且是睿智和前沿的，而不是学术、学问、研究和论文（关于朦胧诗的研究《废墟之花》除外）。他是最大可能地实现批评对创作的有效性，这当然有赖于他在"文学场"中的浸泡，还有他的敏锐与颠覆以往的勇气。我当然不能说，王干就是"新时期文学"的终结者，但他的多方面观察与研究都证明了他深刻地认识到了"新时期文学"的时代与历史的局限，这种局限几乎是无法逃避超越的。假如这一点已经为许多批评家，甚至作家所感知，那么王干对80年代末、90年代初社会思想与文学变异的发现与批评，则让他成为"后新时期文学"的觉悟者与重要参与者。

王干的"在场"批评是极其丰富多样的，甚至可以说是一个庞大复杂的存在，限于文章的篇幅，我只能是摘其要，略作梳理：

① 1988年冬至1989年初，王干与王蒙进行了十次文学对话，就"新时期文学"十余年来诸多文学现象和作家作品作了简洁却极其深入的探讨，批评家蒋原伦称其已经作为《新时期十年文学大观》的简写本，当之无愧地载入中国20世纪末文学批评史。在单篇发表时就引起很大轰动，成为当时一个显赫的文学事件，成书后更是多次再版。这是一种真正意义上的"在场"

①《王干文集·说不尽的王干》，作家出版社，2018，49—50页。
②《王干文集·说不尽的王干》，作家出版社，2018，2—8页。
③《王干文集·边缘与暧昧》，作家出版社，2018，13页。

批评，王蒙丰富的阅历、对历史深度参与和经验、对文学的洞悉与睿智，王蒙的思想与艺术观念在他那批作家中是超前的，他不是就理论而理论，是思想与实践的结合。王干的敏锐与发现、概括，对当下作家作品的广泛研究、对现实主义、后现代主义的分析，尤其是"后现实主义"概念的提出、对"60年代出生作家"创作的研究，使得这个对话精彩纷呈。而其中关于"反文化"的言说可以说是鞭辟入里的：王干认为，反文化与反崇高有联系，但是两个范畴的概念。反文化是对人类文明的一种反抗和不满，尤其是对工业社会异化人性的一种挣扎，而反崇高则是审美形态上的一种变异方式，这种"审丑"和对崇高的亵渎只是对古典美的一种破坏。反文化主要是一种后现代主义的产物，不承认历史感、深度感，甚至也不承认悲剧感、生命意识，认为世界是虚无的，因而要对已有的理性世界进行消解。特别是在后工业社会国家里，科学技术和知识的过度膨胀压缩了人类的生存空间，人完全被一种文化被一种技术所异化、所限制、所困缚，反文化不失为一种有效的反抗方式。

②1988年的时候，后现代主义还没有大规模地译介过来，而这无疑为王干对现实主义的理解及当下文学中所出现的溢出传统现实主义、吸收诸多20世纪文学理论方法的作品的认知提供了理论视角，超越了当时一般的文学批评观念。王干对现实主义的反思既有历史性的考察，又有对当下文学现实的发现与分析，同时也有着国际性的视野。他认为，20世纪的文学主潮可以看作是现实主义和现代主义相对抗、相消长、相补充的世纪，虽然有各种各样的现实主义出现，但已经都不是原初的现实主义了。由此，他提出了"第三代作家"的概念，并对他们近期小说创作中的"消解典型""还原生活""从零度开始写作""读者作者共同操作"等特征，敏锐而准确地概括出了"后现实主义"倾向，为随后他参与命名并推动的"新写实"小说思潮的出笼奠定了理论基础。

③1998年，"新状态"小说思潮虽然已经式微，但王干在与张颐武、张未民的对话中关于"60年代出生作家"的分析概括仍然具有文学史意义：

首先，我觉得这种新状态不是一种创作手法，也不是一种主义，它是社会文化的转型给创作带来的一种转折机制，这种机制使作家们得以回到了我们以前千呼万唤的文学本体。这是一种生活流，生活状态之流的文学表现。市场化的新经济形势给文化的最明显的影响是雅俗分流，亦即文化的多样化问题，而给文学带来的最大焦虑则是纯文学的困境和调整。在一定的意义上讲，面对市场经济的巨大压力，文学反而有一种解放感和超越感，纯文学作家正在获得一种新的写作姿态，就是要面对当下的生活状态写作，面对自己的内心体验而写作，这将是一种自由和自然状态下的写作，它更加靠近文学本体了。"新状态"是现实的生存状态与作家自我的精神自传的结合，叙事者与作家是一回事儿，具有了作家身份，可以称其为知识分子叙事人。

④王干对 90 年代作家的文化心理的概括分析也是独特与深刻的。他认为，80 年代末期，文学的轰动也随着启蒙的消隐而陷于沉寂，作家原先理想的文化心理结构受到重创……近六年来作家队伍的分化、文学情态的动荡、文化心理的变异，成为 21 世纪前夕奇诡的文化风景："从自卑到自慰：低调感伤中的历史逃遁""从自嘲到自省：京式幽默与解构长矛""从自救到自圣：拯救的悲壮和困乏""从自虐到自杀：虚无主义还是凤凰涅槃"。

⑤对文学"命名"的认知与理解，或者说其中的甘苦与滋味、利弊与得失，作为"在场"批评家的王干肯定会比其他批评家体会得更深。他说："命名"式的研究变成当代文学划分边界的一种办法，因为只有确认边界之后，研究者才有可能进行有序的阅读和归类，否则就会淹没在作品的汪洋之中。很自然，这种命名和划界又使研究者陷入二律背反之中，当代文学的发展呈多元趋势，命名和划界又是以一元的方式进行的，这就造成了某种不确定性。毕竟，所有的概括都是以牺牲文学的丰富性作为代价的。因而命名者本身就首先使自己陷入一种围城之境，虽然他本想为城中的人开辟一条突围之路，可没想到他自己首先必须被围困。这种命名的困惑、定义的困惑成为人们质问当代文学研究最有力的证词。

⑥王干对"新时期""'文革'后"和"世纪末"文学概念的辨析也颇有说服力，显示了他"在场"的敏锐与文学史视野的广阔。在他看来，"新时期文学"的命名显然是政治性的，已经无法涵盖1985年以后的文学了，所以，"'文革'后文学"是更好的提法，除了文化的因素外，更主要的因素是近十年来活跃在文坛的作家、诗人、理论家都经过"文革"的"洗礼"，"文革"给他们的写作生涯所带来的特殊色彩乃至特殊作用却是不可否认的；另一点是，1985年以前的文学作品无不是以"文革"作为最重要的题材，其主题是不断地否认和批判"文革"。"世纪末"文学较好地概括了这一个时期文学思潮、文学运动、文学作品和作家心态所呈现出的那种焦灼、浮躁、骚动与喧嚣，那种极度渴望而又极度失望、那种极度热烈而又极度冷漠、那种极度疯狂而又极度空虚的情绪。

⑦王干当然不只是对文学思潮与现象感兴趣，其实他写作了大量的作家作品论，其细致入微与尖锐深刻在"新时期文学"以来的批评中也是不多见的，这也是他之所以能够敏锐地感受到文学思潮的暗流涌动的根本所在。看看他对马原和莫言的批评，我们就可以领略到一位真正的"在场"批评家的勇气与锐利。王干批评马原1987年以后的创作是自我消退，无端地消耗他所特有的良好艺术知觉和语言禀才，在不断地稀释偶然得来的一点灵性和感悟，将他初期小说创作中隐藏的非现代因素膨胀到俗不可耐的地步。写作《错误》本来便是马原的一个错误，在周围的编辑和评论家们的怂恿喝彩下又写作了《上下都很平坦》，在这部长篇小说里，马原的生命汁液被消耗得几乎虚脱，语言的灵敏度也被磨砺得迟钝。马原用他的自信创造了自我，同时也用自信葬送了自我。王干是这样批评莫言的：莫言在反文化的旗帜下干着文化的勾当，他在亵渎理性、崇高、优雅这些神圣化了的审美文化规范时，却不自觉地把龌龊、丑陋、邪恶另一类文化神圣化了，也就是把另一类未经传统文化认可的事物"文化化"了。因此，虽然偶像的面具替换了，但膜拜的仪式和情感的虔诚并没有丝毫的变异，莫言那种精神被奴役的本质依

然如故，依然充当文化的奴隶。莫言近期小说，那些天马行空自作主张的叙述语流所呈现出来的是一个极度膨胀了的自我发泄狂、自我虐待狂、自我崇拜狂的形象，他以为充分地自由地倾诉了自我对优雅文化的种种恐怖、仇恨、厌烦、反感、恶心之后，就算完成了反文化的历程。莫言如此无视阅读的意义，正出于潜在的文化优越感，才会居高临下地去亵渎读者侵犯阅读。

⑧上面这样的批评文字，在当下的文学语境中，或许有人会将其误读为酷评。不仅是因为被评者均为当代一流作家，还因为王干的用力也相当劲猛。但事实上，当年的批评界包括文学界，没有人这样看待王干的作家论。以王干的学养、智识、敏锐，尤其数十年在文学界的浸泡，他当然用不着以此来博人眼球。之所以如此尖锐，恰是因为他真诚、率性的个性，还有一种视文学为生命的热爱。所以，如莫言者，与王干都成了"不打不交"的朋友。王蒙也说过，王干批评的锐利并不是针对某个人，而是对文学中的一些现象发言。当然，王干的作家论多数是建设性的，中锋用笔，周正不阿。比如多篇关于王蒙作品的批评与研究，但因其与王蒙的对话影响太大，多少遮蔽了那些文章的识见与才华。但对汪曾祺的系列批评（收《夜读汪曾祺》评论集），却是产生了振聋发聩般的巨大影响，对 1980 年代兴起且绵延至今的"汪曾祺热"起到了推波助澜甚至是引领性的作用。作为高邮老乡，王干与这位忘年交的文学大师自是有一份别样的情感与特殊的理解，但这也只不过是一种背景或者说机缘。更为重要的是，王干深刻地发现了一条经由陶渊明、苏轼、归有光、郑板桥、废名、沈从文等延伸而来的、带有出世情怀的文人雅士所形成的中国传统文脉，而汪曾祺也许是这一文脉的最后一个大师。王干认为，凝聚在汪曾祺作品中的核心价值内容，是他追求和谐的美学思想和美学精神。这样的思想精神让他的作品在处理与生活、与人物、与语言的关系上，体现出从容淡定、虚实映照的人道主义境界和中国化的艺术品格。他的作品激活了传统文学在今天的生命力，唤起人们对汉语文字的审美趣味，打通了文学创作与民间文学的内在联系，将知识分子精神、文人传

统、民间情怀有机地融为一体。王干从汪曾祺的小说里得出了这样的结论，文学的功能在挖掘表现日常生活的诗意美感时应该超越时代政治的限制。清明的政治社会格局下也存在着黑暗的角落，黑暗腐败的旧时代里也会有人性美和生活美的闪光。于是，王干不吝誉美之词，提出或者命名汪曾祺是"被遮蔽的大师"。在王干看来，汪曾祺的"大"，在于融汇古今，贯通中西，将现代性和民族性成功融为一体，成为典型的中国叙事、中国腔调。王干对"汪学"研究的推动并未就此止步，近十年来，王干还积极参与"里下河文学"现象的研究；以汪曾祺为重要的支点，推动"里下河文学研究"一步步走向深入和开阔。

"一种全新的、争取合法性的文学观的提出，必然伴随着对传统观点的质疑和颠覆。在提出文学场方法的同时，布尔迪厄揭示了两类'神话'传统，即只从文学与社会历史关系确定文学价值的外部阅读，和局限于作品内涵的符号结构来挖掘文学意义的内部阅读。""如何解决内与外的关系？布尔迪厄的思路是：建立和生成结构主义的阅读，从而研究文学内外的传统、权力对文学意义的轨迹。这一思路将文学作品的自律形式和社会历史置于同质异构的文学场空间中，实现了形式和历史的有机交融，避免了某一本质主义思路对意义的执着和遮蔽。"①王干的"后新时期文学"的"在场"批评佐证了布尔迪厄的对"文学场"的理论阐释，也使他成为中国最具"当代性"的批评家之一。

七、"南方文体"及"朦胧诗"

读《王干文集》，也包括近年来与他的交往，主要是下围棋，我感觉作为批评家的王干无疑是一个理想主义者。在进入批评的时候，他几乎就在一

---

① 张意《文学场》，赵一凡等主编《西方文论关键词》，外语教学与研究出版社，2006，584—585 页。

个忘我的情境里，与作家的写作或艺术家的创作一样，这当然是一种状态，也是一种精神，还有一种无法言说的性情。当今很多文学理论批评报刊中的论文，或者专著，几乎是千人一面，卒读都十分不易，更奢谈语言风格。所以，80年代王蒙的文学随笔，或90年代中后期孙郁谈现代文学的文章都是我所喜爱和效仿的。近几年，我也想在批评的语言风格上，或者往大里说是批评文体上有所追求，即一种笔记体的、思维的随意性、语言的想象性，读哪记哪，留下读记时思想的痕迹，大概就是王干所说的原生状态；而语言风格呢，也是想散文化，一种叙述加抒情，且充满了画面感与意境的文字。殊为不易，似乎努力也不可得，但却终究心向往之；所以，我对王干追求的"南方文体"甚以为然。

王干是这样描述他所谓的"南方文体"的："南方文体是一种作家的文体，是一种与河流和湖泊相对应的文体，它的流动，它的飘逸，它的轻灵，它的敏捷，并不能够代替北方文体的严峻、凝重、结实、朴素。北方文体是学者的文体，这是与山峰和长城密切相关的文体，在文学理论和批评领域里，北方文体始终占据中心和主导的地位，而不像南方文体处于边缘的、被遮蔽的状态；北方文体追求立论和结论，而南方文体更注重过程的状态；北方文体相信公共原则，而南方文体则倾向个人化的语体。北方文体与南方文体呈互补胶着状态，不可对它们简单言说优劣、高低、长短，它们都有存在的必要。""直到如今，我的评论文字仍含有大量的描述成分，有时描述甚至大于说理。我对描述有种特殊的喜爱，因为我在描述时感到笔端有种说不清的滋润和灵魂。"[①]王干还说："很多人觉得我的评论好看，可读性强，原因就是我的评论内部隐藏着一种叙述的东西，这我是有意为之。比如评论一个作家作品的时候，不是议论他，也不是评介他，而是叙述他，叙述这个作家他

---

① 王干《自序：寻找一种南方的文体》，《王干文集·边缘与暧昧》，作家出版社，2018，235页。

哪里好，或者作品哪里好，这就是我评论语言的叙述化。我受古代文风影响比较大，有时候会带有抒情成分。比如诗评，我追求的境界，简单地定位就是以诗评诗。"①

这里面，王干并没有具体地将何谓"南方文体"列出一二三，而是使用了一种散文化的语言，形容，或比喻，概括了"南方文体"的整体性状，并将其与假想的北方文体作了比较。有趣，或者反讽的是，连他所获得的鲁迅文学奖，也是其中的散文随笔奖，而非评论奖。可见他对散文，或者说对批评语言散文化的追求。《废墟之花》一书是关于朦胧诗的系列研究，可能是朦胧诗本身所具有的诗性与意境，影响了研究者的情绪和语言，使得这本专著通篇洋溢着灵魂飘逸的文采，颇有一种南方文化的空灵与俊逸。还有一篇批评张承志小说的文章《张承志的绝境》写得也是诗意盎然，不妨引一段看看："张承志正堕入一个美丽的陷阱之中，他每反抗一次，现实便要以加倍的反弹力将他掷入老远老远的空间。现在，张承志已经被自己的行动和反弹力推向峭耸的悬崖，向前走去固然景色诱人但也虚幻莫测，说不定是万丈深谷，向后退去则是世俗的肮脏的气息。他不能前进也不能后退，他只能握紧拳头，昂首云端，脚踏山峰，义无反顾地坚守自己的精神领地。绝境上的张承志是一尊动人的雕像，虽不似普罗米修斯那么光彩照人，也不似大卫那么英俊优美，但他用文字所凝成的那样一种无望而奋斗的精神，进入了人类精神跋涉者永恒辉煌的生命境界。"②但这样的文字在多数的小说与思潮、现象的批评中就很难见到，多少都有些阐释的焦虑的味道。所以，像鲁迅的文章那样，保持着一种优美且极富意味的老道的语言风格是十分不易的。

我们再来看看文学界的名家们是怎样评价王干的文学批评风格的：

①《王干文集·说不尽的王干》，作家出版社，2018，260页。
②《王干文集·废墟之花》，作家出版社，2018，397—398页。

　　王蒙在为王干的专著《世纪末的突围》写的序言中说："王干很喜欢写批评性质的文章，批评一些正在被看好的作家，批评这个误区那个误区，有点哪壶不开提哪壶的味道。文章虽然尖锐，用词也颇花哨，但还是力图进行带学究气味的文学学术探讨，主旨不在褒贬，更没有个人的亲疏恩怨利害，他盯着的是文学不是"人学"（借用此词，不是高尔基的原意）。他不怎么赶时髦，毋宁说他的某些文学见解还是相当平实的。"①葛红兵说："王干几乎不用文末注，这不是因为王干的文风问题，而是因为王干的时间意识：他重视的是那个引文对于他这篇文章的即时性意义，而不是那段文字的历史价值。"②李洁非说："约当1987年左右，那时他关注的对象，应该主要已置于小说。王干的小说评论，以鲜活的感性和'在场''直击'的经验形态有别于同侪，但其诗歌评论，却偏偏走着理性、思辨的路线……照这几篇诗歌论文来看，转做小说评论后，他完全有能力亦更有理由，拉开架势去写那种高头讲章、体大虑周的作家论、作品论一类文章，然而他反而不这么干了，摇身一变，以轻骑兵方式在小说评坛冲锋陷阵，大量地写一些及物即时、随物赋形、见情见性的文章。"③郜元宝说："王干是评论家，但他的评论不是从理论（或学问）到作品，而是直接从文学中而来，从作品中而来，从对作家贴近的了解而来，从极私人的阅读感受而来，最后也回到文学中去。王干写过大块头理论文章，显示了他的气魄和学识，但我更喜欢他那众多短平快似乎并不十分用力的点穴式文章，直抒胸臆，摆脱学理化纠缠，与读者一起身临其境，近距离触摸文学的脉动。王干把自己的一本评论集命名为《南方的文体》，大意是说他刻意追求南方的滋润、灵动、平易、丰满。这是中国批评史上不绝如缕的一个传统，重实践，重感悟，重批评文体与时代文学中最有生气的语言精神的吻合，避免远离文学、高于文学的隔膜的高头讲义。尽管

①《王干文集·废墟之花》，作家出版社，2018，245页。
②《王干文集·说不尽的王干》，作家出版社，2018，50页。
③《王干文集·说不尽的王干》，作家出版社，2018，96—97页。

一段时期他也曾经迷恋过现成而多半是舶来的概念，但他很快就告别了这种非生产性和依赖性概念操作，离开僵化和强制的概念的轨道，漫步于生活故有的漫无涯际的词语的田野山林。"①王干提出"南方的文体"，捍卫的正是文学现场批评的正当合法性及其文学价值。

关于"朦胧诗"，就不想在这里作更细致的论述了，简要引用几位批评家的观点，也可以窥见王干早期诗歌批评的面相和风采。葛红兵认为王干对"朦胧诗"的评论显示出他的审美悟性与批评天赋："他对文学的理解几乎是天生的，这似乎可以解释为什么他当初走上文坛是从诗评开始的。80年代中期他关于朦胧诗的系列论文就是如此。那时他不过是一个二十六七岁的年轻人，然而他却一口气写出了《反思：理性与非理性共生——论朦胧诗的哲学背景》《直觉的苏醒、思维结构的嬗变与调整——论朦胧诗的认知方式》《悲剧：人的失落与人的呼唤——论朦胧诗的理性支柱》等系列论文，涉及朦胧诗的审美特征、语言方式、哲学内涵等方方面面，成了国内研究朦胧诗最系统、最前沿的专家之一，对于一个二十六七岁的青年人来说，他的人生经验也许是不足的，但是他过人的审美悟性，给了他早慧而过敏的灵魂，帮了他的大忙，使他在诗评的领域里显得游刃有余。"②李洁非认为王干的"朦胧诗"评相当学院派，"我们不可据以认为，王干诗歌评论一味以观念、创想为先，缺少对诗人作品的灼见与发微。实际上，正如我前面所说，诗评家王干相当'学院派'，相当注重文本解读。有时候，此种功夫或功力，近乎达到洞穿对象的地步"③。

其实，不论别人怎样评价和看待王干，他对自己的文学批评是有着清醒的认识的。他甚至于迫不及待地要建立"树"的意识，这不仅来自批评内部，也来源于批评对象的驱动力。所谓"树"的意识，在于"猫头鹰"必须

①《王干文集·说不尽的王干》，作家出版社，2018，4—6页。
②《王干文集·说不尽的王干》，作家出版社，2018，47—48页。
③《王干文集·说不尽的王干》，作家出版社，2018，99页。

寻找只属于自己的树，既然批评作为一种对象科学，就必须拥有自己独到的不属于别人的领地。无对象的批评是不可能成立的，泛对象的批评也即是没有对象的批评，无所不评、无所不论的"全知批评"，实际上是对批评本身的一种嘲讽。①

读王干的文学批评是轻松愉快的，就如同到体育场观看足球赛，热烈而刺激，紧张而充满悬念，你无法预判结局，也不知道下一分钟会出现怎样的场面；而且还不单调，什么都谈、都论，洋洋洒洒，飘逸无踪；尤其是对话，博学机敏，左右逢源，谈锋甚健。在"文学场"中浸润四十年的"在场"批评，王干的青春没有虚度，他的非凡才华与禀赋不曾虚掷，他参与并推动了"新时期文学"，尤其是"后新时期文学"的建构，当代文学史上留下了他坚实厚重的足迹。长于概括、精于策划、敢于命名的特质，亦贯穿了王干的整个批评生涯。

不知道是否可以说，没有王干的批评与命名、策划，中国新时期文学在最初几年诸如"伤痕文学""反思文学""改革文学""寻根文学""先锋文学"之后，就很可能没有了后来诸多的思潮与主义。当然，假设只能是假设，它不具有理论命题的价值与意义。

八、王干的背影

1990 年代后期，王干突然转身，离开一直任职的文学期刊，担任江苏出版的《东方文化周刊》主编，把文化注入这份以影视、娱乐为主体内容的大众文化类刊物，并开始了自身的大众文化研究。从足球到娱乐明星，从围棋到武侠，从影视到网络文化，无所不包，触及面之广、之深令人震惊。苏童说："王干开始梳理大文化的头发，这是一堆貌似时尚其实苍老的乱发，需要更大的耐心，需要更大的力量，从赵薇到金庸，从尼采到鲁迅，从足球

①《王干文集·废墟之花》，作家出版社，2018，354 页。

到麻将，王干侃侃而谈，词锋犀利而精准，似乎在帮助我们分析每日呼吸的空气。"①郜元宝这样评论道："王干近年批评文字多与文化有关，继文学评论集《世纪末的突围》《南方的文体》《朦胧诗论集》《边缘与暧昧》之后，又推出了文化评论集《灌水的时代》《赵薇的大眼睛》，但王干没有落入'文化研究'圈套。其实，他谈文学时就很不老实。在他眼里，文学是多面的，本来就和文化息息相关。由文学而文化，或者由文化而文学，十分自然，不用聒噪。所以他一边谈文学，一边谈围棋，谈足球，谈无厘头电影，谈切·格瓦拉，谈武侠，谈麻将，谈中国电影的'人妖'现象，谈女权主义和女性文学，谈犹太复国主义，谈'赵薇的大眼睛'。这些文章看不到虚张声势的'文化研究'，只有文学批评家王干一贯的机智、热情和提问的冲动。在文学歉收期，这对他无疑是一种解放，一种精力的保存与转移。"②"其实王干的文学评论、文化批评和散文随笔，尽管主题有侧重，文体有分工，但彼此之间并无不可逾越的鸿沟，在语言方式和智慧形态上可以相通之处甚多，视为广义的杂文，也未尝不可。"③

祝勇认为："王干的《赵薇的大眼睛》（江苏教育出版社 2005 版）是一部关于 20 世纪 90 年代以来大众文化的书，在这本书中，许多正襟危坐的正牌作家、深奥难解的文学术语和名目繁多的团体流派让位于司空见惯的文化符号：小燕子、无厘头、春节晚会、美女作家……王干将后者命名为'新世俗文化'。""人民群众并不需要接受教育，他们需要的只是娱乐和消费。这是一种深刻的隔膜，这一隔膜揭示了两种文化形态间的对立与敌视。王干透过这些变幻莫测的文化泡沫，看到了当代人类文化家园的迷失。文化在欲望的勾引下正一步步背离它的本质。"④王干自己也认为："我现在文字写得比较

---

① 《王干文集·说不尽的王干》，作家出版社，2018，138 页。

② 《王干文集·说不尽的王干》，作家出版社，2018，8 页。

③ 《王干文集·说不尽的王干》，作家出版社，2018，9 页。

④ 《王干文集·说不尽的王干》，作家出版社，2018，58—60 页。

好一点的，可能是随笔类。随笔是随便写写感受的，太把它当回事反而写不好。很多散文家的散文写得不好，就是他把它当正业做了。"①

王干说得很轻松，干得也很潇洒得意，甚至风生水起。不过，我觉得这只能是文学批评家王干的背影。不是说大众文化不重要，而是说 21 世纪初年的中国文学已经走过了二十年的历程，回望之，不免觉得有几分寂寞与无聊。郜元宝说："曾几何时，中国文坛缺了王干就缺了一份热闹，但文坛热闹的过去，是否也意味着王干的过时呢？"②

王干过时了吗？不知道，我真的不知道……

① 《王干文集·说不尽的王干》，作家出版社，2018，262 页。
② 《王干文集·说不尽的王干》，作家出版社，2018，2—8 页。

干老的干和老

——读王干文集有感

刘根勤

　　为一位传奇级的评论家写评论，类似于将一位大厨的绝活组合成一道杂烩，味道还不能太差，以免有损大厨的水准。这个难度，不可思议。

　　不过，也可能因为"传主"过于威武，他的文章太多，写他的文章也太多，为了刻意追求"不落窠臼"，只能如此了。

　　被称为"干老"而又出了文集的，文坛上除了王干，没有第二人。

　　我一直记得王干在许多场合的自我介绍：王干，本名，非笔名。

　　中国人，尤其是江苏人，比我年长的，用"淦"起名字的比较多，但一般是双字，比如科学家王淦昌。查字典，没啥意思，就用于人名。

　　因此，一听到"王干"这名字，就知道是"干"字。

　　我曾说过，王干之于当代文坛，类似于古龙笔下的陆小凤，陆小凤偶尔行侠仗义，平时喜好一切美食美酒美文美女。

　　王干的女人缘，想必是极好的，但我不得而知。我所了解的，是他在文学上的干劲，四十年笔耕不辍，还有来者不拒的酒风。

最近一次见王干，是在 7 月初，在广州。

他是应大湾区文学研讨会邀请而来，会议规格很高。

第一天晚上，广州青年作家刘迪生召集酒聚。迪生是《华夏》杂志总编辑，交游广泛。当晚同席的都是南北文学名家，比如《小说选刊》前任主编，比如香港的罗光萍女士、深圳的吴君女士，还有广东文学院院长熊育群先生。王干是主角。他拉我前往。我也没把自己当外人，直接前往。我也没经他同意，代邀了他早年教中学时期的学生、在广州国企工作的宽哥。宽哥夫妇都是他的学生。师生阔别多年，各自安好，甫一见面，万分惊喜。

同席者都是智者，但对干老十分尊重，毕竟相对于他的年龄，他资历极深，人缘极好。席上气氛热烈，我们共同的故乡——小城兴化，也格外受到大家的好评。文人的单纯、真诚与热情，于此可见一斑。

酒酣耳热时，王干提起他的皇皇文集，迪生就求书评。他就吩咐于我。我受宠若惊，连忙应承。他一回北京，11 本皇皇巨著如期而至。可见王干言行高度一致，虽"得鱼忘筌"之余，还能完善细节，真正的古人之风。

9 月下旬，我就王干的散文写了一篇 5000 字的评论，标题是《王干散文欣赏：惟能诚于人，方能诚于文》，一时有才尽之感。

不到半个月，王干又来催稿，这次是整部文集，更是临深履薄。许多专业的评论，读起来好生吃力，不只是量大，也不只是专业，而且文体多样，尤其是那些多年前的文学评论，许多作家与话题，都是"城南旧事"了。但他作为一个活人的纯真、聪慧、热情、大度，以及这些优良品质衍生出来的坚强毅力——他甚至不觉得自己是有毅力的人——却具有了恒久的话题价值。这甚至超越了文学本身的价值。

他对我说，现在两样东西很热，一是文学，一是足球。

关于文学，有一句台词说得烂大街了：文学源于生活，高于生活。

我始终觉得，文学永远高不出生活，如同人永远高不出自然。

王干与他的文学，还有文学批评，就是自然与生活的一部分。

他字里行间的温度，人性，人民性，中国气质，时代特色，个人风格，全是只此一家别无分店如假包换的。

他说汪曾祺汪老是"讲好中国故事"的代表，他自己何尝不是？

他是一个标本性的存在，他的青春，与改革开放同步，他是这40年中国文学的见证者、参与者与推动者。

他更是一个鲜活的人。他的博闻、他的有趣，都是让人过目不忘的。

文学史上的王干：王干的能干

王干是年轻的。

他的成名，几乎是伴随他的成年。也就是说，他在18周岁前后就已经成名。现在人还在父母的伴读下读高中，他就已经在文学界与批评界崭露头角。

大家叫"干老"，实际上他是"60后"。现在算起来，也还是"中青年学者或作家"。更何况他的精神面貌，永远是容光焕发笑意盎然。作家徐坤说他是"南方的帅哥才子"，学者丁帆说他是"一见面却是一个大眼睛滴溜溜转的小年轻"，够形象。

王干的成名史，专业人士都耳熟能详。

不过我觉得还是有必要简要复述。

1985年，中国社科院文学研究所与《文学评论》编辑部在昌平开办第一期文学评论研修班——这个班后来被戏称为"黄埔一期"，丁帆担任班长，王干是班里同学。王干小他8岁，当时还在高邮党史办工作，青春靓丽，却在外界人心中留下了一副"老者"的形象。当时，王干是研修班里听课最认真、读书最勤奋、写作最频繁的，这些都是他的核心竞争力。他挑灯夜读贾平凹的《商州》，为熄灯问题几乎跟同学翻脸。

当年他站在王蒙家院子里的枣树下，一脸阳光灿烂，如同北方暖冬里一株小树般极力向上挺拔。几年的时间过去，王蒙家的院子里依旧有两棵树，一株，是枣树，另一株，还是枣树。

据可靠资料记载，王蒙跟王干进行十次对话的日子，具体应是在 1988 年至 1989 年之交。其时，王干也就是 28 岁左右。

用批评家蒋原伦的话说，王干 28 岁时的这一部《王蒙王干对话录》，已经作为"《新时期十年文学大观》的简写本"，当之无愧地载入中国 20 世纪末文学批评史。

王蒙是作家，也是官员，王十与他对话，建立了自己的专业地位。在此之前，他的人文底蕴与人脉已经十分深厚了。

他的家乡兴化，以及他所工作过的毗邻的高邮，人文荟萃。历史上出过词人秦少游、小说家施耐庵、扬州八怪代表人物郑板桥、朴学大师王念孙王引之父子、文艺理论家刘熙载，当代则有继承光大高邮文脉而被王干戏称为"等于文学"的汪曾祺。

王干文集 11 本，涉及的中外作家上百，各种国籍性别年龄，但核心还是江苏男性作家。这几乎可以说是一个现象级事件。

到南京后，他先是在《钟山》杂志做编辑，后到省作协创作室当领导，管理专业作家。江苏那么一大帮有名的作家都在他手下。10 多年后他调到北京，又在《中华文学选刊》与《小说选刊》等全国名刊负责，更是胸怀全国放眼世界。用他的好朋友赵本夫的话说，他不大像个领导，更像全中国作家的朋友和秘书。

早在 20 世纪 90 年代，《钟山》曾先后首倡"新写实""新状态"小说，王干都是主要的策划者之一，"新状态"的概念就是由他提出来的。这两个概念，都催生了一大批优秀作品，引起当时文学界的轰动。当然，也引来很大争议。但王干的厉害，在于"轴"，认定一个理就走到底，他不介意外界的批评和争议。他认识到，作为一家在全国有影响的大型文学期刊，在新时期文学蜕变、发展过程中，不应当是被动的，应当有自己的声音，有所观察，有所思考，有所梳理，有所倡导，有所展示。

后来，他又策划了"联网四重奏"活动，由《钟山》《大家》《作家》《山花》四家有名的刊物共同拿出版面，推介文学新人，这个活动持续了几年，成为文学界引人瞩目的事件。很多活跃在当今文坛的青年作家，都得到过王干的热情帮助。

作为批评家的王干，更为耀眼。在当今中国文学界，王干更多是以批评家出场的。王干过人的才华、聪明、敏锐，是大家公认的，他的视野之开阔，视角之独特，行文之机智，都是独树一帜的。和他在编辑岗位上一样，他时刻关注着那些著名作家的创作动向，因为他们对文学的思考和实践，常常代表了当时文学的高峰，研究他们和他们的作品，研究他们的创作思想、创作感悟，无疑可以站在文学的制高点上，对整个文坛起到启蒙、引领和推动作用。

王干的文学批评是真正的、独立的文学批评，他并不一味肯定和褒扬，他只肯定那些他认为应当肯定的作品，对一些他认为不那么好的名家之作，也毫不客气地指出作品的缺陷和问题。在关注著名作家的同时，王干还关注那些不知名的作者。他的批评富于洞察力而又不失公允与温和，对所批评的作家，无论他们处于什么地位，都能得到应有的提升。

在《钟山》期间，王干从个人写作与社会活动，极深地介入了文学。他关注的范围很广，是那个时代真正具有全局眼光的为数不多的批评家之一。与此同时，南京本地一大批青年作家接连冒出来形成蔚为壮观的"南京青年作家群"。这个群落在全国作家队伍中旗帜鲜明，风格独特，将来的文学史绝对应该大书特书。王干是该作家群的重要组织者和推动者。因此可以说，他早已进入当代文学史。

小说界有这么一个说法："一个地区有一个像王干那样的批评家特别重要，要不咋能那样快推出一大批文学新人来呢？"还有一句话说："王干就像一个头羊，率领着江苏的群羊，一拨一拨地冲向中国文坛牧场。""咱们怎么就不能像南京《钟山》那样往外推新人呢？你看王干，做出多少江苏新人出来？"

他有本集子，30多年间集中于江苏作家，一共30余人。从老一辈作家高晓声开始，到中年的赵本夫、周梅森、苏童、叶兆言、范小青、朱苏进，再到后来的"断裂"作家群，以及更晚一辈成名的作家，江苏知名作家基本上是"一网打尽"。

几十年来，江苏文坛，尤其是南京文坛，还有他最熟悉的兴化与高邮文坛，新人辈出，除了跟这些人的自身努力，跟苏童、叶兆言等榜样力量的鼓舞，跟江苏成批文学杂志社的编辑们的栽培分不开，还跟全国各地文学界一批同是60年代出生的、正在年富力强有朝气有才干的年轻男编辑同志们的辛勤培育也分不开。他们共同在为推举新人、为中国的当代文学建设在进行着无声无言实实在在的努力。

从南京到北京，王干不但担负着文学评论家的身份，还有一代名编的头衔。他奖掖新人、炮制概念、开拓阵地，他推波助澜、奔走相告、张弛有度，他的大嗓门、好酒量还有妩媚的眼神，都指向四个字：成人之美。

一代作家的成长，总是与一代批评家、编辑的成长密不可分。比起那些"述而不作"或"著而不述"者，再或者是那些喜欢在年轻人的头上打一棒，专事"解构"与"颠覆"，然后建构自身者，以王干为代表的批评家、编辑的劳动应该说更有意义，也更应该得到广泛的认同和尊重。

差不多40年的文学批评实践，王干已经建立起一种新型的批评写作文体：南方的文体。用他自己的话说，"南方的文体不是一个流派，也不是一个'主义'，更没有宣言，他是评论的一种状态，一种犹如蝉之脱壳之后的新状态。南方的文体是一种作家的文体，是一种与河流和湖泊相对应的文体……"（王干：《寻找一种南方文体〈自序〉》）

王干用这样一种方式给自己的批评定位，足见他的智慧。是文体而不是体系，这样既避免了打正面的遭遇战，免受一切所谓"正统"学人的诘难，同时又聪明地给自己确立了从边缘向中心突进的某种可能。实际上已经不是"可能"，而是一种既定的事实，他用他40年创作批评的实绩，赫然矗立在中心的位置上。

"南方"的概念，并不学术，而属于一种"文化"或者"文学"的感性称谓。

美国学者王德威的名作《南方的堕落与诱惑》，是研究苏童的代表作。他说，苏童的笔下，喷薄着南方的衰落、腐朽、阴郁、淫靡与绮丽，构成了世界文学史上的"南方"景象的一部分。

王德威的学院派背景不言而喻，尽管他的观察不乏深刻与准确。但他显然没有注意到"南方"的庞大内涵。不要说广东与香港才是真正的南方，苏童代表的是江南。即便是江南，上海与南京也大不相同。而王干，这位来自苏中平原的壮硕男子，用他独有的质朴与聪慧，"重构"了文学与文学批评中的"南方"。

"南方"的王干，元气淋漓，既无京派的高蹈，又无海派的柔靡，与当下南京的平实，倒有几分天然的渊源，而他的阳光，也是当今文坛独一份。他不是学院派，却是体制内，而且占据了主流的地位，嚣张跋扈，而又中规中矩，他以这份奇崛而又温厚的姿态，行走了数十年，声势浩大，从未衰减。

王干的文章多，写王干的文章也多，我觉得来自东北的美丽女作家徐坤写王干的文章最好。先看看这段："用'南方'这一地理方位来标识王干，盖是由于受了他的新著《南方的文体》的启发。橘生淮南而为橘，逾淮北而为枳。中国南北学术风格传统的差别，便是将南方的帅哥才子，一律做成北方的领袖伟人。王干因其生与长都在南方，荫着南方树木的葳蕤，吸附着南方秀水的氤氲，因而灵动，因而茂盛，因而稠密，因而耐力持久，因而能在风口浪尖上随中国的新文学思潮颠簸跌宕直干到今。"

徐坤的观察敏锐，文笔优美。但她有句话我觉得大可商榷，她说王干的热情与仗义不像南方人，倒像他们北方男人的血性。我想说，姐姐你这是典型的"刻板印象"，欢迎你到王干的家乡走一走，感受一下。江淮男人的底蕴与才情，其他地方的固然难以比拟，豪情与壮志，你们又岂能想象？

王干身上的动物性，或许接近传说中的北方人。不过故里江淮，本来也是南北交汇地带。说实在话，就现在他这年龄，还有这精气神，气血鼓鼓，别说文学界，军界恐怕也不多见。老天爷让他超人的精力倾注到文学中，这是文学的福缘。但他又不是心胸狭隘的自了汉，闭门造车，专门利己，而是众乐乐，美美与共，与大家一起享受一起成长。

王干热爱生活，迷恋家乡，崇拜前辈，欣赏才华，尽力培育扶持一切美好。他虽然从事评论，却从未认真思考过自己的价值与意义。王干还有那么多写他的人，最多说王干是个好人。王干的境界，远不止如此，他是文学界的君子，是传统意义上的儒生，桃李不言，下自成蹊。虽然他和他的朋友们，笔下很少出现这些词汇。

有人说王干身上有"草根"气质。说实在的，我很厌恶这个词。别说王干在体制内，身份不低，"草根"的本质，是他亲近大众，老少咸宜。从他家乡的泰州学派的核心气质，到全国文艺座谈会上的文学精神，大众关怀一以贯之，王干身体力行。

文学界、文学研究界，不能故步自封。用陈平原先生的话说，要有"文"，还要有"学"。

这个"学"，也不是学院派的那种学术，而是要跟中国的道统接续起来。

王干做到了。

表面上看，他大鸣大放。实际上，他默默耕耘。二者毫不违和，完美统一。

不过，女作家毕竟是女作家，笔触细腻，不是我等所能想象的。

再看看这句："王干应声出来，身上并无炭火炉箅烟熏火燎的乌涂痕迹，一件丝质的亚麻宽松 T 恤，一条质地柔软的栗色休闲裤，一双高帮的、美军侵略越南时在丛林里穿的那种软牛皮的翻毛软底鞋，一口松软温润的南方普通话，整个人清清爽爽，不是南方的帅哥才子又能是什么？！忽然就想起小时候看过的卡通片《没头脑和不高兴》，想起那些个大脑袋小细脖的聪明小人儿，不由得就偷偷地笑了。"

我基本不看言情小说，武侠小说倒是极熟。这时男作家如金庸往往会来一句：不由得痴了。

文本中的王干：王干的才干

王干的立身之本，是文字。

用丁帆的话说，王干的聪慧和大度，洋溢在字里行间。倘若王干只是这一种气质，那也没什么可看的了。毕竟那么多经典放在那里。我感兴趣的是，读完这 11 本文集，你不但认识了一个"完整"的"全须全尾"的王干，从虎头虎脑的小毛孩到笑意盎然的干老，是一个漫长的庞大的多维的温暖的存在，偶尔有变化，但更多的是稳定，40 年风风雨雨，他对生活，以及作为生活一部分的文学的热爱，水位线始终居高不下。因此，读完这 11 本文集，你就收获了一部真实、鲜活、口感独特回味隽永的"王记"当代文学史。

诗人远心说：从 4G 到 5G，我们已进入到读屏时代。"一屏万卷"，是电子阅读打开的大千世界；而读《王干文集》呈现的"文学屏"，竟然可与此类比，仿佛打开了从 20 世纪 80 年代至今 40 年来的文学史。这是一个人的文学史，也是 40 年文学史在一个人笔下的镜像。

由于天性，王干的笔下，既少那些喋喋不休的西方文论家的概念，也少刻意雕琢的一些语词，学院派与美文爱好者可能不容易满意。另外，他由于工作需要，不放过每一位当红的作家，而这些作家，因为底蕴、阅历各种原因，难以走远，甚至跑偏，也就连带王干的部分作品不能"迭代"受到认可了。

王干的文字，犹如他的其他爱好——围棋或者足球。单看某一篇或者某一步，不觉其妙，但关注越久，越能感受到他的气韵。说到底，他不规范，但真诚，准确，有料，他不精深，但新颖，活泼，连贯。这点，颇似金庸笔下独孤九剑，有的剑招精微奥妙，有的剑招笨拙丑陋，但效果是无敌的。

这部文集，很好地满足了"干粉"的需求。

中国当代文学教育与研究，一大弊病，就是"文学史"课程。这门课程里，也有"作家作品"内容的罗列，但绝对是蜻蜓点水，绝少文本解读。研究与追捧作家，一定要读文集，乃全全集。王十作为一代文论奇才，他的文集，自然具有独特的案例价值。

王干的文章，总带着个人对文坛的最新观察，很少炒冷饭，或者做些远离文学与世务的空言高论。很多人爱和王干聊天，因为信息量大，真知灼见随处可见。片刻倾谈，胜过看一大堆沉闷无趣的专业论文。

批评家吴子林将人文学科研究分为三类：职业的、事业的、趣味的。所谓趣味的研究是自由的个体性工作，"任天而动，触事兴感，见微知著，因文为题，纵谈古今，纡徐不迫，讲论自乐；有细密处，有奔放处，豁朗深邃，不拘一格，极具创造性和生命力。此类研究完全不从事功上着想，亦无体系性之考量，其价值与意义却甚为重大"。趣味的研究，不为事功，机心全无，挥洒自若。因为完全按照个人的喜好摸索而得，有一种体系之外的率性与轻盈、放达与犀利，而在萧散随意之中，蕴藏大量深思洞见，读者唯有"以心会心"方有所得。

环顾文学界与批评界，没有人比王干更符合这种描述了。

他的大部头理论、评论文章，是奠定江湖地位的，如同饭店包厢里的秘制大餐。而他那些众多短平快似乎并不十分用力的点穴式文章，如同大厅里的餐前小食与餐后甜点，更受欢迎。那些文章直抒胸臆，摆脱理论纠缠，与读者一起"还原"语境，触摸"内核"，近距离感知当下文学的脉动。

在《灌水时代·自序》中，王干把南方批评比作水中之鱼，本质始终在文学之中，犹如鱼离不开水。他进一步说，这种鱼水关系并不意味着批评绝对依赖文学创作；相对于生活，创作也是鱼。批评既在文学的小河游泳，更在生活的长江大海翻腾。文学的功能，批评一样都不能少。王干是里下河丰富水系孕育出来的一条虎头鲨，欢快地游弋于中国文学的江湖之中、江海之上、江山之间。

在专业批评中，王干关注过几乎所有中外著名作家，特别有意思的是，他关注苏童最多。苏童并不姓苏，他长期生活在苏州。但这位高大的男性作家，却是典型的"南方"文学代表，他有点蔫不拉叽，但文笔绚烂，有点像男版的张爱玲。王干是个顽童加糙哥，对他情有独钟，貌似理所当然。

不管是有意识的还是无意识的，王干都体现出苏童情结，因为他的评论最适合对苏童作品做出最优质化的呈现与再造，无论是出于对苏童作品，还是出于他本人对苏童笔下那种遥远而逼真的江南生活，他都是真心的热爱，王干倾力为之赞叹，这一部分是王干批评中最精彩，也是最出彩的篇章。

看看王干的这段文字："苏童在先锋派作家中，以其语言丝绸般的柔和和光滑独具一格，他小说的语言时常可以自成一体，不必指向叙事。在《河岸》里，苏童始终保持这种语词的飞翔感觉，并时不时地向人物读者进行俯冲。《河流之声》那个章节里，能看出孙甘露式的语言修辞的天赋，但又没有脱离人物和小说的具体情境，结合得近乎完美。"王干多处提及苏童语词的"飞翔感觉"，只这四个字，就高度凝练而准确地概括出了苏童的语言风格，让人感觉到一种超越理性的准确性。

从这点上看，王干既是研究者，更是创作者，他充分展示了他的审美能力与表达能力。

还有这段："苏童的小说也是圈，它是用灵性用感觉用色彩组成的神秘之圈，是用生命汁液浸泡出的意象之流，它自然地流动在心灵与大自然契合的那一瞬间，没有开始，没有结局，也没有高潮。它是流动的画面与流动的旋律熔合起来的诗潮，在这股诗潮里飘溢出桂花的芬芳、夜晚的宁静、历史的幽远和孩提的忧愁，我们必须调动自童年时代所保存下来的种种新奇的视觉、听觉、嗅觉、感觉去感受这种诗潮对我们感官的美丽的冲击，去体味种种意象里所潜藏着少年时代许多美丽的梦幻和看似轻淡实则沉郁的悲剧。也许，童年时光的种种诗意和感伤便由此涌上了你的心头，甚而至于笼罩着你，久久不离，像一个奇异的神秘的光圈。"在这里，既有调动文学意象的词语，也有分析概括的文字，二者交融，给人留下咀嚼回味的艺术空间。

一个评论家能够在进入作品充分的体验过程中，发自肺腑的概括才是对文学作品的"再创造"和升华的过程。

再看看这段："在1993年的一篇《苏童意象》中我曾将苏童小说分为三大类型，一是童年视角的记忆性的乡村叙事类型，一是关于女性生活的红粉系列，还有就是香椿树街的城市生活系列，后来苏童又增加了新历史小说的创作。这种分类，未必准确，但基本上能够概括苏童小说的重要特征，好的视角，细腻的心理，城市的变迁，成长的主题，历史的无奈，由此带来的人性的扭曲和伸张。"

毫无疑问，这就是缘分。

古往今来，批评家无非两个标准：一是建构自己特色语言，二是推广作品作家。这两点，王干都是当之无愧的批评界第一人。

这条里下河出来的虎头鲨，一路摇头摆尾，从兴化到高邮到北京到南京再到北京，到处高歌猛进，留下了自己欢快的身影与独特的文字。

王干批评文字多与文化有关，他的文集中，无所不包，俨然一个时代文化的"小宇宙"。但王干并没有给自己贴上"文化研究"的标签。在他眼里，文学本来就和文化息息相关，或者干脆就是文化的一部分。由文学而文化，或者由文化而文学，十分自然，不用特别强调。他一边谈文学，一边谈围棋，谈足球，谈无厘头电影，谈切·格瓦拉，谈武侠，谈麻将，谈中国电影的"人妖"现象，谈女权主义和女性文学，谈犹太复国主义，谈"赵薇的大眼睛"——后来张颐武疑似受此启发又"升级"到"章子怡超越孔子"这样的言论——这些文章看不到"文化研究"的虚张声势，只有文学批评家王干一贯的机智、热情和随意喷射的修辞才思。在曾经的文学低潮期，这对他无疑是一种解放，一种精力才华的保存与转移。王干还有《静夜思》《青春的忧郁》和《另一种心情》等可读性很强的散文随笔，有感而发，言之有物。他和文学无时无刻不在对话，甚至可以说，他就是行走的文学与文学批评。

王干的随笔《向王蒙学习宽容》《向老舍学习说话》《向汪曾祺学习生活》《向鲁迅学习爱》，是典型的人生智慧。他谈这些前辈，也是谈自己，谈自己伴随中国文学成长的历史。王干的文学评论、文化批评和散文随笔，主题有侧重，文体有分工，但彼此并无不可逾越的鸿沟，在语言方式和智慧形态上相通之处甚多，算是广义的杂文。王干正是以这种不断变化拓展的文体实践贴紧脚下的生活。

王干是批评家，还是作家，作家不能不写散文，尤其不能不写自己。王干的专业文章重要，但喜欢不喜欢，就因人而异了。但他的散文，相信没有人不喜欢。

王干是汪老的忘年交。汪老的散文，还有他笔下的苏北、云南与北京，是20世纪中国文坛的绝美风景。

王干比汪老小了40岁。他所处的时代，更壮阔，更多变，更热烈。

因为时代的进步，尤其是交通与通信的进步，王干的视野，比前辈更宽广。所以他写生活，写故乡，写居住与游历过的城市，可谓最好的人文记录。

他写魂牵梦萦的故乡泰州，写念兹在兹的江南古城，写高屋建瓴的大国首都，都别有风味。

《泰州是谁的故乡》《泰州有条凤城河》《关于泰州美食的记忆》《个园假山》《江南三鲜》《明前茶、雨前茶与青春毒药》《闲话南京》《北京的春（夏秋冬）》《在怀柔观山》《小二、点五、涮羊肉》《男人居住北京的十一条理由》

《如何进入重庆》《过桥米线和菜泡饭》。

这些文章，光看标题就知道内容。但是真看进去，欲罢不能。因为王干的观察与体验能力，的确不同寻常。

他说男人居住北京的十一条理由，颇有可观之处，关键是结尾来了一句，北京有我。令人忍俊不禁。

的确如此，"我"是世界的中心，"我"要不在北京了，北京再好，也只是回忆，而不是鲜活的"这一个"。

令人感佩的是，王干笔下的故乡，如同母亲的体温，如同启蒙老师的声音，如同初恋情人的眼神，是他对这个世界的起点，也将是归宿。

百年来，文人对故乡，几乎是一边倒的"批判"，"哀其不幸，怒其不争"。现在的网络上，每到过年，都是一批学者文人如此。似乎不如此不足以显示自己的孤高与冷傲。他们仿佛寓言故事中的某种人，总想提着自己的头发，让自己离开大地。

王干不然，他才名早著，游遍四海，从京城到老家，从达官贵人到贩夫走卒，他无不倾心接纳。

王干笔下的故乡，有情有义，活色生香，流光溢彩。

做过泰州市委书记现在是南京市长的韩立明女士写了《泰州的海》，王干为之呼应，写了《泰州的河》。两篇文章，写出了泰州人灵魂中的诗意、灵性与豪情。可谓闻弦歌而知雅意。

这篇文章发表在《泰州日报》上，国家级的《新华文摘》闻风而来，收录了这篇文章。

王干对家乡的深情，获得了充分的认可。

几十年风风雨雨过去了，文学的命运几经变迁，文化人更是大浪淘沙。对文学的真情，对人的真情，只有时间才能验证。"千淘万漉虽辛苦，吹尽狂沙始到金。"王干用他的汗水、泪水与血水，淘到了文学的真金。历史也几度轮回，淘到了他这块真金。

生活中的王干：王干的干劲

王干有很多符号与标签，他知识面广，信息量大，阅历丰富，见过太多名人高人大人物，当然他本身就是名人。他真诚，热情，乐于助人，不折不扣的好人。

不过这些都流于表面。

我向大家推荐王干的文集，更推荐这个人。

一句话，好玩。

你很难想象，文学界，有这样好玩的人，更别说遇到了。

王干贪玩是出了名的，他也会玩。

他跟汪老谈吃，谈做菜品菜，可谓人间至味，美食背后是浓浓的乡情与亲情。

文学于他，其实就是玩之一种。

王干有太多的才华，太多的精力，他感兴趣的东西实在太多。比如社会上的诸多文化现象，比如关于繁体字的讨论，比如关于城市建设，比如关于足球，他都是一个热心的参与者，都能说出一些独特的特点。

现在小孩学的钢琴与芭蕾舞，我们这代人基本不会，王干估计也不例外。我们会的，基本王干都会。足球篮球不说了，他还会围棋。

多年前，江苏作家曾成立一个足球队，和高校、新闻界打过一些比赛，这支足球队就是由王干牵头组织的。当时，不知他从哪里给每人弄来一身阿迪达斯的行头，那双球鞋，作家赵本夫至今还常穿上锻炼身体。据他的球友说，他的球风如文风，勇猛而灵活，更善于协调与配合。他还爱打篮球，球风也类似，不过相对于足球，他的身高限制了他的发挥，投篮被人盖帽或者扇掉是免不了的。王干还是一个围棋爱好者，文集里收录了不少他和常昊、邵炜刚、罗洗河等围棋国手的对话录。用老朋友的话说，王干棋下得不怎么样，对话录却高屋建瓴，一派大家气象。据说还和常昊、古力下过棋，有点伪国手的味道了。

江苏文学界向来棋风很盛，其中最厉害的要数储福金了，他是业余六段高手，在全国文学界稳坐第一把交椅。有人说他成了一位作家，却少了一个国手。大家常找储福金下棋，当然没谁是他的对手。偶尔会听说，谁谁昨天把储福金赢了，但被让了几个子却闭口不谈。但是这样的氛围还是提高了大家的棋艺。王干属于那种才子棋，有时一步棋很臭，有时一步棋却异想天开，天马行空行云流水，这点类似金庸笔下的速成派高手，随机交锋，总能让一步一个脚印的正派人上吃瘪。

不过这些都属于"小众语言"，中国人，当然包括中国文人，最大公约数，还是酒。王干的酒量大，江苏的梦之蓝，目测他不低于一斤。考虑到他的年龄，这已经难能可贵了。

酒量只是基础，酒风才是主题。他喝酒如行云流水，从无滞涩之感，几乎是来者不拒，不考虑对方的性别年龄与身份。在酒桌上，一是人少而熟，一是有酒助兴，他谈锋极健，他固然高兴，受益的却是其他人。

有一次他来广州参加大湾区文学研讨会，是九位嘉宾之一。会间有青年作家请他喝酒，他拉我前往。

我经常处于不胜负荷的状态，正在纠结中。王干说了一句，你不想听听我在北京的见闻吗？我怦然心动。于是不顾礼仪，拉了我的朋友、广东某国企的负责人夫妇前往，这对夫妇都是他早年在乡镇上的学生。到了现场，他格外惊喜。人不多，却有港广深三地文学界领导，这些都是豪迈且阅历丰富之人，但桌上的主题却是兴化这个小县城，让人感叹缘分之妙。

王干有次跟一群作家喝酒，有人说江苏男人不爽快。他大怒，爆了粗口，拿酒杯砸向对方，所幸未中。第二天却成了好朋友。

所以徐坤姐姐说王干有血性，这是女生独到的观察。不过血性是我中华男儿的共性。相比想象中的北地，自淮河以南的东南地区，血性深藏不露，却外铄为文采的绚烂。

兴化与泰州，有许多岳飞岳王爷抗金的遗址。岳王爷千古武圣，忠义齐天，他塑造了中国人的性格。而他的文学造诣，也是青史留名。若非至情至性之人，怎么能同时立德、立功、立言？

泰州有一位施亚康先生，是苏中文坛与政界的长者。2000 年时我认识施老，他许我以忘年之交。此前我已经认识了王干，跟施老提及王干，他说王干当年说过，要成为施亚康这样的人。差不多 20 年过去，我在酒桌上遇到王干，提到施老，王干满脸诚恳地说：施老对我有恩。有次在一个高规格的场合，省部级领导众多，他看到了施老，便穿过人群，来到施老面前，深深地鞠了一躬。这个礼节，知情人都知道，他极少使用。更多的，是中青年文人对他使用。

王干与汪老、王蒙的故事，是文坛的陈年掌故。而他与施老的交往，更是新时期文坛，还有江苏这一独特的人文舞台上的生动图景。

王干的朋友称他为"文学顽童"。我觉得差强人意。王干好（第四声）玩，也好（第三声）玩，但顽童是表面的，骨子里是真诚，真人，赤子。

"顽童"一词，容易让人想到金庸笔下的周伯通，此人可谓好玩，但极其不负责任，别说侠义心肠，连基本的做人原则与责任心都没有，"白瞎"了他的高超武功。他是武痴，但正如他师兄、偶像王重阳真人所说，没有济世救人的心肠，始终到不了绝顶。

王干与周伯通大相径庭。他头脑冷静，却热心热血，跟朋友要玩，要做事，还要相互成就。

王干的文章，既有"为文艺而文艺"的专注与迷恋，又无处不见对世道人心的洞察与执着。

这就是"文以载道"。

这才是真正的好玩。用文学的语言说，有魅力！

体用不二，人文合一，这就是王干，王干的干和老。

四十年，对一个人而言，太久，对历史而言，太短。

长短不重要，难得的是此志不渝，是不忘初心。

王干崇文之初心不变，阅世之火候老成，可喜可贺。

梁启超在《少年中国说》中这样结语：天戴其苍，地履其黄。纵有千古，横有八荒。前途似海，来日方长。

愿华夏文明与天无极，与地无疆，愿中国文学、南京作家、兴化文人再接再厉，永创辉煌，愿王丁健康长寿，笔耕不辍，硕果不断，愿王干与他的朋友、粉丝常来常往，兴致勃勃，干劲绵绵！

我的老师王干

邵明波

　　"我的老师王干"这个题目，让人自然而然想起"我的朋友胡适之"。其实，我之所以写下这个题目，正是直接受此启发。在"我的朋友胡适之"这个《世说新语》式的话语流行百年之际，使用类似的句式表达我对王干先生的印象，不仅仅是在追慕五四一代先贤，感悟思想文化经典，更是在回望近四十年文学演进过程的时候，提出一个非常值得探究的代际传承话题：为什么文学圈内圈外越来越多的人认为，"我"的老师是王干？

　　据唐德刚先生在《胡适杂忆》一书中记述，20 世纪 50 年代在纽约做"寓公"的胡适之，无事有闲，经常和年轻朋友唐德刚一边下馆子吃饭喝茶，一边对坐书房口述历史。唐同学有一次实在忍不住问胡老师："我的朋友胡适之"这句话，版权到底是谁的？考据大师胡老师得意地笑称："考据不出来！考据不出来！"

　　我什么时候开始称呼王干为"王老师"，至今记得十分清晰。

　　那是三十五年前的事了。我那时刚走出校门，才拿起教鞭不久，协助前辈王家伦老师讲授中国现当代文学这门课。站讲台之余，满脑子都是新时期文学的潮起潮落，总想用文字表达些什么，但很是茫然，大学期间囫囵吞枣吸收的各种理论之箭，射不中文学作品之的。我的大学恩师王惟甦先生，给了点化式的指示：多看看王干的文章吧。

于是，在《文学评论》《读书》等当时的必读刊物上，专心等候署名"王干"的文章出现。在读了若干篇亲近汪曾祺、解析朦胧诗的"王干评论"，尤其是望眼欲穿读完一篇又一篇《王蒙王干对话录》后，心卜暗想，这个王干的文字、文风、文气、文格，是可以拜为老师的。当然，这个时候我连王干的"私淑弟子"都还算不上，勉强算是心慕手追的"文字老师"吧。

过了若干年，记得是1990年的清明时节，在苏州一个文学座谈会上，第一次和王干不期而遇。握手的一刹那，看见的是一张招牌标志式的青春、灿烂的笑脸。开口喊"王老师"，"久仰"二字却怎么也说不出口了，心里嘀咕：这个王干老师，怎么竟然如此的年轻啊？怪不得写得一手水汽弥漫、鲜沽灵动的好文章啊！他能领风骚于"南方文体"，应该的。也就是从这个春天起，我开始视王干为自己的老师。尽管后来知道王干仅年长我一岁，但学高为师，文盛为师，无关齿序。

又过了若干年，1997年的夏天，我从北方迁居南京，终于有了机会向当时全家定居南京的王干老师当面请益。记得那个时候，他正忙着策划"联网四重奏"、主持"新写实小说大联展"、编辑一份周刊和若干丛书，当然了，也没耽误在工作之余和文友兄弟们斗酒、品茶、踏青、踢球、下棋。真是一段杂花生树、落英缤纷的日子。

新千年的冬天，不惑之年的王干重返北京，进入"潜京"二十年的人生、事业丰收期。先后主持《中华文学选刊》《小说选刊》工作，文学人、出版人的身份之外，受聘担任鲁迅文学院、北京语言大学、南京财经大学兼职教授，同时奔走全国各地组织推动文学活动，荣获鲁迅文学奖，出版十一卷文集，愈发地活跃愈发地忙碌了。值得庆幸的是，二十年间南北两京的空间距离非但没有阻隔王干老师和我等学生的交流，见面的次数却越来越频繁，沟通的程度也越来越深入，师生情兄弟谊更是越来越密切了。于是文坛动态、社会万象、五洲风云，先是经由电话后是通过微信，形成信息风暴；江南风物，乡野美食，诸如明前茶、芦蒿、茼蒿、马兰头、菊花脑之类，也在每年春风又绿江南岸的时节，谈笑间，尽兴享用了。记忆尤为清晰的，是一次王干云游文坛回南京"充电"，我们二人找了一家老城中心地带的僻巷小店用晚餐，竟然把一条数斤重的野生鳜鱼吃得只剩一副完整的骨架，回到住处品尝他随身带的上好普洱，畅谈竟至通宵。类似的通宵畅聊后来有过多次，在文学批评、世道人心等诸多方面，给我的启示、警醒尤多。

当然，王干老师"潜居"北京期间，其实一直算是"客居"南京。其间给予了学生如我者更多的具体支持。最值得感念的，是在我主持一家杂志社编务工作的五年间，王干老师特辟专栏，为刊物增添诸多亮色，也留下几十篇广受赞许的佳作，这些篇什占据了《王干随笔选》一书大约三分之一的篇幅。其中一些著名篇章，影响深远。其中"泰州文化随笔"读者众多，如《泰州是谁的故乡》等文，引发家乡主政者和乡亲们的热议。再如，那篇《五十年内废除简化字》，更是引起了海内外华文文化圈的广泛关注、热烈反响，成了"海内外写汉字处皆谈百年之痒"的热点话题，论争热度至今未减。现在十多年过去了，我个人更为欣赏的一篇是《人生的三种颜色》，它预言了三位"同学"人到中年过程中的人生之路。

今天，是王干从教四十周年，从事文学活动四十一周年，也是回到母校扬州大学担任文学院特聘教授第一年。我更愿意称呼"干老"为"我的老师王干"。如同"我的朋友胡适之"之于20世纪前五十年思想、文化、学术界的影响力一样，"我的老师王干"，应该是近四十年来文学界的"现象级话题"之一。自1979年发表第一篇小说为起点走上文学之路至今，四十多年过去了，王干在文学创作、文学批评、文学研究、文学编辑、文学出版和文学活动组织、文学思潮推动、文学现象命名、文学人才奖掖等方面，其影响之广泛、深入和持续获得认同，不能说无出其右者，但与其并肩者，也许不多。现在，六十岁的王干回到学校再执教鞭，于教授岗位上开始"人生下半场"，我们有理由给予更多的祝愿，寄予更多的期许。

这是我的一孔之见。期待王干老师众多受业弟子们指正，更欢迎在王干老师影响、提携下走上文学之路的学生们批评。

"我的老师王干"，一定是个说不尽的话题。这篇短文，权作引玉之砖吧。

还是写小说吧

陈　武

王干先生严肃地跟我说："还是写小说吧。"

这是某一年在北京至济南的高铁上。

我到北京一晃快十年了，涉足的是出版业，天天约稿、看稿、编稿，基本上荒废了小说写作。好不容易有了点空闲，写点文字，也是关于图书出版方面的，丛书前言啊，出版说明啊，编后记啊，等等。后来，因为迎合出版形势的需要，写了几本关于现代文学家的长篇随笔，比如《俞平伯的诗书人生》《朱自清的完美人格》《朱自清在西南联大》《朱自清在江南的五年》等五六本，出版后，销路、反响都还不错。每每有人夸我这几本书和相关文章时，我也会情不自禁地沾沾自喜，觉得我的后半生的写作，就向这方面转移了。甚至我还悄悄做了准备，打算写叶圣陶、王伯祥、顾颉刚等文化名人。因为写朱自清和俞平伯时，根本绕不开叶、王、顾这三人，一方面，他们都是江苏人，另一方面，他们年轻时就有交谊。为此我查阅了许多关于他们的资料和相关文献，做了大量的案头工作，准备大干一番。当然，有时候我也会恍惚：兴趣转移啦？不再喜欢文学创作啦？想想，又不是，毕竟，从十几岁开始就爱好文学，并且花费大量的精力尝试各种文学写作，最后也只有在小说创作上给我带来了一点荣誉，说不写，心底里还是不甘的。就是在这时候，受山东某出版社的邀请，和王干先生一起去了趟济南。

在高铁上，因为我知道王干先生对于当代文学的了解和对新时期文学的贡献，特别是由他提出的"新写实""新状态"等文学思潮和文学现象，至今还余音不绝影响深远，便聊起了文学，主要是想听听他对于火爆一时的"80后""90后"作家的评价。王干先生没有保留，但也只是大致地做了描述，肯定了他们的文学成就，对他看好的、成就较大的几个"80后"做了简评，并且延伸了话题，对目前中国文学的现状和未来的发展做了概括和展望。高铁快到济南时，王干先生问起我创作方面的情况，我也如实相告。王干先生略一沉思，对我的转型表达了不同的看法，然后又直截了当地说："你是写小说的，大家都知道你是写小说的，而且不是不能写，突然写起了关于现代文化名人的随笔，意义不大，会给人造成一些错觉，觉得陈武小说写不好了，不行了，才去写这类文章。当然，不是说这类文章不能写，是不应该由你去写。你不是搞这方面研究的专家，又不是在大学里任教，没有教学需要，也不需要靠这个养家糊口，写它干吗呢？再说了，你的这些书，这些随笔，学者们也不买账，这不算研究，不是学术成果；文学界也不认同，认为你这不是文学作品，最多算是学术随笔。最后是两边不讨好，两边不认账。还是写小说吧。长篇也别写了，那要耗费大量的心血。集中精力，写好几个中短篇，充分发挥你这方面的才华，成绩自然就有了。"

王干先生的话，让我深思了很久，心里七七八八地不是滋味，重新打量了我的写作路径。确实，在多年的文学写作中，小说发表和出版的成就最大，仅长篇小说就分别在《作家》《十月》《钟山》《中国作家》《芳草》等重要文学期刊上发表了七部，中短篇小说更是无数，重要的文学期几乎发遍了，大致有二百余篇，各种文学选刊都选过了，还出版了好几本小说集子，也获得过两次紫金山文学奖，轻易放弃实在是不应该的，就算是零星写点也对不起自己这些年对文学的痴迷。

带着这样的心情来到济南的晚宴上，酒力就受到了影响。济南人喝酒讲究，规矩多，排场大。文化出版界也不例外，程序酒还没有结束，我就感到了酒意，怕撑不住，借上厕所为名，偷偷跑出来躲酒，又不敢跑远，就在饭店门口临街的台阶上坐下了。虽然酒意让我脚下飘飘然，头脑昏昏然，王干先生的话还一直在我耳边萦绕。我两手扶膝，看又高又长不停旋转的台阶，决定听从王干先生的教诲，不写杂七杂八的文字了，继续写小说。再仰望天空时，天上正好有一轮明月。可能是心里的烦恼放下了，一高兴，我便对着天空大声地唱起了刘欢的《弯弯的月亮》。正唱得高兴时，来了一个青年，从步行道上跑上来，笑眯眯地问我，谁让你唱歌的？我看看他，见他并无恶意，冲他笑一下，继续唱。这时候上来一个女孩，拉住青年的胳膊，边把他往下拖，边对我说，对不起啊，他喝醉了。我这才感到酒后唱歌是危险的。但是，收不住，只能继续唱。王干先生就在我高声歌唱时，找到我身边了，见我醉意蒙眬的样子，哈哈大笑着把我叫回到酒桌上，继续喝。那天喝醉了。

回到北京，我把历年搜集的关于现代文化名人的资料和图书打成包藏了起来。我知道我是个意志不算坚强的人，如果天天看到这些材料，说不定就会分散精力，心心念念会想着这类文章的书写，不能投入地进行小说创作了。材料打成包了，束之高阁了，眼不见才能心静。

在这之后的两年里，确切地说，从2018年下半年到2020年5月，我重新开始的写作得到了回报，在《中国作家》《人民文学》《小说选刊》等杂志上，发表中短篇小说二十余篇，感觉又回到二十年前的写作状态中了。为此要谢谢王干先生，我的这点小小的收获，就是那次谈话孕育的成果。

干老和他的第八专业

蒋 泥

说"干老"

王干先生，圈内多尊"干老"，好像他不到知天命之年，就以"干老"存在，一副甘之如饴的样子，我是大感诧异的。

"干老"满头乌发，双目炯炯，面皮嫩白，笑如顽童，至今也才五十来岁，以何而"老"？

难道因他20多岁就常在《文学评论》《读书》这些老人杂志上发表文章，和王蒙对话，与汪曾祺唱和，如同李聃，落地就八十岁，一出世就"老"——思维老熟，见闻老到，文笔老辣？

2016年，"干老"说："28年前，从1988年的11月份，到1989年1月，我和王蒙先生有过十次对话……后来漓江出版社的聂震宁先生果断地出版了这本书，就是1992年出版的《王蒙王干对话录》。"（《王蒙王干对话录》之《再版前言》）

当时"干老"只是个 28 岁的小伙子，王蒙先生却已经 54 了，蒙老主动约会"干老"，跨越两代人的对话，国内海外，指点文坛，气场强大，"干老"并无怯场和接应不畅的地方，反倒是侃侃而谈，比蒙老的话都多，我想是和他教师出身的经历有关吧。换了我这种没有当过教师的人，虽不至怯场，但要想顺利展开话题，也还是有较大难度的。

2018 年，"干老"的动静更大，一下子推出 11 卷的《王干文集》，每卷 30 万字，300 余万言皇皇巨著！

不愧以评论家名世，"干老"的文集中，多半是读书论文，也有专著和专题，谈《红楼梦》，说汪曾祺，赏朦胧诗，板块大，悟性高，通明透彻，让人恍然。

散文则是记人、写景、谈美食，是真正属于他自己的"自留地"——"干老"在评论界名声最响，又以散文成就最高，并借此获得鲁迅文学奖。

"干老"深得汪曾祺先生"好吃"之精髓，可为美食家，略有差异的是，汪先生能文能武，从食材选料到清洗、切削、煎炒，加油放盐，有自己常年摸索来的第一手经验，时时邀客至家，他可以露一手。行之于文，好比庖丁解牛，得意妄言，奥妙尽在其中。

"干老"失之于"武"，起码我从未见他亲自操过刀，手艺如何，不得而知。但这并不妨碍他成为地地道道的美食家。我曾以梁实秋的《雅舍小品》游说"干老"，多写吃喝，因为饮食男女是永恒的话题，可讲的太多，喜欢的更多。

《雅舍小品》谈吃喝玩乐，指手道来，风趣可感，情味盎然。莫言谈吃，又是一种风格，他更多的在乎生理与感觉层面，有着彻骨而沉痛的特殊体验，没有他那种经历的人，是不可想象的。

"干老"和二者不同，他能吃、会吃，知道去哪儿吃，各种风味之间有比较，有渊源，有掌故，他娓娓道来，我稍做统计，他文集中写吃喝的就有二三十篇，足见他多么热爱生活和美味。

　　"干老"兴趣多广，曾开过谈体育的专栏。间或写文化随笔，评议各类文化现象、热点问题，延续了和蒙老对话中显露出的广阔视野。

　　最让我感觉新鲜的是终于读到了"干老"的小说。

　　有一次"干老"对我说，他早年曾写小说，突然发现自己写不过身边的苏童，就放弃了。我当然要批评他，认为小说家风格不一，像苏童这样天生的高人，放眼国内和世界，也是寥寥无几，有什么好比？写不过他就放弃？你能说《三国》不如《红楼》就放弃吗？

　　我批评后，他倒是挺自在，承认自己偷偷写过长篇，后来搬家搞丢了，从此失去了写小说的兴致。

　　大概这次的偶然才是对他的致命打击吧，他觉得从头再来很难超过以往，人在关键时刻一旦畏难，缺少鼓励，往往就绕不过弯了。

　　读"干老"那些小说，从1979年的处女作《闵师傅》到1999年，跨度虽大，但是20世纪七八十年代屈指可数，主要都是20世纪90年代创作的，每年平均仅一部，量是太少了。读过后我发现"干老"的小说都有故事，是践行他在《钟山》杂志发明、倡议过的"新状态""新写实"吗？

　　其实评论家写小说不易，最成功的案例我认为是钱钟书先生，他的《上帝的梦》《灵感》还不像小说，代表一种尝试，到了《纪念》和《猫》才是正式的、好的小说。至于他的《围城》，有人喜欢，有人嗤之以鼻，不以为他写的是小说。我自然是无限喜爱的，曾说《围城》可以排20世纪中国长篇小说前五名——或许多数人不会同意。

　　这也说明了评论家写小说的不利——想要脱干净书卷气，何其难也。

　　当然，《红楼梦》这样的天才之作，满篇书卷的清香，我们浸淫其中，是可以忘乎所以的。《围城》遭人诟病，主要是掉书袋，以及作者高高在上、挖苦一切的姿态，让某些人看不惯。

　　"干老"的小说，全部收录于《过着平静如水的日子》里，十余篇，不到20万字。读它们需要一定的耐性，毕竟是"平静如水"，不够惊心动魄。

其中最痛的一篇要数《小镇的失落》。写民国年间，"我"去小镇当小学教师，出身低贱的学生许稻香和镇长的女儿打架，"我"支持、同情许稻香，学校为巴结镇长，不顾是非，毁灭了许稻香这个小女生的前途，构陷"我"和许稻香"关系暧昧"。对那时教育的戕害人性，进行了控诉。

小说发表于 1991 年，是往事，是今事？我们不觉它过时，那就是好作品。

"安德依"和第八专业

王干先生有魏晋名士风，好饮，长于结识、提携晚辈，也喜欢和老一辈打交道，大概和汪曾祺先生过于亲密的缘故，跟着汪先生，王干不知不觉成了一个地地道道的美食家，知道哪家的什么菜不错，常有新的发现，即备好酒，吆喝三五同道，就可以欢聚了。

《王干文集》出版后，我们几个怂恿、鼓捣，说要浮一大白，以示庆祝，王干爽快请客，带来一箱子书，王迷们打开箱子，捧出那套精装文集，逐一留影，气氛热烈。

这时我想起新近离京的"安德依"先生，顿有一种"遍插茱萸少一人"的惆怅。

"安德依"是王干的大弟子，王干从高邮师范毕业后分配去老家教语文，也就二十出头，第一次当上班主任，班长就是这位"安德依"。"安德依"大学毕业后分在南京，2007 年只身到北京总部工作，知道老师也在北京，两人便电话联系，但他们都太忙，总是错期，无法碰面。

有一次"安德依"在他所租房子旁边的小餐馆吃饭，刚点完菜，王干进来了，坐在他不远处，很快发现了"安德依"，却是不敢认，因为天底下巧合虽多，可这样的邂逅，实属罕见。王干左右张看，越看越像，就不动声色地观察，担心"安德依"是和什么美女约会，自己可不能当电灯泡。等到菜端上桌，"安德依"开始吃饭，王干知道不会再有美女来了，试着用家乡话喊"安德依"。

"安德依"本名颜德义，以为自己妄听，这种场合怎可能有人说家乡话呢？耳朵里再次传来"安德依"，他一扭头，二人相见大喜，马上合并吃饭。

王干在散文《和谁吃》里写道，"2008年太太去美国探亲，时间长了点，我一个人在快餐厅吃饭，常常有一种挥之不去的孤独感滋生"（《王干文集》之《观潮·论人·读典》），说的正是这一段经历。

有了"安德依"，孩子在美国留学回不来，一个人的土十心灵得到安慰，滋润了不少。

"安德依"长我三四岁，爱走路，他住的地方搬到东直门后，和我在一个方向，每次聚会后，我俩散步回家，我送他到东直门后，再自己打车。

中间有一年，"安德依"调回南京，王干特别伤感。当这位爱徒再次来北京工作后，他们走动更为频繁了，王干到新浪总部、央视和腾讯做节目，都会带着"安德依"。

土十的书法，也是这位"安德依"给生生逼出来的。

"安德依"南京的新房子装修好了，缺一幅字，便向老师索求，王干一直没有拿出手，原来他偷偷在练，送给学生，总得像个样子嘛。

他最后拿出来的书法作品是"文气浩然"四个大字。写得宽展朴拙，带了文墨气。竖排到底，可以顶天立地。

"台上一分钟，台下十年功"，处女作即不凡，那是花了许多暗功夫的。

王干至今最得意的作品之一，也是送给了"安德依"。那是2017年底，"安德依"彻底离开北京，回南京后，一行人在南京喝完酒，王干在一个画家的工作室写字，一直写到深夜一点多，借助酒意，王干龙飞凤舞，抄录朱子的《观书有感二首·其一》："半亩方塘一鉴开，天光云影共徘徊。问渠那得清如许？为有源头活水来。"

王干的墨宝，已经是抢手的艺术珍品了。

早在2013年5月，王蒙先生八十高寿，出版长篇小说《这边风景》，同时举办王蒙"从事文学创作六十年"座谈会，作为忘年交的王干，送给蒙老的是自己的书法作品。蒙老不由赞道："没想到字写这么好！"

这幅字现在被王蒙文学艺术馆收藏。二人还在字下合影。字是毛泽东的《清平乐·会昌》："东方欲晓，莫道君行早。踏遍青山人未老，风景这边独好。会昌城外高峰，颠连直接东溟。战士指看南粤，更加郁郁葱葱。"

比对蒙老的出身、成就，字与人可谓般配极矣。

2015 年 1 月 19 日，王干在微信上晒字，说他给上海的钟书阁题名。是送横的呢，还是送竖的，让微友们帮他挑一挑。"可惜天气太干燥，刚写完拍照，纸就皱了，北京真不是写字的地方。"

钟书阁选了横幅的，竖幅的又怎么处置？"毁掉？自存？送人？送谁？怎么送？微友帮我出个好主意。"

留言近百，各式人等亮相，"安德依"争得最激烈，说他"在努力收藏王老师不同时期、不同题材、不同风格的作品。故此次还是大有希望"。我仍请他放弃，其他字也就算了，这字送我最恰当。果然王干最后决定给我，理由是"吴亮兄提醒我。蒋泥……对书自然钟情。而且他是钱钟书先生弟子的弟子，虽然拐弯抹角，也算阁下的阁下。最主要他……和我一楼上班。他挂在办公室，我随时想见，到三楼即可"。

所谓"弟子的弟子"，指我的恩师陆文虎先生，从郑朝宗先生治"钱学"，对钟书老、杨绛老执弟子礼，过从甚密。"钟书"而"阁""下"，在我是一种仰视，也是一种传承，更是对我的砥砺吧？

《红楼梦》第九十一回贾宝玉说："任凭弱水三千，我只取一瓢饮。"

这是我唯一珍藏的王干的字。

意外收获

有一次和王干喝酒，大家列数他的"手艺"、行当，评论、散文、小说、编辑、教师等，一直到最后一项书法，一共有八，书法便成为王干的"第八专业"。

自古文章、书画一体，好的作家多半字好，画也好。尤其王干的出生地兴化，既是板桥故里，又是施耐庵老家，文化积淀厚重。

兴化在泰州最北部，属于里下河地区，是整个江苏的"盆底"，雨水多，港汊多，小船划起来四通八达。春天里数万亩油菜化一齐绽放，金黄遍地，一块块平坦铺开，中间只隔着银亮的水道。想起来都是心旷神怡的。

兴化有"小说之乡"美誉。中国小说学会年会，永久举办地就在兴化。人杰地灵，王干的艺术细胞人抵有着先辈的传统——兴化人在保存义脉上，是用了心、下了功夫的。

2010 年，八十岁的沈鹏老人偕夫人到兴化，赋诗一首，以毛笔书写，记录形色，发表于《人民日报》。为隆重其事，乡人辗转找到王干，请他写赋，介绍经过。王干一夜疾思，得《兴化诗碑亭记》，近三百言。

沈老是江阴人，有鱼米之乡情结，对文章挑剔，读后不禁拍案叫好。复请故宫书法学校校长、兴化人程同根手抄赋文，由苏州戈氏锲刻，石碑立于兴化公园。乃当地文化盛事——单从意义上来说，可与绍兴的王羲之兰亭碑刻媲美。

《兴化诗碑亭记》的拓片传到王干手中，少不得我们又是一番喝酒，席间写字的、作文的，展开宣纸，同台朗诵，顿有陶渊明回归田园后，"乐与数晨夕……奇文共欣赏"的意味。

"安德依"是我们几个中兴致最高的，因为他的文学老师和书法老师同时在场，同笔传文，他也得到了拓片。

早年"安德依"想要写点什么，王干叫他不要急，先打好基本功。"安德依"闲暇、周末，只要不回南京，就学书法、看资料，拜书法家程同根为师，潜心创作。

程同根手写《十三经》等，痴迷书法，定力大，笔法老到，成就颇高！"安德依"跟的就是这么一位奇人。

越十年，王干勉励"安德依"，说："现在你可以写点什么了。""安德依"蠢蠢欲动。

兄弟情长，2018 年初，我回老家办事，路过南京，特地看望了"安德依"，说起这件事，我们一番感慨，我就请他写《颜真卿传》。第一，颜真卿是"安德依"的老祖宗，一笔写不出两个"颜"字；第二，"安德依"习颜体，搜集了很多资料，不少是稀缺资料；第三，颜真卿这样的书法大家，没有好的传记流传。

"安德依"听后，表示可以试试。我期待他的著作早日面世。

这应该是"安德依"和王干师生二人密切互动数十年的额外收获吧。

与"王者"居　如入芝兰之室

卞满春

　　悠悠四十年，王干先生穿过中学教育的林荫小路，进而踏上文学艺术创作的通衢大道，完成了一次艰难的蜕变，坚定地选择了一条更能充分展示独立人格和艺术才华的人生之路。他信步往前，执着而自信，一束束鲜花簇拥而至，他参悟了花语——"凌寒盛开香愈浓"；耳边，响过一阵阵掌声，他听出了人性的善和美。他，成功地迈进了鲁迅文学奖辉煌的圣殿，没有身心飘飞，没有作片刻停留，抖擞抖擞精神，披上蓑衣戴上斗笠，重新出发开始了下一个征程。

　　在我看来，王干的这四十年，颇具禅意，文化的汁液将他浇灌得不但玉树临风，而且内秀如竹；他笔耕不辍的勤勉及其取得的成就，蕴含着天经和地义。

　　我与王干先生，交往并不算多亦不够深，却兼具同学、同事之缘。20世纪的七七、七八年，适逢历史大转折，刚刚恢复高考制度。我俩先后被扬州师范学院高邮中文专科班录取。严格意义上，王干是我的师兄，他所崇敬的朱延庆、莫绍裘（叶橹）等文学大家，也是我的恩师。有幸遇到才华横溢、师德高尚的指路人，一定程度上平和了我们当年高分低录的怨愤情绪。那时，各地教育机构的师资青黄不接，严重亏缺，国家出于特殊时期的需求，赋予各师范专业优先录取的权利，王干的高考成绩虽然超过了南京大学中文系录取线，却因此失去读名校的机会。而我，1978年高考，总分名列周庄区259名考生的第一，时任周庄镇党委书记的金伯卿先生，曾特意登门表示祝贺，我自然也是踌躇满志，以为跨进南大高贵的门槛，已无悬念。可历史偏偏跟我开了个大大的玩笑。

记得第一次见到王干，是1979年放暑假之日，当时，我们周庄区一带的几位同学，合租了一条农用机船，顺着曲曲折折的河道，一路荡漾着思乡的心绪，直达家乡。当年的王干，双目含碧，身材匀称而健硕，额前不经意留有一排刘海儿，气度"豪放"，面容"婉约"，可比当今电影界不少小鲜肉"鲜"得多了。

同船的还有后来任江苏教育电视台台长的顾鼎竞先生、后来成为全国著名作家的费振钟先生，以及后来担任《泰州日报》文艺版编辑的毛家旺先生。我们一行五人，闲坐船头，赏两岸原生态的风景，阅碧绿如翡翠的清澈河水。四位师兄，纵古论今，天文地理，风花雪月，笼社会百态及人生大义于笑谈中。顾鼎竞积累丰厚，哲语连连；费振钟言谈儒雅，论辩谨严；毛家旺针砭时弊，辛辣尖锐；而王干则潇洒无拘，幽默风趣。行程中，王干多次调侃顾鼎竞。顾先生"金笔垂钓"的故事，便是王干于那船头揭的秘。顾鼎竞高考前，任陈堡乡团委书记，他曾率县委工作队，进驻安丰镇纱厂。一次召开全厂大会，天公作美，顾先生身旁坐着当年的"厂花""镇花"（后来，用顾先生的话说"终得归我"，成了身份恒定的顾太太），王干绘声绘色，动作表情并举，揭秘了顾先生借钢笔——"不慎遗失"——购买"英雄牌"金笔予以"赔偿"，进而把一见钟情的女子发展为顾太太的全过程。顾先生故作正襟危坐之态，任由他眉飞色舞、添油加醋，笑而不辩。

　　1980 年秋季，我被兴化县教育局安排到陈堡中学实习，任教初二（2）班语文，这才知道王干早我大半年已分配到陈堡中学，那学期他任教初二（1）班语文，学校分配给我的单身宿舍就在他的隔壁，于是，我有了与王干同事且比邻而居一学期的难忘经历。王干先生天赋异禀，敢想敢为，他认为：语文教科书所选课文及基础知识，大多浅显易懂，我们不要低估现代少年的阅读理解能力，语文老师大可不必在课堂上"拆卸机器零部件"，把本来妙趣横生、引人入胜的人文浸润和享受，分解为段落大意、中心思想、语法修辞的生硬传输。我欣然接受王干的建议，两班统一进度，半学期讲完语文课本。接着，王干利用语文课向学生介绍中国四大名著、讲析唐诗宋词，我与师兄相呼应，结合自身特长，利用语文课并尽量争取自习课，向学生介绍莎士比亚、莫里哀、易卜生等外国戏剧作家及其代表作《哈姆莱特》《伪君子》《玩偶之家》等。

　　1981 年春季，我被分配到周庄中学教高中语文兼教初中语文。再次与王干有所联系，已是两年之后——1983 年 3 月 31 日，《新华日报》"观察与思考"栏目刊登了我的一篇社会评论。文章终成铅字，且平生第一次收到稿费汇款单（虽区区十块零五毛，当时可是一般工作人员半月的工资哦），我兴奋了好几天，不过，更令我兴奋的是：同时收到了两封来信，其一是王干寄来的，他鼓励我持之以恒，在文学创作的道路上满怀信心，步履矫健。师兄的殷切之意，令我精神振奋，信心倍增；来信还获悉，他一年前调高邮党史办工作，已创作发表多篇小说和文学评论。另一来信者是我大学同班同学郭王，现任无锡广电集团董事长兼电视台台长。

　　1986 年临近暑假的一个骄阳似火的下午，周中校园西南角我那"孤岛"般单身宿舍的门外，突然传来"满春、满春……"的呼喊，我赶紧开门，一看，是王干！这令我又惊又喜。王干一把拉过我，顺势一个不折不扣的熊抱，我狠捶了他一拳："你这家伙，知名作家了了，还这么疯疯癫癫！"（那年，王干已调《钟山》编辑部）他"呵哈哈……"仰头一阵大笑，露白齿，张大嘴——可塞下一只中等个头的苹果。王干赠送我两本书，一本于漪、魏书生等全国特级语文教师的演讲稿合集《高中作文二十讲》，还有一本《当代朦胧诗选集》，北岛的《回答》、舒婷的《致橡树》、食指的《相信未来》、顾城的《一代人》，等等，几乎收集了当年所有反响强烈的朦胧诗。

那天，我挽留王干晚上共饮几杯，他爽快应允。于是，我从街上买了几样卤菜带回宿舍，拿出一瓶1978年份的洋河大曲，我不善饮，然而理当尽地主之谊（也想多灌他几杯），我说："这瓶喝完，还有一瓶。"王干的几句话以及一个洒脱的动作，吓得我再也不敢虚张声势，他说："喝酒，你就不要吓唬我了，南京文艺界的几位哥们儿，都称我酒桌上的超级王大胆。"话音未落，一仰脖子，将杯里足有三两之多的曲酒一饮而尽，着实让我领教了他与文字相对应的粗犷酒风。我俩的话题，从他小妹的学业谈起（王干的小妹王兰当年在我任教语文的高二文科班就读），他对小妹可谓是关怀备至，让我真切地感受到作为兄长那特有的拳拳之心。接着，我俩聊起了高中作文教学的话题，王干酒兴正酣、似醉非醉，一番精辟高论，让我颇受教益。他说："指导学生作文，我最反对这个技巧、那个方法，作文课要实实在在，最可贵的是：语文老师经常'下水'。"我表示赞同，师兄的高见，也正是我清醒的认识。他接着说："比如指导学生写议论文，要鼓励学生用自己的语言，既求生动性也求哲理性，千万不能人云亦云，拾人牙慧，还美其名曰：引用、借鉴。引用借鉴多了，难免有抄袭之嫌。我举几个例子啊，比如，谈到乐于助人，十有八九，学生都喜欢来一句'赠人玫瑰，手有余香'。人手一束玫瑰来作文，就没啥香味了，我觉得换一种表达方式，会更新鲜些——在人生的道路上，搬开别人的绊脚石，往往就是在给自己铺路。这样表达，如何？再比如，论及挫折面前不消沉的意志，大多同学往往一连多个愈挫愈奋、百折不挠之类的成语，这样的词汇空洞无物，缺乏支撑和张力，如果这样表达——在路的尽头，我必须寻找路的起点。你觉得是不是更有说服力和可信度？再举一例，谈稳定和发展的关系，如果我们换一种平实的风格——稳定和发展，就如同人的两条腿，你说哪条腿更重要，当然同样重要。但，我们要走得稳健，就必须先站稳左脚，再跨出右脚。你看，用一个平常的道理做比喻，稳定和发展的关系，是不是既贴切又生动了啊？"

那晚，王干还饶有兴趣点评了我发表在《星星》诗刊上的一首诗，其中的几句，得到了他的褒扬——"三月的夜晚，没有上弦月，只有连绵的蒙蒙细雨，我触摸着孤零零的柳树，看不见河水的流动，流水的音韵却撞击着心……这漆漆黑的夜晚，风浪太险，木制的天鹅又不会飞。"王干说："你的这几句诗，其实归纳起来就一个词——深情思念。然而，任何一个形容词都个可能具备这样沉郁的意境和动人心魄的画面感。因此，创作诗歌，我以为要尽量避免形容词，因为任何一个形容词，都可以用自带形象和意味的动词、名词或者动词名词组合的画境来表现。"师兄独到的见解、高度的理性以及透彻的分析，令我敬佩不已。

1987年9月，我考进江苏教育学院（现更名为江苏第二师范学院）中文系，脱产进修中文本科两年，因而有幸成为吴文治、江锡铨、徐仲涛、朱声琦、丰家骅等南京高校界知名教授的学生。为参加1988年南京高校第二届文化艺术节会演，班主任江锡铨老师指派我写一个话剧剧本，由班上具有表演特长的同学排演，我欣然接受任务，这便有了荒诞剧《咸亨酒店》的出炉。一个风和日丽的星期日下午，我专程去《钟山》编辑部拜访王干，恳请师兄拨冗斧正，王干很热情很尽心，为修改剧本，他耗费了整整一个下午的宝贵时间。最终，《咸亨酒店》剧本荣获"第二届南京高校文化艺术节"创作一等奖。

1997年9月，我到南师大文学院攻读现当代文学研究生，我的导师朱晓进（现为南师大文学院博士生导师、南师大副校长）与王干颇有交情，两人常有创作心得交流，可是，因各自忙于事业而逐渐断了联系，失了音讯。朱老师听说我是王干的同乡、同学，便要我打听他的消息和联系方式。后来，我通过时任教育厅办公室主任的顾鼎竞，重又与王干取得了联系，从而也完成了朱晓进老师交给的任务（原来王干已调人民文学出版社担任《中华文学选刊》主编）。

2014年春节，我和王干在周庄又聚过一次。那次小聚，有我俩共同的"得意门生"颜德义。德义老弟品性纯正，为人宽厚，对文学艺术孜孜以求，痴心款款。中午，我预订了周庄宾馆开窗可见庭院内亭榭、石桥和溪水的666包间。我们仨小酌了几杯，所饮之酒，为我珍藏了二十多年的老酒。酒一上桌，王干那两眼放光的神情，以及喜不自禁的夸张表现，至今晃动在我眼前。午餐后，我们趁着酒兴，肩并着肩，一起走过那承载着古镇百年沧桑和历史传说的麻石街，石街两旁的门店大多墙壁斑驳，门板破落，几乎都关门落锁，冷冷清清，直惹得王干不停地发出沉重叹息。一路向西，我们一直走到卤汀河畔，衰败不堪的老轮船码头，再也无从寻觅往日繁华热闹的影子，然而，滚滚流淌了千年的卤汀河水，却依然辉映着天空的彩霞，由南向北，奔流不息。颜德义忽然来了一句："这不是河水，这是千百年天下苍生的血和泪。"王干即刻发问："德义，你也读过关汉卿的《单刀会》？"（元代杂剧作家关汉卿的《单刀会》里，关云长伫立船头，见晚霞映红了江面，有一句摄人心魄的长叹——"这不是江水，这是二十年流不尽的英雄血！"）

返回镇区的途中，我们遭遇了初春的第一场小雨，走着走着，王干忽然来了诗兴——"静听飘过千年的雨韵，赤脚走在麻石板上，一脚一颗潮湿的印章。"我和德义不禁拍手叫绝，由衷赞叹王干先生即兴而来的才情和意境。

徐志摩说："每个人自身，就是他命运的原因。"我深以为然。也许，王干并不知道，我这个曾经的师弟、同事，几乎每一次与他交往，都怀着复杂的心情。与他相对照，我总不免会被"榨"出"庸碌无为"的悔和愧；总不免想起法国哲学家卢梭的那句警语："一个矫健如飞的人，躺在地上不想跑，就只能停留在原处。"天道酬勤，亦惩戒懒散。"知我者谓我心忧，不知我者谓我何求。"

王干先生如今的斐然成就，归根结底，取决于他四十年来，一步一个脚印，执着坚定，不停息地奋勇前行，终而至于成为文学艺术界又一位"山登绝顶我为峰"的"王者"。

《夜读汪曾祺》阅读札记

李 樯

　　王干先生尊汪曾祺为自己的"启蒙导师",而王先生恰也是我的文学启蒙导师——大学期间就去过几次南京市湖南路上的《钟山》编辑部,当时王干先生正是该杂志的编辑。这样说来,我该称汪老为"师爷"了,所以一拿到王先生的这本书,顿觉温馨亲切。

　　二十几岁时就读过汪老的《受戒》,也异常喜欢沈从文、汪老这一路的文气。遗憾的是,由于自己的愚钝无知,竟自舍下了这些中国美学意境已臻巅峰的大师们,一头扎进西方现代主义的怀抱,囫囵吞枣地爬了几年图书馆,到头来仍是一脸的懵懂。回头想想,确有几分悔意的。一个在传统汉语语境下长大的年轻人,还没拎清母语文学的经络,怎么可能理解和吸收依靠翻译摊在面前的西方现代文学呢?再细想想,到今天为止,西方现代派文学对中国文学的影响,或者对年轻写作者的侵蚀,已经可以画上休止符了。至少,西方文学仅应只是一个方向性的选择,中国本土文学的语境和气象,早已在汪曾祺等人身上实现了和西方现代文学平分秋色的气象,而不应再是一

236

边倒的局面了。

"汪曾祺可以当之无愧被称为 20 世纪中国文学的大师，他的'大'在于融汇古今，贯通中西，将现代性和民族性成功融为一体，成为典型的中国叙事，中国腔调。"王干先生对汪老的这段高度评价，我的理解是，汪老的小说是中国的，也是世界的，它们就是"中国式现代派"。这样说，我相信能得到很多人的认可。而我也一直将汪老关于语言之于文本意义的观点，视为自己写作的最高追求。汪老说，"语言不是外部的东西。它是和内容（思想）同时存在，不可剥离的……语言是小说的本体，不是附加的，可有可无的。从这个意义上说，写小说就是写语言……"

直到今天，汪老的这段话几乎成为我写作时的座右铭或者时刻警惕的事情，今后也仍将如此。而在这本书里，我则通过王干先生的笔触，又更深层次地感受到了这位"大师"的三绝：小说、书画、美食。

单说汪老的书画，也是尽得中国意象画之风流的。有一次，王干先生去拜访汪曾祺，"老头子得意扬扬地请我欣赏他的国画新作"。汪老的客厅里只挂了一幅张大千的油画，自己的作品，从来都是扔到书橱上，唯独这一幅，"反而请人裱糊好，端端正正地挂在客厅里，可见其喜爱的程度"。这是一幅题为《荷塘月色》的画，它妙就妙在"画面上只有密密麻麻的荷叶，并没有出现月亮，但那些摇曳的荷叶又让人真切地感到月光的存在。这种构想可谓深得中国传统美学的精髓"。读到这儿，你就该明白，那是一幅怎样迷人的画儿了吧，也难怪汪老要"扬扬得意"地把它高悬于自家的客厅里。

在这本书里，王干先生除了通过诸多小说名篇，对汪先生的文学成就和他小说的结构、意向美学以及"汪味"小说的文气、脉络进行了精彩、精辟的论述和肯定，他还饱含温情地向我们描述了与汪老的交往，除了现实的接触，更多的则是那种惺惺相惜的神交。这种与大师的交往当然是每一个文学青年梦寐以求的生活，我也写过与一些文学前辈交往的文章，但相比之下，王干先生的叙述更有温度，更富真情。是那种饱蘸着对恩师的无限敬意，黏附着剪不断、理还乱的伤感式的温度，是那种斯人已去、大师不再却仍念念不忘，无法释怀的真情。自然而然地，王先生的这些篇目里，笔笔有温情，处处留"汪味"，读来意味氤氲，情义缱绻，是那种令人非常舒服的阅读体验。

相反，大学期间读过许多王干先生的文学批评文本，毕业论文更少不了参阅他发端的"新状态"小说所有文论。那时的我并未感觉到他是一个有温度、温情的人，而是更显理性、直接，甚至有些刻板。所以我一直觉得他是一个比较冷性情的人，却未想到他还有如此这般的柔软、细腻。想想又要怪自己愚钝了。

多年来，我一直揣念着就应该踏踏实实沿着《隋唐演义》、"三言二拍"、《聊斋志异》、沈从文、汪曾祺这一路的"中国文脉"，去研习自己的小说创作就可以了，就足够了，而且似乎是更能如鱼得水、受用终身的。读了王干先生这本对汪曾祺的评传，更加坚定了我的想法。但愿亡羊补牢，为时未晚。

大野文学社

时庆涛

我上高一的时候，王干读初二，学兄学弟早一起玩了。暑假里我们最快活，谈作文，练毛笔字，下河洗澡摸河歪（蚌）。王干父亲在供销社工作，我到他家感觉如同进城，能吃到我在田头野舍里吃不到的东西，如烧饼、油条、馓子之类，他妈妈一口一个"庆涛吃"，亲和热情。

青年时代，我们碰到一起，谈论的话题离不开文学。那时，我已从部队退伍回乡，王干和顾鼎竞考上了高邮师范，只有放暑假我们才能聚在一起。费振钟也经常来。我们彼此相识成了好友。我家住在向沟四队草荡边，王干、鼎竞、振钟一来，我父母就抓鸡杀鹅。1979年春天的一天，开饭之前，我们到荒田大圩上游草荡，王干和鼎竞、振钟移情于景，用唐诗宋词中的名句表达心境，如同后来《诗词大会》上的飞花令。我想，进了科班就是不一样，比我们草根见识多了。高邮师范老师莫少裘是他们频率最高的话题，我"听"熟了莫老师，熟得就像自己的老师。畅谈理想比春天的百草还香，青春的气息比春天的气息还浓，我们如一群荒田草窠里刚出窝的鸟儿，欲振翅冲向蓝天。那天，我们形成一个共识：成立大野文学社，一致推选"党代表"顾鼎竞（他入党早，上高邮师范前任公社团委书记）为社长，余为社员。

一帮文学青年第一次有了自己的组织，欣喜若狂了！中午，我备了三瓶洋河大曲（简装），隆重庆祝大野文学社诞生。三瓶喝完了，酒兴正浓，我又找来两瓶分金亭，一圈半斟下来，酒又没了。我只好拿出全部家当——塑料壶装的大麦烧。酒越喝越差，情越喝越浓。社长说，大野文学社成立，喝光了社员庆涛家的酒！王干年龄最小，酒量不比我们小，而且手舞足蹈，妙语连珠。我们似醉若仙，躺在麦苗青青的田垄里。顾社长当时预言，别看王干小，将来不得了！

大野文学社成立不到一年，我和顾社长合作的散文《不落的潮》发表于《新华日报》，一个大整版。王干小说《闵师傅》发表于上海的《萌芽》。不几年，许多报刊上就都有了王干的名字。一次王干从高邮回来，我采访了他（当时我在《兴化日报》当记者），写了《他从田野上起飞》发表于《新华日报》。再后来，王干真应了顾社长当年的预言。只有我们知道，大野文学社是王干的起点，才华横溢的诗文里有陈堡草荡大麦烧的味道。

读书只读汪曾祺

毕　亮

　　汪曾祺的众多研究者中，王干是研究比较早的一位，也是比较突出的一位。在一篇文章中，他说他是读着汪曾祺老去。真是这样。王干第一次读汪曾祺的作品，是发表在《人民文学》上的《王全》，至今已过去了四十多年。多年后，他对初读时的感受，记得深刻：原来的"内心焦躁、愤懑"变得"忽然平静下来，夏夜也变得平静温和"。

　　四十多年里，王干习惯晚间阅读汪曾祺。夜读汪曾祺，他的体会是"如秋月当空，明净如水，一尘不染，读罢，心灵如洗"。今后，他大概也会继续夜读下去，如此，可谓汪曾祺伴一生。

　　手中刚看完的这本《夜读汪曾祺》，就是王干夜读的部分成果汇集。书中有些文章虽没标写作日期，但可以看出起码是二十多年前的作品了，甚至还有三十多年前的作品。有些汪曾祺印象的记录文字，写作时汪先生还在世，正是创作的高峰，想必汪先生也是读过的。时隔多年，现在读来，还是生动的。只是一想，汪先生走了已二十年。书与人俱老，多见；书与人常在，只是说说罢了。对汪曾祺先生而言，书比人长寿。

摄影家狄源沧曾有言："喝茶爱喝冻顶乌，看书只看汪曾祺。不是人间无佳品，稍逊一筹。"狄先生写到"稍逊一筹"就止住了，未见下文。"汪迷"苏北添上了"不过瘾"。读汪曾祺，确实是稍逊一筹不过瘾。王干大概也有这种感受。

有此感觉，只因我在看《夜读汪曾祺》一书时，常被引起共鸣。共鸣之余，当然更有教益。王干将自己定位为汪曾祺先生的追随者、模仿者、研究者。需要注意的是这三个身份的排序，排在第一的是追随。因为追随所以模仿，因为模仿所以研究。

在印象记之外，《夜读汪曾祺》收入的主要是研究文章，从汪曾祺的整体价值到他的书画美学、作品的意象美学，从单篇作品《徙》《岁寒三友》《故乡的食物》《晚饭花》的研读，到汪曾祺的为人为文，再到他的美食，全书篇幅虽不多，却较为全面。有些文章的写作，在当年是具有开创性的。现在的汪曾祺研究，也多从以上各方面展开细化。本书开篇即是大手笔，论述的是汪曾祺的价值以及缘何被遮蔽。在作者看来，当代文学与现代文学之间隔着一道鸿沟，汪曾祺是填平鸿沟之人；"更重要的是汪曾祺将两个时代天衣无缝地衔接在一起，而不像其他作家在两个时代写出不同的文章来"。

有效地缝合了现代文学和当代文学的汪曾祺，在现在的文学史中的地位常常是在"还有"之列，这就是比较尴尬了。用现在的流行语说，我们可能读的是一本"假文学史"。

在谈到汪曾祺的师承时，王干以阿索林在中国的境遇来谈汪曾祺，"阿索林在中国的冷遇，说明了汪曾祺在相当一段时间内偏安一隅的境地是可以理解的"。我也是因为读汪曾祺后才开始读阿索林的，读后的感觉是阿索林在中国大概永远都不会大红大紫，就像汪曾祺深知"我的小说就发不了头条，有时还是末条"，但读者和时间将会是最好的证明。曾经大红大紫的作家，也许之后再无人问津。而"发不了头条"的汪曾祺，去世后，作品不断被出版，他的书画集甚至被卖到了万元以上的高价，听说新版的《汪曾祺全集》也快出版了，这是足可说明许多问题；毕竟读者是挑剔的，市场是无情的。

前几日看贾平凹的散文，见他在给彭匈的《向往和谐》写序时提到汪曾祺，"手稿还堆在案头，未来得及给彭匈去信，却听见汪曾祺老先生在北京病逝的消息，真是如雷轰顶，闷了半日"。当年，汪曾祺和贾平凹参加笔会，放着人宾馆的酒席不吃，跑到街巷去吃小吃。看贾平凹这篇序的写作日期"1997年5月23日"，那时，汪曾祺去世刚一周。今看《夜读汪曾祺》，在第132页见到一帧彭匈、汪曾祺、贾平凹的合影，照片上他们都很有精神，现在贾平凹也活到了当年跟汪曾祺一起吃小吃的年龄了。这是看《夜读汪曾祺》意外的收获，这样的收获在作为插图的老照片、汪曾祺书画作品中常可遇到。

像汪曾祺那样生活，是现在许多人所追求的。王干也不例外，"汪曾祺不仅改变了我的文学观念，也影响了我的生活观念"，细读王干之言，我发现自己也陷入了被汪曾祺改变之列，却也乐在其中。我读汪曾祺近十年，越读越喜欢，今后大概也会读着汪曾祺老去吧。

王干：让小说走进人民

舒晋瑜

作家王朔曾经评价王干是"中国文学奔走相告文学委员会主任"，敏锐，热情，无私，一旦发现好作家、好作品，立即奔走相告。这句话准确生动地概括了他的编辑生涯。

作为编辑和文学评论家，从朦胧诗到网络文学，王干没有错过任何一个文学热点。

他是如何做到的？三十多年的编辑、评论生涯，也许并非"坚持"那么简单。中华读书报记者近日采访了《小说选刊》副主编王干。

让小说走进人民

中华读书报：您是什么时候开始当编辑？80年代您首倡的"新写实小说"，引领了那时文坛的潮流。

王干：最早是1987年，我在高邮文联的一家刊物当编辑，因为参加了全国优秀中短篇小说评奖，被《文艺报》留下当编辑。那时候，写实小说正在发生变化。我从很多人的作品中看到了新写实主义的元素，比如刘恒、刘震云、池莉的作品，从作品出发，做了一些理论性的概括，在1989年第6期《北京文学》发表了《近期小说的后现实主义倾向》，就"新写实"的概念及创作表现，作出全面的论述。当然，新写实小说是作家创作出来，是很多评论家、编辑共同推进的，是合力的结果。我一个人没有这么大的引领能力。

新写实至今还在对小说创作产生着影响。我觉得，新写实主义是这四十年来有价值而且至今发生影响的文学流派。当时以为这一波浪潮会很快过去，现在看，新写实主义的写作经过发展和沉淀，已成为写实的"葵花宝典"。新写实不像先锋小说，它借用了西方的理论资源，底色却是中国的，是中国独特的一个小说形态。我们现在常提怎样讲好中国故事，新写实的可贵之处就在于它能够为讲好中国故事、弘扬中国精神提供坚实的理论基础和旺盛的生命力。

中华读书报：无论在《文艺报》还是在《钟山》，您怎样一直保持着敏锐的文学嗅觉，组织了很多有影响的活动，推出了一批文坛新锐？

王干：新锐都是自己成长起来的，我作为编辑和评论家最多也只是摇旗呐喊。我在《文艺报》待了两年，又回到江苏作协《钟山》杂志。90年代，受大众传媒冲击，文学期刊的影响力减弱，社会比较冷清，我牵头组织了"联网四重奏"，《大家》《山花》《钟山》《作家》同期在头条刊发同一位作家的不同小说，山东《作家报》同期推出相关评论，邱华栋、徐坤、林白、东西、韩东、朱文、李修文等一批青年作家先后亮相，现在他们都已进入文学的盛年。当时吴义勤、张清华等参与评论联奏。"联网四重奏"起到集束手榴弹的作用，在当时产生了很大的影响。

另外，1994年，我帮《大家》策划改版，改成16开本的大型刊物，与国际接轨，引领了文学期刊的风尚。后来我又到人民文学出版社当编辑，先后编辑出版了王安忆的《长恨歌》、邵丽的首部长篇《我的生活质量》、苏童的《河岸》、毕淑敏的《拯救乳房》等，发行量都在十万册以上，还介入春天文学奖的活动，当时获奖的作家，如戴来、李修文、张悦然、徐则臣等，现在都成了文学的中坚力量。

中华读书报：在《小说选刊》，您也做了一系列有意义的推动工作。您有什么主张吗？

王干：我在《小说选刊》一期卷首语写过：我们就是好作品主义。作家的好作品不论什么风格，都要选，在推出新人方面下了功夫。比如这次获鲁迅文学奖的马金莲，就是《小说选刊》重点推荐的，十年选了十四篇。马金莲之前就写得很多，发表得也很多，但是没有引起关注。她的《长河》出来那一年，全国所有的选刊只有我们选了，我们选了以后，后来《新华文摘》也选了。石一枫的《世间已无陈金芳》，我们今年也补选了。我希望《小说选刊》能够迅速把一些好的作品、好的作家找出来，像星探一样。

在《小说选刊》我工作得更本色了，也更放松了，能够把以往的一些经验，运用到纯文学期刊，让读者的需求跟刊物的品位有机地结合，我在努力尝试做这个工作。近些年《小说选刊》在圈内口碑还是不错的，大家觉得《小说选刊》选稿还是很有眼力的，这不是我一个人的功劳，是历任同人努力的结果。选刊跟原创刊物、地方刊物不一样，不能够简单地去标榜一种观点，要兼容并蓄，要讲究，尤其是中国作协的选刊更要具有包容性。我个人写文章可以天马行空，但是选刊不行，要维护读者，保持思想性、艺术性。

我在《小说选刊》做得比较有意思的事情，就是系列活动"让小说走进人民"，打通小说和读者的距离，让文学和人民有血肉联系。三年间有二十多次，我带着作者和作品，到边远地区和当地读者交流，强化"人民性"，把文学的种子撒向边远地区，让文学接地气，作家也和人民群众产生联系，而不是躲在书斋里，这产生了很好的影响。去年第七届鲁迅文学奖颁奖，十部中短篇获奖作品中，有六篇曾被《小说选刊》选载。

当代文学有时味同嚼蜡

中华读书报：无论在哪里，您都能和作者打成一片。有什么诀窍吗？

王干：和我交往的作家有三个类型：一是汪曾祺、王蒙等师长辈的作家，从他们身上，我学到了很多东西。二是和同代作家相知相交，共同成长。南京的苏童、叶兆言、韩东、毕飞宇、赵本夫、范小青、黄蓓佳……都是文学发小。迟子建、洪峰、苏童的第一篇文学评论都是我写的。三是青年作家。《小说选刊》这几年做过好几次"青年作家小辑"，对青年作家大力扶持，希望他们尽快成功。但是也有一条·即使选了他们的作品，我也会指出缺点；即使他们的小说获了鲁奖，我也会真诚地告诉他们：获奖的不一定是他们最好的小说。我是真诚待人，严格待文。

中华读书报：和那么多知名作家交往，肯定有不少有趣的故事吧？

王干：苏童的小说《河岸》原名为《离岸记》，我说小说不仅写了河上的事，也写了岸上的事，叫《河岸》更有意味。苏童欣然接受。张者的小说《桃李》，从书名到故事框架，是我帮他修改完成的。他当初有一个中篇小说叫《唱歌》，我认为写出了大学里的众生相，建议他再写一部长篇，这就是后来的《桃李》。赵本夫的《无土时代》，原来题目是《木城的驴子》。还有胡冬林，我到吉林见到他时，曾聊起生态文学，后来我发了他第一部作品《野猪王》。当时他还没有名气。

中华读书报：80年代中期，您曾在《文学评论》上连续发表文章，对朦胧诗进行美学阐释，这一点倒令我特别意外。

王干：我是从朦胧诗开始进入文学评论的。20世纪80年代初期，我的理想是做一个作家、诗人，也写了一些诗。但当我看到朦胧诗时，感到非常震惊。他们把诗歌写到了极致。我觉得不能超越他们，就成了他们的粉丝，北岛、顾城、舒婷、杨炼……我对他们的诗歌产生了兴趣，一首一首地抄下来，至今还保留着当年手抄的笔记本。

对朦胧诗的热爱，虽然没有使我成为一个诗人，却在另一个层面上激发了我的自信。很多人都觉得朦胧诗看不懂，我觉得看得懂。那么如何把我读得懂的东西阐述、呈现出来？这就使我产生了一种好奇心、好胜心。我当时并没有现在年轻人修学分、完成学业的压力，纯粹是出于爱好，一种自发的热情和力量。我在《文学评论》发表的第一篇就是诗歌评论，但是我写诗歌评论的时间并不长，很快就转到了小说领域。一方面是由于朦胧诗的没落，另一方面是先锋小说的崛起，从诗歌评论转型做小说研究，现在又转向《红楼梦》研究，我能感受到它们之间内在的相通，这大概也是朦胧诗给我奠定的美学基础。

中华读书报：研究《红楼梦》有何契机，您有何独到的体会？

王干：从20世纪80年代开始，我一直在文学一线，自嘲是个车间主任，对很多作家和作品都有深度介入。这几年我觉得当代文学已经不能满足我的胃口，就把目光转向了《红楼梦》。我们从20世纪80年代开始学习、接触西方先进的批评理论和方法，完全可以用来解读《红楼梦》，这对我是意外之喜，也是尝试一种打通吧。我觉得曹雪芹能够写《红楼梦》，跟他在南京和北京都生活过有关系。纯粹在南京城或纯粹在北京城都写不出来，必须有南北文化的交融，一种双重的视角，才能写出《红楼梦》独特的味道。

中华读书报：您说"当代文学已经不能满足我的胃口"，为什么？

王干：对于好作品的索求，我总是贪婪的。在20世纪80年代我就学习了很多关于赏析和评论文学作品的方法和理论，但是当代文学作品中却很少有能够使我尽用到这些方法的作品。当代文学作品中，大多是一些看惯了的陈词滥调，创作情节严重模板化，缺乏创造、创新的写作思维，让我感受不到文学作品的新鲜感，看多了反倒如同嚼蜡，不能满足自己内心对文学美的欲望。

而《红楼梦》恰巧是一部能让我久久回味的文学著作，它不仅包含了世界任何一部文学作品的美，且超过了任何一部文学作品。其中所涉及的很多中国传统文化，如茶文化、中医文化、戏曲文化、服饰文化、饮食文化等，都很值得读者大作研究。

网络文学亟待经典化

中华读书报：可见您不只是对文学的感觉敏锐，对任何新生事物都如此。

王干：网络文学刚开始热门时，我就是盛大文学的评委。唐家三少刚出道时我也关注过，还当过很多网络文学奖的评委，对网络文学充满热情。现在《小说选刊》微信公众号的粉丝，最多达 38 万。但现在网络文学面对的是新的问题。

中华读书报：您有一个观点。网络文学面临经典化的问题。

王干：中国的四大名著有三部是话本小说，相当于现在的"网络文学"，都有经典化的过程。今天网络文学经典化的过程就是需要专家、学者、政府帮助它经典化。学界应介入好的网络文学，使其真正成为经典。《西游记》当时的版本太多，是有位叫李春芳的宰相自己花钱让吴承恩整理出来；金庸的小说当时在《明报》连载，成书也是经过修改。网络文学确实是质量不高，尤其是大量的低级重复、大量的废话，缺少经典文学的简洁凝练，缺少经典文学的品质。网络的经典化是重要问题，这是编辑的庞大工程。

中华读书报：您对 AI（人工智能）写作怎么看？

王干：根据我这些年的编辑和文学培训经验，古今中外作家的创作是有模式可循的，我自己现在已经发现了小说的八种写作模式。AI 已经写出了诗歌，据说电视剧已经开始使用 AI 写作。AI 加文学可能成为今后文学的方向。

中华读书报：与人类创作相比呢？

王干：模式化肯定是缺点，文学有规律但又没有规律。人的创作可能是更有灵性、更没有规律性、更有才气的创作。但是，我大胆地预言，将来可能我们每个人都会成为小作家，都可以通过 AI 给自己编小说、编电影、编电视剧。尤其是芯片和人脑连接以后，智能写作会变成现实。AI 诗歌创作已经有了，电视剧也会很快到来。

发小苏童和奇人王蒙

中华读书报：您出版过一本评论集，从老一辈作家高晓声开始，到中年的赵本夫、周梅森、苏童、叶兆言、范小青、朱苏进……再到"晚生代"，江苏知名作家基本"一网打尽"。这其中，您评论苏童的作品最多，为什么？

王干：江苏的文学给予我的养分很多，我也和江苏文学一起成长。苏童是我的文学发小，我最早也是写小说的，我的小说理想被苏童完整地实现了，他比我写得还要好，我反过来研究他，也是我文学理想的一种实现。

在 1993 年的一篇《苏童意象》中，我曾将苏童小说分为三大类型，一是童年视角的、记忆性的乡村叙事类型，一是关于女性生活的红粉系列，还有就是香椿树街的城市生活系列，后来又增加了新历史小说的创作。这种分类未必准确，但基本上能够概括苏童小说的重要特征：好的视角、细腻的心理、城市的变迁、成长的主题、历史的无奈，由此带来的人性的扭曲和伸张。

中华读书报：1988 年，您和王蒙进行了十次文学对话。二十八年后你们又有了第二次对话，是何机缘？

王干：后来看王蒙先生的文章我才知道，最早是因为我在《读书》上的文章，引起王蒙注意，看名字以为我是一位老先生，后来见面时发现我竟是年轻人，一见如故，相聊甚欢。正好有出版社向他约稿，就产生了对话的契机。他的工作非常忙，但同时又很渴望交流。那个时候我住在团结湖一个招待所的地下室，他居然找到招待所的电话联系我。去年有出版社要重版此书，提出能不能有新的对话，所以我们在北戴河又展开了一次对话。当年和王蒙先生对话时，我才二十八岁。时隔二十八年，我们再次对话，依然那么无缝对接，这部对话录在充实了新的内容后，以"文学这个魔方：王蒙王干对话录"为题再次出版。

中华读书报：您对王蒙有怎样的评价？

王干：他不是一般意义的天才，是奇人。过了四十年，他依然保持了一种反映生活的热情状态。最近在《生死恋》的研讨会上，我讲到，王蒙年轻时候能写出沧桑感，年纪大了能写出热情。《组织部来了个年轻人》写得老到，《生死恋》写得青春焕发，还像十八岁的少年那么有热情。他对文学全身心投入，他是共和国文学发展的见证人。

中华读书报：您对汪曾祺的研究也颇有成果。他对您有影响吗？

王干：我受汪曾祺的影响很大，尤其是他平易近人的态度。我向汪曾祺学习生活，向王蒙学习达观，他对人生的态度，一方面不纠缠，一方面对文学不放弃，这对我影响很大。他又是一个非常有远见的人，悟透了人生。这两个前辈，一个像火一样，一个像水一样，让我保持热情，同时又懂得淡定。汪先生对我影响很大：逆来顺受，随遇而安。

中华读书报：同为高邮人，您受益很多？

王干：其实我不是高邮人，是高邮邻县的，因为在高邮工作过，又从高邮出道，也就被误作高邮人，我读汪老的作品觉得亲切，很崇拜他。在没有认识他之前，我可能是较真的人，认识他之后，随着时间的改变，不纠结，不纠缠。他给我了成长的养分，我非常感谢他。作家分两种。一种是超越生活的作家，像鲁迅这样的，要超越生活，要抗争，要批判，像匕首一样；还有张承志，他也是要超越生活的。还有一种作家是热爱生活的作家，就是汪曾祺、沈从文这样的。我们长期以来鼓励作家超越生活，要有理想，要有崇高感，要有力量感，但是像汪老这样的作家，可能有些人觉得他写得小，比较软弱，比较冲淡。他自己也说上不了头条，没有太多的思想性。他追求的不是深刻，而是和谐。读他的作品，会让你在生活的很多细微之处发现美好，这就是他的乐观精神。这是非常宝贵的。

编辑职业度人度己

中华读书报：在编辑工作中，您有怎样的原则？可否总结下您的编辑工作？

王干：我的指导思想就是"好作品主义"，既讲究故事，也讲究艺术。我觉得一个作家最重要的能力在于，他能够发现别人发现不了的东西，并且用别人想不到的方法表达出来。而我最看重作品的有三点：人性、人情、人道。好的作品肯定是要写人性的，但是只写人性，离伟大还很远。将人性、人情、人道三者结合起来，才能写出丰满厚重的作品，才能成为伟大的作家。

中华读书报：您如何评价自己的编辑生涯？

王干：好多年前，我曾经很纠结，作嫁衣裳的活做多了，难免有失落感，自己心有不甘。现在我不这么认为。佛教中有"度人之人"。当编辑，搞文学评论，都是"度人"。最后是度己。三十多年编辑生涯，我觉得很有价值，也很有意义，学习了很多东西，长了见识，也让自己的境界提高了，就是甘于做幕后工作，当铺路石子。

中华读书报：这么多年的编辑生涯您觉得后悔吗？

王干：不后悔，编辑工作就是为他人服务的，好编辑就应该有奉献精神，何况在这过程当中也能学到他人的很多优点，从而充实自己。每当看到一个作家的作品是通过自己的手来呈现给人民大众共享，这对于编辑者来说也是很欣慰的，内心会充满了与他人分享好东西的愉悦感。

所以佛家里面讲的度人，我想用在编辑的身上是非常合适的，所谓的"度一切苦厄"，就是要有一种奉献的精神，要有一种无私的精神，也就是为人民服务的精神。

岁月如歌　感念师恩

　　70年代的某天早晨，在马家院里，一位十五六岁光着膀子穿着背心的小伙子，右手翻转着十来斤重的石锁，屏住呼吸，一连十几个回合。铁一般的臂膀和发达的胸肌，透着油亮的汗珠，浓黑的睫毛下有一双乌黑明亮清澈的眼睛，帅气阳刚，男人味十足，他就是王干，晨练是他的习惯，每天的必修课，我和王干是隔壁前后邻居，从小就看到他晨练。

　　他的父亲原来在茅山供销社工作，他们家随父亲调动来到陈堡，租了马建华家的院子，这是一个精致的庭院，听长辈讲，这院子建于晚清民国年间，糯米砂浆砌墙，带花和文字的小瓦。正房三间都是用木板参墙，屋梁上有精美的木雕，古色古香。这样的院落在当时的兴化地区屈指可数，为此，明代状元李春芳的后人还送来一副中堂，可惜后来遭受破坏。

　　王干长我四岁，她的两个妹妹王凤、王兰和我的两个妹妹雅芳、雅萍年龄相仿，小时候我们几乎每天泡在一起，我有时找王干哥哥玩，有时端着饭碗去他家"赶场"，他母亲有一手缝纫绝活，经常边做衣服边给我们讲神话

253

故事。看小儿书跳皮筋跳格房子，拿模子，成了我儿时的共同爱好，王干变成了我们这个儿童团的团长。

王干的勤奋令人折服，那支裹着胶布炖了笔头的英雄钢笔是他的最爱，他练就了一手好字，笔墨顺畅，行云流水，可谓多才多艺。他十分喜爱写作，我父亲是他的班主任兼语文老师，他十分喜爱这位才气出众的学生，王干隔三岔五总是拿着他的习作向父亲讨教，对此，父亲常把王干作为我的榜样教育我：你要向王干哥哥学习，把作文写好。由于共同的爱好，我在一旁总能看到王干和父亲在一起探讨写作的情景，父亲常说，要写好文章，必须要多看多练笔，俗话说，熟读唐诗三百首，不会写来也会偷。我们要借鉴古人的写作方法和情感，那时候读书看报是他们唯一的乐趣，每天父亲从学校回来，总是带着报纸和刊物，父亲有阅读的习惯，报刊看完下一位读者便是王干，《新华时报》《人民日报》《参考消息》《钟山》是每天的必读。

有一天，父亲在看跟上海插队知青李龙借来的小说《牛虻》，我心想，李龙是我们这里出了名的打架王，平时喜欢牵着条狼狗，这个庄子玩到另一个庄子，有时还干些扰民的事，人们见了他都让他三分，他能有什么好书，我把这事偷偷地透露给王干，说父亲在偷看禁书"流氓"，王干一听莞尔一笑，这你就不懂了，那本小说书名叫《牛虻》，写的是意大利上流社会牛虻年轻时感情的叛逆和苦难。我听后顿时脸颊涨得通红。由于自己少读书，竟闹出这种笑话。

记得上高一时，班上来了位新的语文老师，他就是王干王老师，高邮师范毕业后分配到我校任教，一进教室，只见他身穿干净整洁的绿军装，那个年代，穿绿军装成了年轻人的时尚，令我至今难忘的是他上课时的风采，右手拿着粉笔侧身在黑板上板书着，他写得一手漂亮的粉笔字，那种帅气精干，至今都留在我的记忆中。老师讲课时的声音如同一支优美的乐曲，有声有色，处处充满了年轻人的朝气和阳光，他朗读的朱自清的散文《荷塘月色》，把我带进了清华校园的宁静美好的荷塘月色之中。

　　事情总是那么凑巧，1981年我留在母校做民办教师，和王干又成了同事，也许是老天的安排，王兰、妹妹雅萍、弟弟雅兰又成了我和老师王干的学生。那一年，学校来了好几个年轻教师，大家相处融洽，在办公室里，王干老师经常就教学方法和理论说出自己的独特见解。每逢周末，我们这些年轻教师都轮流做东，聚在庄子上唯一酒家城东饭店，饮酒畅谈，谈笑风生，王老师总是讲一些笑话，引得大家一阵哄笑。

　　记得1982年的春天，王干老师迎娶了妻子毛老师。好一个热闹场面，锣鼓喧天、鞭炮齐鸣，人们从四面八方潮水般地涌向镇东河边，去迎接从高邮开来的新娘船，一睹新娘芳容。毛老师是王老师师范同窗，性格温顺，对人总是落落大方、面带微笑。那时候生活条件差，没有自来水，我们每天都要到镇东河的供销社码头挑水来用，忙的时候整个码头的台阶都挤满了人，也时常遇到毛老师，挑着两只木制水桶来挑水，见到她，大家都夸奖王干找到一位贤惠勤劳的好姑娘，刚过门的新娘就忙里忙外，什么家务活都做。

　　又是一个周末，马家院热闹起来了，院里的桌子上放着一台两只喇叭的录音机，一场别开生面的音乐晚会开始了。小主持人王兰、雅萍主持节目，有板有眼，有声有色。我也时常赶来凑热闹，亮亮嗓子。妹妹王凤和雅芳把他们的绝活编织围巾、小帽子、挂饰拿出来比赛，小弟雅兰总是调皮地搬出他借助手电筒聚光制成的幻灯机，在白墙上放映着他自己绘制的幻灯片。最精美的节目要数王老师和毛老师的配乐，诗朗诵那么的默契，如诗如歌，一阵又一阵的欢笑和掌声划破了陈堡这个宁静小镇的夜晚。

　　转眼间，四十多个春秋，每当回忆往事，一幅幅如梦如歌的画卷浮现脑海，岁月如歌。陈堡这个面积只有80多平方公里，人口只有4万多的小镇，出了一批又一批的优秀人才，有参加过解放战争、打过游击的裴宝来、裴金桂，有抗美援朝载入世界军事史的著名神枪狙击手张桃芳，有解放军独立师师长马驹；有河海大学校长张长宽、江苏教育电视台台长顾鼎竞、海军陆战队旅长时克垠、扬州大学的院长金永健，更为自豪的是我的老师王干，他是中国文坛著名评论家、书法家。

陈堡中学有一大批德才兼备的好校长、好老师，我们要记住这些好老师，从王干老师身上，我真正地体会到什么是正气，才识和风范，我十分自豪有这样一位好老师、好邻居、好兄长。

后　记

《桃李笔下的王干》在很快时间内组稿、结集、出版，有些出乎我的意料。这本书的起因是我和几个同学想为王干老师从教 40 年搞个庆祝活动带出来的。

大家都知道王干先生是著名的文学家、编辑家和出版家，获得过鲁迅文学奖，大家也知道王干先生痴于围棋、精于美食、醉于书法，以文学的眼光写过不少关于围棋、美食方面的文章，特别是其书法作品，散淡、宁静，充满文人气息。但大家不太知道的是，王干先生还是一位师者，桃李芬芳！

作为师者，王干先生有两段特别重要的教学经历：一是 1980 年至 1982 年，王干先生从师范毕业后，回到自己的家乡——江苏省兴化县陈堡中学任教三年的经历；二是王干老师以自身的文学成就走上中国作协鲁迅文学院讲台担任导师的经历。

在陈堡中学三年的经历虽然短暂，但其时的王干先生初出茅庐、风华正茂，以一个文学青年的身份倾心于三尺讲台，把一堂堂中学语文课、地理课都讲成了文学欣赏课、文学创作课，把一颗颗文学的种子播撒于一个个乡村少年的心中，以至于三年中他教过的学生，绝大部分都以其扎实的语文功底而在后续的高考中选择了报考文科类专业，也有一些同学走上了业余文学创作的道路。

在鲁迅文学院担任文学导师的教学经历漫长，但其时的王干先生初心不改、授业解惑，以一个师者的仁心倾情于文学人才培养的工作，把自己对文学的所思、所获毫无保留地与同道们一道分享，共同探讨、共同进步，助力一位又一位文学后来者们创作出了一篇又一篇美文佳作、斩获一顶又一顶文学殿堂里的桂冠，王干先生也以这样一种特殊的方式延续着教书育人、桃李遍天下的人生理想。

王干老师从教40年，我们想做个像样的活动庆祝一下，王干老师阻止了，后来钱言同学写了一篇《时光揉皱的拼图》提醒了大家，于是有了出本散文集的想法。消息传出以后，不仅我们这些同学，"真学生"在写，鲁迅文学奖获得者马金莲、侯健飞也踊跃挥笔，一些曾经的同事、与王干老师有过交往的家乡的文人学者，甚至王干老师的四舅都闻讯写来了文章。《解放军文艺》的主编文清丽等一些"编外"的学生主动"申请"加入，一时兴起小小的"王干热"。更为欣喜的是，这些文章有的很快就见诸《文艺报》《清明》《羊城晚报》《金陵晚报》《泰州晚报》《扬州晚报》《兴化日报》以及同学们的朋友圈、公众号，明年《青春》《福建文学》《湖南文学》等也将陆续发表这些文字，以至家乡的朋友都来电话好奇地询问，怎么报纸上、朋友间都在谈论王干老师啊？我笑而不答，也许，这就是我们对王干老师从教40周年最好的庆祝和最崇高的敬意吧！

鲁迅文学院王干老师曾经的学生们也迅速加入进来了。这些都是在文学界小有成就的知名作家，仔细品读着这些名家的作品，我不停地被感动着、惭愧着、激励着。我只知道王干老师语文课、地理课教得好，我不知道王干老师的文学地位在鲁迅文学院同学们的心目中竟是如此之高；我只知道王干老师文章写得好，编辑做得好，书法写得好，我不知道王干老师刻苦奋进、热情似火、助人无数。

那天在北京，我这位王干老师昔日在陈堡中学的老班长和王干老师昔日在鲁迅文学院的老班长侯健飞相遇，分别回忆起王干老师在陈堡中学和鲁迅文学院的点点滴滴，时光交错但情深蒙蒙，我们共同表示，一定要把此书编好，作为学生们送给王干先生从教 40 周年最好的礼物！

此书共分三部分。第一部分"家乡的桃"，选录的是王干老师在陈堡中学三年所教过的学生们以及江苏省内作者的文章，第二部分"他乡的李"，选录的是江苏以外作家的文章，第三部分"桃李外篇"，选录的是王干老师的同学、同事、亲友以及作家、评论家、记者的文章。三部分文章加起来40 余篇，以对应王干老师从教 40 周年，可以让我们从不同侧面去感受王干先生 40 年来亦师亦友、诲人不倦的感人瞬间，以及王干先生在文学创作、编辑出版、文化交流等方面的杰出成就，大纵深、全方面地为我们描绘了一位文坛大家与教书育人的师者的风采与胸怀。

此书能够在如此短暂的时间内结集出版，得感谢每一位作者的热情参与，还得感谢中国言实出版社以及鸿儒文轩的崔付建、陈武诸位先生女士的支持，韩立明女士政务繁忙，拨冗作序，深表谢意。一些同学的文章因为篇幅的原因，未能收进去，深以为憾，在此也向他们的热情参与表示衷心的感谢。

颜德义于南京丹枫园

2020 年 10 月 11 日